鹿川有許多糞

녹천에는 똥이 많다

李滄東
이창동 作品

enlighten & fish 亮光文化

contents

中文版序

繼《燒紙》之後，我的第二本小說集也在台灣、香港出版了。其中收錄的這些作品創作於二十幾年前，當時我還沒有開始從事電影工作。時隔許久，我再一次翻開書頁閱讀這些小說，像是重讀以前寫給某人的情書，感觸頗深。在那個年月，我像是在給某人寫情書一樣，克制住自己殷切的內心，逐字寫下了這些作品。二十幾年過去了，這封情書現在來到了台灣、香港讀者的面前。

這部小說集裡的故事反映了我寫小說那個年代的韓國現實。不過，我想描寫的不僅是壓制個人生活的現實，還有與現實中的痛苦進行抗爭，同時尋找個人生活意義的人物形象。我認為，這才是文學或者電影應該表達的最本質的東西。

我透過小說所傳達的這些，穿越了時間與空間，跨越了語言與國境，與台灣、香港讀者進行交流，獲得了新生。最重要的是感謝敞開心扉閱讀我的作品的台灣、香港讀者們。

二〇二一年七月
李滄東

chapter one

真正的男子漢

真正的男子漢

談到張丙萬，難免會想起那年六月的那場巨大動盪與抗爭浪潮，俗稱「六月抗爭」或者「民主化大鬥爭」。因為正是在那年六月的某一天，在名為「雞籠車」的警用押運巴士上，我第一次見到了張丙萬。

所謂那年六月的某一天，說得再詳細點，就是彼時著名的「6‧10大集會」前夕，街頭氛圍相當混亂。我與張丙萬初識於警用押運巴士，湊巧又都遭遇了便服警察不問青紅皂白的拳打腳踢，算得上患難之交。總之，我和他初遇的情況有點特殊，有必要簡單說明一下前因後果。

那天下午，我在明洞購物街入口處的波斯菊商場附近被警察當作示威者強行帶走了。事件的起因是我偶然有事路過那裡，剛好目擊了大學生突然發起示威活動。我走出商場門口的地下通道，感覺氣氛有些異常，停下了腳步。週末擁擠的明洞大街與平常並無兩樣，卻莫名籠罩著一股非同尋常的緊張感。

我先是看到不少行人停步望向馬路對面的商場。商場門前擠滿了享受週末的人群，乍一看去，似乎沒有什麼特別之處。不過再仔細一瞧，即可發現商場大樓旁邊列著一隊戰鬥警察。不論過去還是現在，在街上看到戰警並不值得大驚小怪。不過，將近一個中隊的警察在商場門口把守著，路人紛紛駐足觀望，顯然有什麼不尋常之事。

「發生了什麼事嗎？」

我身邊站著一位三十歲左右的男人，身穿白色襯衫、打著領帶，像是一位銷售人員。聽到我的問話，他警覺地打量了我一番，只回答了一句「說不準」。恰在這時，我聽到身後傳來一陣急切的呼喊。

「廣大市民，學生們決定七點整在樂天百貨門口舉行推翻獨裁統治的街頭抗爭。各位愛國市民，大家一起參與進來吧！讓我們一起挺身而出，協力打倒肆意嚴刑逼供、壓制人民的軍隊法西斯！」

我回頭一看，那個聲音來自一個稚氣未脫的大學生。他的呼籲十分老練，極具煽動性，與長相完全不符。他快速說完，扒開人群，匆忙隱身其中。我看了看錶，剛好快到七點了。

不過在我看來，大學生們的示威計畫相當於已經敗北。警察提前打探到緊急示威的情報，已經事先占領了原定場地，架起了銅牆鐵壁。就算當今時代的大學生再怎麼勇敢無畏，也只會是徒勞無功罷了。我卻又無法立刻離去。因為我很好奇學生們最終是否會如約出現，而且現場聚集了不少市民，於是我又茫然地期待著會出現某種令人感動的戲劇化場景，比如市民們說不定會一呼百應，積極參與示威。雖然這只不過是一種茫然而虛無的期待而已，我卻想緊抓不放。或許，現場的大部分圍觀群眾都與我持同樣心態。

過了幾分鐘，人群突然開始躁動起來。有人大喊：

「看吶，來了！」

學生們位於前方乙支路入口處的十字路口。他們遠遠地衝進機動車道正中央，揮起拳頭向這邊喊著口號。雖然只有區區四五個學生，卻足以吸引滿大街的目光。潮水般疾馳的車流突然陷入一片混亂。我在那一刻看了看錶，剛好七點整。儘管有恐怖的警察把守現場，他們依然準時出現了。

樂天百貨門前的便服警察隊伍向那邊衝了過去。這時，路邊聚集的市民群體中爆發出噓聲，緊接著混在人群中的大學生開始大喊：「廢除護憲，打倒獨裁！」

幾位市民也開始跟著口號大喊，響應迅速擴散開來。此情此景，確實前所未見。善良沉默的大多數終於開始發聲。個人融入集體，多少會變得勇敢。他們互為彼此的擋箭牌，歡呼著為警察喝倒彩。如果警察靠近，再重新混進善良沉默的大多數當中就可以了。我也是其中之一。群眾的響應變得格外熱烈，馬路對面的警察向我們走來。這些便服警察戴著鋼盔與防毒面具。他們走近了，學生們立刻隱匿蹤跡，普通市民也悄悄後退，或者做出一副若無其事的樣子，閉上了嘴。我也假裝是一個沉默善良的市民，期待著他們快點走過去。

正在這時，一個便服警察經過我面前時突然轉向我，如雷鳴般大喊著：「我抓住他了！」他緊緊抓著我的領口。他們肯定是在馬路對面早已注意到我為大學生鼓掌助威，提前盯上了我。

「幹什麼？我做錯什麼了，為什麼要抓我？」

我當然作出了反抗，但是他們毫不理會，逕直把我拖向停在路邊的警用押運巴士那邊。

「放開我！憑什麼強行抓捕善良的市民？」

我使出全身的力氣呼喊著。我環顧著周圍的市民，想要控訴這種委屈憤慨的遭遇，卻被幾個身材魁梧的便服警察層層包圍，隔斷了視線。

「廣大市民，怎麼可以這樣呢？堂堂法治國家，警察就這樣抓捕一個無辜的市民……」

我儘管一直在呼喊，在那一刻卻也清楚地感覺到，這種反抗是毫無意義的。什麼「法治國家」，什麼「無辜市民」，這些話在我自己聽來都十分幼稚可笑。我繼續反抗著，一個「鋼盔」突然從幾步遠的地方朝我飛奔過來，毫不留情地用皮靴踢向我的胯部。要害處遭到暴擊，我瞬間痛苦萬分地倒在了地上。後來聽一位大學生講，「白骨團」的主要任務就是抓捕示威者，踢要害是他們鎮壓示威的老套路了。抓捕示威現場的學生時，為了防止對方反抗或者逃跑，常像這樣攻擊其全身最敏感、最脆弱的部位。正如他所言，我算是毫無餘地地中招了。我不僅不能再作出任何反抗，而且由於難以忍受的痛苦，我只能半癱軟在地上，來回扭動著身體。緊接著，他們開始殘忍地對我拳打腳踢。他們整齊劃一地戴著黑色防毒面罩，遮住了整張臉。兩個玻璃眼和鼻子底下凸起的毒氣濾盒什麼的，看起來就像是謝肉節上戴的那種怪異醜陋的面具。果不其然，眼下這一切亦像極了容許所有殘忍、暴力與施虐的謝肉節。

我被打到再也不能反抗，像一塊濕抹布般完全癱倒在地之後，才被拖拽到了巴士上。車上已經抓了不少人，放眼望去，多數是大學生。

「頭頂地！誰敢抬頭就弄死誰！」

大家剛一上車，就不得不按照他們的指示把腦袋塞到座椅底下。即便如此，毆打仍在毫不手軟地繼續，四處傳來骨頭與骨頭撞擊的鈍響與痛苦的慘叫聲。我認為想要躲過眼前的毆打，不挑戰他們的脾氣才是上策，於是遵從指示把腦袋深深埋在了座椅底下。這時，一個男人的臉進入了我的視線。我透過身旁警察雙腿之間的縫隙，與走廊那邊和我一樣十指相扣抱住後腦勺的男人目光相接。

男人看起來三十五歲左右，和我對視後不好意思地露齒一笑。我也極力想要向他笑一下，沒笑出來。他就是張丙萬。當然了，我是後來才知道他的名字，當時只覺得他面相和善，我們都十分倒霉地被抓了。

「喂，數數人頭。」

車子在不知不覺中發動了，前方的一個便服警察喊道。

「二十二個。」

「抓夠二十五個再去交差。」

為了湊足剩下的三個，「雞籠車」又在附近轉悠起來。我們只能繼續壓低腦袋，忍受著他們的拳腳相加。

「喂，小崽子們！當過兵了嗎？還沒吧？所以才會上街示威，一群賤貨！像你們這種人就該全部拉到停戰線吃點苦頭，哎喲這群混帳東西！」

如此一來，我們只能等待著剩下的三個人趕快乘上這艘共同的命運之舟。

終於湊夠了他們的預定數字，我們被移交到市區的某警察署。在警察署的院子裡下車之後，有一個簡單的身分調查，二十五個人當中只有我和剛才那個男人不是大學生。我認為獲釋機會只有現在了。

「我……有話要說。」

大學生們頭頂地跪在警察署的水泥地上，我在最後一排舉起了手。一位上了年紀的警官皺了皺眉頭。他身穿制服，看起來像是負責人。

「什麼？」

「我是無辜的。我沒有做錯什麼，卻被拉到了這裡。」

我的表情與嗓音裡充滿委屈。我說我不是大學生，沒有參與示威，是無辜的，沒有任何理由被抓到這裡。我邊說邊能感覺到自己的話自相矛盾。我隱瞞了自己參與示威的事實，同時又相當於認可了另一個事實：如果參與了示威，理所當然會被抓到這裡。我強調自己不是大學生，也是因為覺得大學生可以隨便被押運到警察署。

「那你怎麼來的？」

他反問道。

「怎麼來的？被抓來的啊。」

「你是幹什麼的？」

他又問了一句。我稍微猶豫了一下。

「寫文章的。」

「文章？寫什麼文章？」

「寫小說。」

我故意理直氣壯地回答，同時非常擔心他會問起我的名字。如果我說出自己的名字，恐怕他會回答說：「原來是個無名小說家。」很慶幸，他並沒有問我的名字。他可能覺得不管我叫什麼，小說家都是很難纏的。他不耐煩地皺起眉頭，盯著我看了一會兒，說：

「那你走吧。」

「嗯？」

「回家去吧！」

想到被捕的過程與剛才所遭受的無數毆打與威脅，這個結局有點索然無味，令人哭笑不得。不過，我沒再說話。在他改變心意之前，我背向那群仍然雙手抱頭頂地、跪在院子裡的大學生，走出了警察署。胯部疼得厲害，我只能像隻鴨子那般微微張開雙腿，慢吞吞地挪著步子。這種感覺至今難忘。

「那位先生……」

我走出警察署正門，剛準備過馬路，聽到身後有人喊我。回頭一看，正是在巴士座椅底下看到的那個男人。看來，他也因為不是大學生而被輕易釋放了。我上下打量了他一番。骯髒皺巴的襯衣，軟塌塌的褲子，粗糙的皮膚，他看上去像是那種長期在塵土中日曬工作，賺一天吃一天的散工。

「誰都能看出來你不是學生，怎麼會被抓呢？」

「其實，我瞧見他們在街上像打狗一樣毒打學生，忍不住吼了幾聲：『不許打人！』結果，『你小子算什麼東西』，他們呼啦一下圍了上來。」

他不好意思地笑了。「我本來就有點性急，喜歡出風頭是老毛病了。」

「我肚子餓了，想找個地方喝碗牛骨燉湯。如果你還沒吃飯，就一起去吧。」我這麼說，並非簡單的客套。他主動和我搭話，我從他的眼神中讀出了一種強烈的傾訴慾望。況且，如果直接回家，心裡也堵得慌。

我們在附近一家牛骨燉湯店找了張桌子面對面坐下，我這才和他簡單握了握手。他的履歷和我猜測的差不多。他叫張丙萬，三十九歲，輾轉於各種職業，沒有什麼是沒做過的，是一個名副其實的底層人。聽說我以寫作為生，他彎腰向我行了個大禮，令我十分尷尬。

「剛才聽說，你是一位作家？非常榮幸。」

「什麼啊，只是一個不為人知的寫字的罷了。」

「即便如此，作家也是社會上受人尊敬的職業，和我們這種笨蛋不同。」

「職業不同，所學知識多寡，不會影響一個人的價值。這不就是民主主義嘛！為了構建一個這樣的世界，剛才那群青年大學生沒少受罪。」

「這很好呀，不過……」

他依然卑怯地笑著，小心翼翼地說道。

「雖然搞過幾次民主化還是什麼的，不過就算世道發生了改變，說實話像我這種沒出息的老百姓生活又會有什麼不同呢？對我們來說只有世界安寧了，不搞示威了，才能偶爾撿點殘渣充飢。」

「不能這樣理解民主化。總統是直接選舉還是間接選舉，並非民主化的全部。像張兄這樣的人，拚死拚活地勞動受累，卻未能得到應有的回報，改變這種現實也是民主化。」

「可是先生，那種社會真的會到來嗎？」

他看著我的臉，反問道。

「一起努力吧！」

我的這個回答，似乎對他並沒有什麼說服力。剛好牛骨燉湯上桌了，他抓起勺子開始吃飯。民主主義怎麼樣且不說，眼下這碗可以填飽肚子的牛骨燉湯看來更加令人歡喜。

在此，我較為詳細地描述那天與張丙萬的對話，甚至包括他細微的肢體動作與表情，並無其他理由，只因為不久後我便得知，張丙萬自那天起產生了相當大的改變。為了更加準確地展現他的這種改變，我認為應該儘可能詳細地刻畫一下我第一次見到他的樣子。

幾天之後，六月十日，我再次見到了他。那天正是眾所周知的「6．10大集會」，正式名稱為「聲討掩蓋朴鍾哲被拷打致死真相與爭取民主憲法的全國人民大集會」的日子。那天晚上八點左右，我再次與他偶遇。當時，明洞教堂內聚集了近千名的學生與市民。示威是下午六點開始的，他們在市區各個地方躲避著警察進行了零散的示威，後來默契地聚集在此。人們如匯聚的海水般興奮地相互擁抱。

大家的身體彼此緊貼，擠來擠去，卻依然渴望人數的增加，因此不斷地齊聲歌唱「愛國市民一起來吧，Hula Hula」。人們加入隊伍之中，一邊呼喊，一邊互相拍打著肩膀，這時身邊的人到底是誰已經不重要，重要的是強烈地感覺到搭起肩膀的陌生人之間，流淌著一種踏實的歸屬感與心靈共鳴，令人心潮澎湃。這種心靈的共鳴如波浪般彼此傳遞。

在這一刻，所有人都是平等的。大家身體擠著身體，密集到不留一絲縫隙，就這樣近距離地感受著身邊的人，同時感覺到一種無以言表的安心。平時在路上與他人肩膀相觸都會感到不快，現在反倒畏懼著與他人之間的空隙，努力靠近，哪怕只是減少一寸的距離。

眾人不斷唱歌、喊口號。一首歌唱完，總有人開始新的歌曲與新的口號，大家也會毫不猶豫地跟著唱。示威活動以這種形式順利無阻地進行著，不過中途發生了一個略微脫節的小事故。一曲〈我們必勝〉結束之後，有人開始領唱一首新歌。

「生為男子漢，所能何其多⋯⋯」

這句歌詞人人都很耳熟，因為太過耳熟，大家差點兒下意識地跟唱起來。人們很快意識到，這首歌正是韓國男人基本都能隨口哼唱的軍歌〈真正的男子漢〉。因此，這首歌不適合這種場合。在反抗軍事獨裁的示威現場，還有比唱軍歌更搞笑的嗎？難堪的是，只有領唱這首歌的當事人沒有意識到這一點。

「你和我，以保家衛國為榮……」

他的嗓音非常激昂而洪亮，以自己特有的方式唱得嚴肅而真摯，卻沒法再繼續唱下去，周圍響起「閉嘴吧」的奚落聲與笑聲，將他的聲音逐漸淹沒。

「推翻殺人拷問肆行的軍事獨裁！」

有人響亮地喊了一句，打破了尷尬的氣氛，隨即眾人的呼聲如波濤般起伏起來。

「推翻，推翻，推翻……」

就在那一刻，我產生了一種奇怪的預感。我抬起頭找到了唱〈真正的男子漢〉的主角，被譏笑後依然臉紅未消的男人果真是張丙萬。

「怎麼，認識那個人嗎？」

我身旁的後輩問道。那天下午，這位朋友一直與我同行。他是學生運動圈出身，八〇年代初期坐過牢，現在效力於某家在野黨組織。我向他簡單介紹了一下張丙萬，他雙眼放光，很有興趣。

「是個有意思的人，一起見見吧。」

隊伍不斷推擠，我們鑽過人群之間的空隙向張丙萬走去。張丙萬認出了我，卻並無開心之意，反倒面露尷尬，好像做了什麼見不得人的事情被戳穿。

「今天特意出來的嗎？」

「這個嘛，只是想湊個熱鬧……」

他深鞠一躬，接過我遞過去的香菸，如此辯解道。在我看來，置身在這種場合他顯然有一種自卑感。果不其然，周圍大多是大學生與繫著領帶的中產市民，相比之下他的打扮十分寒磣，略微有些顯眼。而且，他剛才鼓起勇氣領唱了一首歌，卻又意外地丟了醜。他撓撓後腦勺說：

「越是這種時候，像我這種什麼也不懂的老百姓，越是應好好待在家裡……」

「您可別這樣說。就應該像先生您這樣的人出面才是。您可比十個大學生還有價值。」

後輩很懂得察言觀色，在旁趕快說道。

「哎喲，別叫我先生……」

他誠惶誠恐地擺擺手，卻又確實從那句話中得到了鼓勵。

「說真的，催淚彈那傢伙真是厲害得嚇人。我第一次知道，原來催淚彈這麼狠。」

他稍微有了勁頭，開始向我們講述自己從下午六點降旗儀式警報聲響起之時到現在所經歷的一切。沒想到，後輩居然對他的故事出奇地感興趣，聽得特別認真。趁張丙萬暫時離開，我才聽他談起其中緣由。

他近期正在某出版社籌備一本新雜誌。這本雜誌持堅定的民眾立場，為民眾發聲。他打算在雜誌上刊登張丙萬的故事。雖然是以人物介紹為形式，卻意在刻畫作為促進歷史變革主力軍的民眾形象，並邀我為此撰文。後輩有種近乎盲目的熱情，加之他的堅持，我很難拒絕這個請求。不過，他看待張丙萬的視角是不是太隨意了呢？張丙萬真的能夠成為歷史主力軍抗議民眾的典型嗎？我對此表示懷疑。後輩卻認為，張丙萬這樣的人反倒是最佳人選。這主要是因為，他自卑意識根深蒂固，至今為止沒有特別關注過政治或社會矛盾，也就是說，他和所有人一樣，一直認為自己就是個天生窮命的普通人。只有張丙萬這樣的人，才能展示出歷史主力軍抗議民眾的面貌——他們與整個社會的民主化熱潮一起慢慢覺醒，開始認清自己所屬的社會階層與苦難的生活，對自己的力量有了全新的認識。

「哎喲，我怎麼能出現在那種地方呢？我這種蠢人，有什麼值得推崇的？如果上了雜誌，恐怕只會遭人笑話。」我們表明此意，他趕緊擺擺手。不過正如他自己所說，「是一個好出風頭之人」，所以我們沒怎麼費力便說服了他。

他的老家在全羅北道完州郡的一個小鄉村，初中畢業之後他開始務農，種著一千二百坪左右的水田與四百坪左右的旱田，不過只是一名佃農，那些都不是他自己的地。他意識到務農太辛苦，是一個毫無希望的營生，累死累活到頭來也只能背負一身債務。因此，七年前，他三十一歲時，拖家帶口毅然決然地來到首都。

「只提著一個鋪蓋捲兒，坐著夜車就來了，當時只想著出人頭地，渴望在首爾找到新的人生。」

他在首爾和其他離農農民一樣，被劃入了城市貧民階層。他輾轉於無數職業，粗活自不必多說，還做過業務，在地鐵、公車車廂裡賣過去汗劑或者錢包什麼的，做過東奔西走的藥販子，聽說做好了能賺大錢又跑去做房產仲介。他一再失敗，卻一直懷有初來首爾時的那個夢想，相信自己總有一天可以擁有截然不同的人生，例如擺脫令人厭煩的貧困與苦難，迎來挺胸抬頭，激動人心的那一天。他從未放棄過希望，全新的人生卻遲遲不來，不論怎麼掙扎，總是原地踏步。

「沒辦法呀！這個夢想從剛開始就是不可能實現的……」

後輩對他說：「資本主義體制已經大範圍擴張，變得堅不可摧，自然不會容許張先生這個卑微的夢想了。如果張先生不主動與妨礙夢想實現的勢力進行抗爭的話，這個夢想或許永遠不會有實現的那一天。」

他眨著眼睛，似乎聽不明白。後輩恨不得從現在開始按照自己的想法塑造一個覺醒的民眾形象。

不過，從結果來說，我們想要喚醒他、開導他的這種努力根本沒有必要。因為即使沒有我們的幫助，他也透過自身的力量發生了改變，而且速度出乎意料地快，超出了我們的想像。

那天聚集在明洞教堂的那些人，決定就地徹夜靜坐示威。當時還不曾有人想過，這次事件後來會成為促成「六月抗爭」火種一直持續到底的一個重要契機，成為全國性的關注焦點。夜深了，一部分人離開靜坐現場回家，我與後輩也離開了現場。與此同時，我們與張丙萬分別了。

大約一個星期之後，他給我打了一通電話。透過聽筒聽到他的嗓音時，我立刻可以感受到他與之前有了一些變化。

「李兄，可以請我喝杯酒嗎？」

這是他第一次沒有叫我「李先生」，而是「李兄」。不過，這並不是我感覺他有所改變的原因。從電話裡聽到的他的聲音中，可以感受到一種莫名的力量與氣魄。

「這段時間過得還好吧？去哪兒了，怎麼一點消息也沒有？」

「你問我去哪兒了？我這段時間一直在明洞教堂。」

他說得非常理直氣壯。果不其然，他就在明洞教堂靜坐現場，這確實是一個驚人的消息。

「真是辛苦了。是一段不錯的經歷吧！」

「這有什麼辛苦的？在外面抗爭的學生們比我辛苦多了。」

我們在市區再次相見時，他不苟言笑地如此回答道。他的衣著比上次更加寒磣，臉色看起來也變得更加憔悴，可是眼神卻變得閃閃發亮，像換了一個人。

總之，對他而言，在靜坐現場度過的那幾天算是名副其實的民主主義訓練。他身上已經找不到初遇時那種畏縮卑怯的樣子了。

他的嗓音中依然難掩興奮，給我講述靜坐現場的見聞，像是市民們的反應、明洞附近工作的女職工們送來的捐款與麵包之類的。他似乎從自己的所作所為中體會到了莫大的自豪感。我想，或許在他的一生中，從未像現在這般自豪吧。

「可是最後一天有一個投票，決定是繼續靜坐還是解散，支持解散的一方票數更多。投票之前，大家還說著應該抗爭到底，人心真是個未知數啊！一想到這個，我心裡就十分失落。」

是為了忘卻這種失落感嗎？此後，他開始一次不落地參與後續的示威現場。他已經變身為比任何人都熱衷於抗爭的鬥士。我為了撰寫後輩委託的那篇文章，偶爾會與他見面。每次見面，我都感覺他發生了難以置信的改變。尤其是「6・29宣言」幾天之後，他的那副樣子令我難以忘記。

我在塞弗倫斯醫院的靈堂門口見到了他。他臂戴袖章，手握方木，守衛在靈堂前。他屬於保安組，守護著李韓烈烈士的遺骨以防被搶。

「我？我作為民主市民代表而來。現在像我這樣的人也和大學生一起做事，一起抗爭。這不就是民主主義嗎？」

他可能是喝了酒，原本面如土色，現在卻泛起紅光。當然，我現在已經對他滔滔不絕地使用「抗爭」、「民主主義」等術語不再感到意外。只不過，初遇的愚昧、淳樸與此刻的威風凜凜、攻擊性十足，哪一個才是真正的他呢？

「真是如魚得水。」

和他分開，走在回去的路上，後輩如此說道。我從後輩的話中，莫名感覺到一種譏諷。奇怪的是，張丙萬的樣子越是以這種形式發生改變，後輩的態度越是冷嘲熱諷。他已經不再督促我寫那篇報導的事了。

那天之後，我再沒有機會見到張丙萬。他變得十分忙碌，尤其是總統選舉期間似乎更加忙得不可開交。他為了自己支持的在野黨候選人而瘋狂奔走。

總統選舉投票結束後的傍晚時分，我再次接到了張丙萬的電話。他的嗓音順著話筒傳來，非常急促而且興奮。

「李兄，你聽說了嗎？今天白天在九老區廳發現了非法投票箱，市民守著不放，警察想要搶奪，現在亂作一團。他們必定會敗選，所以才會這樣垂死掙扎。我們的人現在正和警察僵持不下，市民們聞訊趕來，聚集了幾萬人。我得趕快過去瞧瞧。」

那是他打來的最後一通電話。幾天之後，我聽後輩說他被捕了。意外的是，不是因為九老區廳事件，而是因為毆打了某派出所的巡警。選舉結束幾天之後，他在酒館喝酒時與前座客人因選舉結果發生口角，被抓到了派出所。他在那裡摘下並打碎了掛在牆上的總統肖像，還毆打了上前制止的警官。他因觸犯妨礙公務、暴力行為等相關法律條例的嫌疑而被拘捕。

聽說他被捕的消息，我想去一趟他家。可是僅憑一個地址，找到他家並非易事。最重要的是，由於他住在上溪洞最貧寒的山坡貧民區，那裡的巷子像迷宮一般蜿蜒曲折，同一個門牌號混住著幾十戶人家。我轉悠了差不多三十分鐘，終於找到了他的租屋處。剛好有一個看起來上小學五六年級的小女孩站在大門前，那張臉簡直就是她父親的翻版。

「你爸爸是張丙萬，對吧？」

她沒有回答我的問話，目光中充滿警惕，突然跑回了家。孩子跑進了角落一間背靠院牆的黑漆漆屋子裡，依然警惕地看了看我，然後爬向牆角搖晃著鼓起的被子，「媽，有人來了。」我這才意識到被子裡有人。過了許久，女人掀開厚厚的被角探出腦袋。一個頭髮亂蓬蓬、臉色很差的女人，蒙著被子看著我，像是一頭藏在洞穴裡往外看的野獸。她的臉如泡在水裡的豆腐那般腫脹，似乎用手一戳就會凹陷進去。而且黃疸很嚴重，雙眼病態盡顯。

「您找誰？」

女人有氣無力地問道。

「這裡是張丙萬家嗎？」

「有什麼事？」

女人上下打量著我，眼神和身旁的女孩一樣。

「您是警察署來的嗎？」

他們這樣想也是不無道理的。我趕緊說道：「不是。我只是張丙萬的熟人。」

「他現在不在家。」

「我知道他不在家。只是擔心你們過得怎麼樣，所以過來看看。很辛苦吧？」

不過，女人和孩子的眼神似乎沒有那麼容易解除警惕。

「您和孩子爸是什麼關係？」

「那個……就是熟人。」

女人盯著我看了好一陣子，突然問我：「是不是那位寫小說的先生？」

「原來你聽說過我呀。」

女人隨意攏了攏亂蓬蓬的頭髮，長嘆了一口氣。

「不知道這話該不該說，我們覺得他不是活在地上，而是活在雲上。」

「活在雲上？」

「因為他的想法總是很荒唐。」

女人嘆息著自己的命運，開始抱怨起來。

「早知道他會這樣，當初要離開老家時我根本不會走。他說得好像到了首爾就會改變命運一樣……來了首爾，只要踏踏實實做一件事，也不會受這種苦。『做這個生意會賺大錢』，『做那個好』，他每次都吹牛說『只要這次做成了就能翻身』，卻從來沒有成功過。我已經被騙了不是一次兩次了。」

「他努力生活，卻不順利，所以才會那樣。」

「他一直是這種追求虛幻夢想的人。這次不知道突然抽了什麼風……說要搞什麼政治，東奔西走的，結果落得這般下場。說什麼改變世界？唉，僅靠自己一個人的力量怎麼改變世界呢？」

我無言以對。孩子直勾勾地看著我，我在這樣的視線中莫名感覺到一種羞恥。

「本來不打算說這些……可是心裡話不說出來不痛快。」

我起身離開時，女人說了最後一句話。

「他變成這樣，可能先生您這樣的人也有責任。我不是怪您，別往心裡去。」

我聽不懂這句話具體是什麼意思。是說我這樣的人煽動張丙萬去搞政治嗎？我無以作答，只能退出家門。我沿著貧民區崎嶇的山路向下走，路過小雜貨店時為他家買了一箱泡麵和兩斗米。這當然不是因為我認為能夠用這些來補償她所說的「責任」。

張丙萬被捕三個月之後，因緩刑被釋放。幾天之後，我又去了一次他家。我故意在深夜前往，房間裡卻只有張丙萬和孩子躺在被窩裡，他的妻子不見了蹤影。他們蓋著的，正是他妻子上次蒙著的那床被子。

「夫人去哪兒了？」

「哼，婆娘去哪了我怎麼知道？」

他突然發怒，我也不便追問。我猜他的妻子可能已經調理好身體，出去做保姆了吧。

張丙萬提議去附近小店喝一杯燒酒，於是慢吞吞地披上了衣服。他走在涼颼颼的夜風中，一言不發。他像塊岩石一樣蜷縮著身子，默默地走著，那副樣子給我一種莫名的壓迫感。在巷子裡的破舊小酒館，他接連幾杯酒下肚之後，終於開口。

據他所說，那是一次事先周密計畫過的非法選舉，尤其是投票、開票的過程自始至終都由電腦完美操作，這一切從頭到尾都是當今軍事獨裁政權與美國佬的合謀。當然了，我並非第一次聽他講起這些，所以絲毫不覺得驚訝。

「那麼，張兄現在打算怎麼做呢？」

「什麼怎麼做？什麼意思？要抗爭啊！」

他回答得毫不猶豫，十分堅決。

「不能相信現在那夥搞政治的。像我這種真正的民眾就應該站出來作抗爭。您瞧好吧，我會用雙手改變世界。」

「抗爭固然好，關鍵是自己單打獨鬥怎麼行。又沒有什麼組織。」

「組織？您真是說對了，組織很重要。光州抗爭中，只有像我這種一無所有、沒有受過什麼教育的底層人死得冤枉。不過，李兄的意思是讓我成立個組織呢，還是其他什麼意思？」

「不是那個意思。我是說，張兄沒有那麼強大改變現實的力量。所以，像張兄這樣的人，再怎麼單打獨鬥，又能改變什麼呢？」

「簡單來說，像我這種無知的老百姓有什麼了不起，逞什麼能？別跟老鼠一樣吱吱叫，老老實實看個熱鬧，心懷感激地撿點兒別人丟過來的殘渣吃吃就行了是吧？」

他提高了嗓門。

「我是說，張兄這段時間也抗爭得差不多了，現在是時候靜下來看看周圍了，也審視一下自我。」

「審視自我？我怎麼了？」

他突然喊叫起來。我看到他瞪著我的眼神中閃過一絲不尋常的鋒芒。後來回想，那是他對我的最後警告。因此，如果我當時大致整理一下自己的措辭，或許可以避免接下來的不幸。然而，可能我當時懷有一種荒唐的優越感，認為就算他再怎麼不愛聽，或者不論他那段時間接受過多少政治洗禮，我也能給他幾句人性化的忠告。這是我的失誤。

「因為在我看來，張兄的情況很悽慘。現掙現吃都很辛苦，怎麼能這樣置家庭生計於不顧，在外奔波呢？民主主義也好，運動也好，可是家人眼下連口吃的都沒有，到了餓肚子的境地，張兄應該先顧好自己比較好。正如張兄所言，您一無所有，只是一個沒受過什麼教育的苦力，像您這樣的人即便因為吶喊民主主義而坐了牢，誰又會理解您呢？別說理解了，別人可能都會罵您是個瘋子吧？」

這番話說得太重了，我在說完之前已經感覺到了。真不該說這最後一句。不出所料，他踢翻桌子，騰地站起來大喊：「真讓人忍無可忍，王八蛋！」

下一瞬間，我挨了一巴掌，向後仰倒。他抽了我的臉，我來不及叫出聲，就已經倒在了酒館的地上，冰冷的液體嘩嘩澆到臉上。

「現在看來，你完全是全斗煥的走狗吧！喂，你小子，知道我上次坐牢時的那個檢察官怎麼說嗎？和你剛才說的一模一樣！我從一開始就看出來了，你和他們都是一路貨色。讓我喝口涼水清醒一下，是吧？別胡扯了！該清醒的不是我，而是滿肚子墨水的你！你前段時間向我們家丟了幾包泡麵，誰稀罕呢？在你眼裡，我張丙萬會接受你的同情，對你說一句『先生，謝謝您了！』？我看起來像是這樣的人嗎？別搞笑了！你小子的真實身分到底是什麼？小說家？哼，小說家這等貨色早去江南那片的包廂裡，聽那些賣春陪酒女的故事了，吃錯什麼藥了，來我們這種地方晃悠呢？這裡不是你們來的地方。要找小說素材，去別的地方打聽吧！明白了嗎？」

我一句話也沒有回答。別說回答了，我甚至都沒來得及擦一下臉上流淌著的濕漉漉的酒水，只能自始至終地聽他說個沒完。雖然遭遇這一切很無奈，奇怪的是，我卻絲毫沒有生氣。我反倒有種微妙的感覺，似乎早已預料到會是這種結局。說來可能難以置信，我當時被潑了一臉啤酒，聽著劈頭蓋臉的侮辱性話語，甚至有種難以言表的快感。他最後說道：

「什麼別人怎麼看？你小子，你們才該四處看人臉色，吃個痛快，好好生活！你這獨裁政權的走狗，美國佬的奴才！」

他嘩啦一下拉開酒館的門，走了出去。破舊的玻璃門打開的雜訊像是為他的話尾畫上了一個感嘆號。冷風從敞開的門外無情地灌進來。我看著他頭也不回地沿著酒館前骯髒的巷子離去的背影，他有點搖晃，卻以整個身體頂著陡坡上貧民區冰冷的夜風，勇往直前。突然，他開始唱歌，響亮的歌聲迴蕩在巷子裡。

「五月！如果那天重來，我們的胸口會湧出鮮血……」

他接著舉起雙手握緊拳頭，大聲呼喊：

「鮮血！血！血！」

「哎喲，這可怎麼是好？怎麼喝好了就不停地揮拳頭？」

酒館大嬸這才大呼小叫地跑了過來。

「我看先生您很文雅，您寬宏大量多多擔待吧。有學識的人忍讓一下吧，能怎麼辦呢？他最近可能不太正常。聽說老婆跑了……」

「夫人跑了？」

「您不知道嗎？已經有十來天了。丈夫被關押的那段時間已經等得夠辛苦了，放出來之後也看不到什麼改變，反倒比之前更加狂妄，可能忍不下去了吧。雖然輪不到我說三道四，可是女人能忍到現在真的很不容易了。養家餬口都困難，擺不正自己的位置，又搞政治又搞什麼的，結果被關進監獄，哪個女人會喜歡呢？」

聽了老闆娘的話，我無言以對。

「他現在真是每天做白日夢！」

我只是突然想起了他妻子上次面帶絕望說出的那番話，同時想起他所說的「用我的雙手建立一個新世界」。總之，那是我那年最後一次見到張丙萬。

幾天前，也就是兩年之後，我又一次見到了張丙萬。巧合的是，正是在我第一次遇見他的明洞大街。

現在依然如此，我每次踏上明洞大街，怎麼說呢，那種感覺就像是重返縈繞著舊日戀情的回憶的場所。我下意識地尋覓那些回憶的痕跡，距離那年六月已過去了足足兩年的時間，明洞大街上的熱情退去，光彩不再。不過就在幾天之前，我又看到了大街被人群圍得水洩不通、交通癱瘓的情景。不知道出了什麼事，路邊停著加了鐵絲網的醜陋警用押運巴士，戴著頭盔的戰鬥警察們列隊而立。我撥開人群，從縫隙中擠進去之後才知道明洞中心區域發生了什麼事。戰警們正在把舉行「反對拆攤」示威的攤主們強行拖上巴士。他們被戰警拖著，依然聲嘶力竭地呼喊著口號。「保衛生存權！」、「貧民也是人，憑什麼殺人拆攤？」等標語胡亂散在地上。人群中有一個男性攤主的樣子令人十分驚訝。他用鐵鏈緊緊捆綁著自己的身體，然後與自己的小推車綁在一起。他的小推車上雖然只是稀稀落落地擺著幾個蘋果、橘子什麼的，不過假如不切掉他的四肢，很難把他與小推車分開。看到他的臉的瞬間，我十分意外。那人正是張丙萬。

「天吶，真恐怖。這個人怎麼這副樣子？」

一個年輕女人咋舌嘆息道。那真不是一個人該有的樣子。他被拖倒在地上的樣子，不禁令人聯想到在地上爬行的拉車牲口。奇怪的是，與其他攤主不同，他閉著嘴一言不發，只是瞪大雙眼，像是承受著巨大痛苦的修道者一般，沒有絲毫反抗，任由拉扯。我感到全身一陣顫慄。他現在不是被拉，反倒是自己主動在拉。他全身伏地，以自己的力量拉拽著全世界的重量。我不知道他將去向何方。

現在，這篇無聊的文章該收尾了。雖然遲了些，我也算是遵守了為他寫篇文章的約定。當然，張丙萬如果讀到這篇文章，絕對不會滿意。不過，我只能以這種方式書寫。正如他所言，我這個滿肚子墨水的破爛小說家能力有限，但事實又是如此，能怎麼辦呢？最後一件事——雖然只不過是畫蛇添足罷了，我還是決定說一說——當初打算在雜誌上刊載張丙萬故事的那位後輩，如今已經任職某知名女性雜誌社，是一位相當活躍的記者。

chapter two

龍川白

32

龍川白

如果只能堅持著活下去，如果只能堅持著活下去等待新世界的到來，除了成為一個無人接近的龍川白，還有什麼其他的辦法嗎？

——金聖東《起風的傍晚》節選

敲門之前，我稍微順了口氣。然而，做了兩三次深呼吸之後，緊張感依然沒有輕易消除。厚厚的門後傳來一絲動靜，我小心地推開了門。

「有什麼事嗎？」

坐在門旁桌邊的女職員問我。房間並沒有想像中的那麼寬敞。有一個四十歲左右的男子背朝窗戶正對著門坐著，我猜他是這個房間的負責人。

「我來找檢察官先生。」

「您是哪位？」

「我……叫金英真。昨天接到電話……」

「哦，請坐在那裡等一下。」

坐在女職員旁邊的男人說道。那個男人看起來像是檢察官的書記員。或許只是我的主觀感受，他的語氣十分生硬，不過我當然沒有空閒對此感到不快。我在他們對面的椅子上坐了下來。檢察官正在打電話。他把椅子向後仰著，轉來轉去，嗓音很溫和，像是在和一個親密的朋友閒聊。法律程序、執行命令、保持上訴等術語中混雜著前後輩的紐帶關係、什麼酒館、老闆娘的服務怎麼樣等內容。不過，除檢察官的說話聲之外聽不到任何聲音，房間內的氛圍總的來說十分安靜，甚至令人感到肅穆。

「你是金學圭的兒子嗎？」

檢察官掛斷電話，起身說道。

「是的，您好，我叫金英真。」

我彎下腰深深地鞠了一躬，握住了檢察官伸過來的手。我意識到他剛才並沒有稱呼父親為「金學圭先生」，切實感受到了一陣恐慌。父親名字的三個字已是不必加敬稱的犯人名字。

「聽說你在鄉下的學校工作，讓你特意跑一趟，非常抱歉。」

「沒……沒關係。您願意見我，反倒是我應該對您表示感謝。我這段時間無處打聽消息，心裡正十分著急。」

我謙遜地接過檢察官遞過來的名片，重新坐好。他頭髮梳得紋絲不亂，戴著一副眼鏡，長相十分普通，沒有什麼特點。不過，這種平凡的長相並不能減少我的不安與緊張。

「鬥士家庭啊！」

檢察官翻看著眼前的文件夾，許久之後抬起頭來說道。

「妹妹偶爾會聯繫你嗎？」

「什麼意思……」

「我是說你妹妹曉善。聽說她在工地上很出名啊。目前正在被通緝，看來沒少讓警察傷腦筋呢。」

「那個，我一直在鄉下……已經一年多沒見到她了。我真的不知道她會參與那種事。我們家的條件不好，她沒上過幾天學，不過那孩子心腸軟，十分善良。」

檢察官聽著我磕磕巴巴的冗長陳述，嘴角泛起一種令人難以捉摸的笑意。

「反正曉善不會輕易露面，你怎麼說都行。」

他低下頭，重新開始查看文件。

「金先生，你有兩個名字對嗎？除了英真，還有另一個名字叫莫洙。」

「不是另一個名字，那是我的小名。後來我改名了。」

「為什麼改名？」

「那個……莫洙這個名字不常見。小時候還因此被朋友們嘲笑。」

我辯解般拙劣地回答著，陷入一種無力感。終究還是走到了這一步。我再次意識到，莫洙這個舊稱依然是我無法抹除的名字。儘管我極力撇清，最終還是因為父親的問題，根本無法擺脫。

半個月前，姑媽打電話到我工作的學校，我第一次聽說了父親的消息。

「金什麼？沒有這麼個人。唔……又不是只有一兩個金老師。什麼？哦，金英真老師。您怎麼不早說。請稍等。」

看來姑媽一開始是以莫洙這個名字來找我的。接電話的教務主任反覆問了好幾遍，她才勉強想起我的名字。

「喂，請轉一下金老師，金英真老師……」

我接過電話之後，電話線那頭濃厚的慶尚道口音還在焦急地喊叫著。

「您好，我是金英真。」

「哎喲，英真……不，莫洙呀，你真的是莫洙嗎？」

我這才聽出來，這個操著一口熟悉的濃厚慶尚道口音的老女人是姑媽。

「姑媽，有什麼事嗎？您在哪兒？」

「什麼在哪兒，當然在首爾。不過，莫洙呀，這事可怎麼辦才好呢？你爸……你爸被抓了。」

「什麼，您說什麼？怎麼回事？」

「你爸被抓了。哎喲，這可怎麼辦呀？天吶……已經過去三十來年了……真是一個晴天霹靂呀。」

「請您說得詳細一點。父親……走了？去哪裡了？」

考慮到教務室裡的其他老師也會聽到，我在慌亂之中依然沒有說出「被抓」兩個字。而且，教務主任從剛才開始一直眨著那雙小眼睛隔著鏡片盯著我。

「難說，不是警察，而是情報部或是安全企劃部之類的部門。已經進去好幾天了，我今天才聽說。現在真要完蛋了！你說，這事怎麼辦才好呀？」

「等一下，姑媽。我現在不方便細說。等一下再打電話吧。明白了嗎？下午放學之後，我打給您。」

我說完之後，掛斷了電話。

「是金老師的親戚嗎？剛開始說找金老師，說了一個別的名字，金什麼來的。聽起來有點兒慌張，您家裡出什麼事了嗎？」

「是的。不過沒有什麼大事。」

我向教務主任搪塞過去後，回到自己的座位，撲通一下癱坐下去。我摸索著香菸，沾滿粉筆灰的指尖不知不覺地顫抖著。小時候，我很討厭莫洙這個名字。這個名字有些怪異，鄰居家的孩子們都喜歡以此取樂，還給我起了外號叫「木工」、「米酒」什麼的。不過，等到我年齡稍大了一些，得知父親為什麼為我取這個名字之後，才真正對此心生厭惡。我無法忍受父親把自己失敗過往的恐怖外殼罩在我身上。大二那年參軍之前，我自己透過各種努力，經過煩瑣棘手的行政手續，改了名字。

「金先生對父親的過往瞭解多少呢？」

檢察官問道。

「過往……您是指哪種過往？」

「你父親過去曾經加入南勞黨，是一個共產主義者，這些應該瞭解吧？」

果然是這類話題。我極力保持高度警覺。

「知道得不多，只瞭解個大概。六二五戰爭前後，父親因此有過一段牢獄生活，出來之後也……」

我故意說了一些提問之外的內容。

「知道得不少呀。不過，金先生對父親的這種過往或者思想有什麼看法呢？」

檢察官直視著我說道。我乾嚥下一口口水。

「停戰之後，我在這邊出生，是接受了徹底反共教育的一代。如果現在必須在南北兩種體制中二選一的話，儘管不會發生這種事，不過我是說如果，我當然只會選南部。因為我的精神與思考方式、生活習慣……我人生的所有根基都是在這種體制下形成的。最重要的是，我現在實際上是一名對孩子們進行反共教育的教師。」

我感覺後背直淌冷汗。不知道檢察官對我的回答是否滿意。檢察官依然面無表情。我感到一陣口乾舌燥，抬頭望著檢察官。

「不過……我父親到底因為什麼嫌疑被抓捕呢？」

檢察官翻看文件的手停了下來。

「你還不知道嗎？」

「是的。昨天打電話的那位只說違反了保安法，具體情況讓見面再談。」

書記員正在寫著什麼，微微抬起頭看著我。昨天往學校打電話的男人的語氣相當生硬，威脅性十足，我猜正是這個書記員。檢察官沉默著看了我一會兒，言簡意賅地開口說道：

「間諜罪。」

我突然無言以對。檢察官依然面無表情，視線卻沒有從我身上移開，以防錯過我對這句話的反應。

「那……那麼……是說我父親是間諜嗎？」

「你父親，因接受北部傀儡集團的對南操控指令，從事地下活動的固定間諜嫌疑被捕。」

檢察官的語氣不帶任何感情色彩，我卻依然不由得懷疑自己的耳朵。第一次聽姑媽說起父親被捕的消息時，我憑直覺判斷可能與父親的過往有關。不過，我想不出父親具體能有什麼違法行為，只猜測可能是在某個小酒館喝醉後胡亂說了什麼不該說的話，或者因為過去的事情重新接受調查罷了。說不定我也暗自認為，父親總有一天會因為過去的不良思想與行動，突然被捕或者接受為期幾天的調查。可是，間諜罪？我和這片土地上出生並接受教育的其他人一樣，從小在教室和路邊的標語中以及報紙上見到過無數次這樣的表達，卻從未想過會和我有什麼直接關聯。直到此刻，我依然感覺不太真實。報紙的社會版面醒目地刊載著「間諜集團一網打盡」的標題，還刊有畫著各種箭頭的圖表、隨機數表與無線電等證物照片，以及父親那張憔悴的臉，只是想想就覺得很恐怖。我艱難地開口回答道：

「那……那絕對……不可能。」

「你憑什麼認為父親絕對不會做那種事？」

檢察官倚靠在旋轉椅高高的靠背上，透過眼鏡仔細觀察著我。

「儘管……過去有過左翼思想，但那已經是三十多年前的事了……而且，父親絕對不是能夠做出那種事的人。」

「是嗎？那麼，金先生認為誰能做那種事呢？」

「這個嘛……性格不夠毒辣兇狠，是做不出那種事的。父親的意志不夠堅定……生活上也幾乎是個廢人。認識父親的人，都可以證明這一點。」

我想起去年寒假最後一次見到父親時的樣子。時隔幾個月，我去了鐘岩洞山坡上的單間租屋處，父親當時正蜷縮著身子蹲在廚房門前的水龍頭下搓洗內衣。我去年夏天在江原道的鄉村中學找到工作，便立刻離開了首爾，留下妹妹曉善獨自在兔子窩一般的單間租屋處裡服侍著父親。不過，從去年秋天開始，由於妹妹被警察通緝，不能回家，父親身邊連個幫忙做飯、洗衣服的人都沒有了。我每個月給房東一筆錢，委託他們幫忙操持父親的伙食與換洗衣物，但很難期待他們會好好照料父親。家裡沒有了妹妹，簡直成了一間亂糟糟的廢屋。被子總是平鋪著，衣服四處亂丟，牆角的空燒酒瓶滾來滾去。昏暗骯髒的房間裡，父親像是一頭踩踏著自己的糞便生活的老牲口。房間裡散發著一股惡臭，像是什麼東西正在嚴重腐爛。我知道那是父親的氣味，正在腐爛的是父親。

「金先生，你剛才說你的小名叫莫洙對吧？」

檢察官說道。

「金學圭，也就是你父親，在接受調查時主動交代，為了證明自己的理念很透徹，根據馬克思的名字為兒子取了名。」

「我也知道這一點……不過，那只是他年輕時的白日夢罷了。」

「夢？」

「算是對自己失敗人生的一種補償心理。這種即興、浮誇的東西，反倒證明他不適合間諜這種可怕的工作吧？」

「金先生，」檢察官嘴角泛起詭異的笑，「你對父親的分析相當冷靜啊！」

「說起來雖然很丟臉……我從小從未尊敬過父親。父親從未展現過一個家長的權威與能力，我們看到的只是一副完全無能的糟糕模樣。」

我的臉熱辣辣的。我感到羞辱難堪，同時感受到一種不知來自何處的憤怒。我知道自己陷入了一種悲慘的境地，為了證明父親不是間諜，我只能在檢察官面前親口說出父親的全部缺陷。

「總之，不論事實與否，調查之後就知道了。不過，金先生先見父親一面，怎麼樣？我給你特批一個探視機會。」

我呆呆地看著檢察官。

「其實我特意請金先生來，也是為了讓你跟父親見面。你父親已經移送關押，在拘留所裡，不允許普通探視。不過，我可以為你和父親安排一次特別會面。」

「謝……謝謝！可是……」

「可是，我為什麼特意安排這種特殊會面？你似乎對此感到很意外。」

檢察官開始簡單介紹父親這次的相關事件。最近，對共機構揪出了北部傀儡集團的對南間諜組織網，並將其一網打盡。這次的間諜集團是過去參加過南勞黨與游擊隊的殘餘勢力，大部分是六七十歲的老年人。為了赤化統一，把老弱病殘也利用到間諜組織，這種不擇手段的做法，再次證明了北部傀儡集團的惡毒性。他們從十幾年前開始接受指令並收集重要情報，拘捕時的隨機數表、活動經費、短波無線電等各種確鑿的證物已被全部沒收。

「可是……」

檢察官說到這裡，頓了一下。

「問題就出在金學圭這裡。其他人都有犯罪事實成立的確切證據，這人卻有點兒模棱兩可。」

「模棱兩可，具體是什麼意思？」

「也就是說，沒有明確的證據。組織這次懷疑他還與過去南勞黨的一些地方組織網保持來往，或者說他至今仍與一些負責人關係密切，只是沒有物證。而且，其他參與者都表示與金學圭沒有關係。」

「如此說來，父親應該是無罪的啊！」

「可是，問題不在這裡。金學圭本人極力主張自己也參與了。」

「怎……怎麼可能？」

「在偵查機構剛抓捕你父親時，我認為有一個重要資訊值得參考。他本人剛開始似乎也不知道發生了什麼。雖然我無法為你詳細說明搜查過程……總之，你父親在接受搜查的過程中大概瞭解了事件全貌之後，突然開始主張自己也參與了。他堅決表示自己是間諜，讓我們抓捕他。」

簡直難以置信。按照檢察官所說，父親自稱是間諜，這怎麼可能呢？我頭昏腦脹地望著檢察官。

「我雖然不懂法律，不過假如唯一的證據只有父親自稱間諜，是無法定罪的吧？」

「對共關係上並非一定如此。『我是共產主義者』，說出這句話本身就是一種罪。而且，不是間諜的人自稱間諜，簡直難以想像！除非說話的人瘋了。總之，金先生，你明白我為什麼特意安排你與父親會面了嗎？」

所以，檢察官的意思是讓我親自聽父親講。檢察官似乎覺得，父親為什麼主張毫無證據的間諜行為，至少在兒子面前可能會吐露真相。

「謝……謝謝。很顯然哪裡搞錯了。正如我剛才所說，父親絕對不是會做出那種事的人。」

「這個嘛，要繼續調查才會知道。沒必要謝我。我只想瞭解真相。」

「什麼時候可以探視？」

「明天上午。早上九點之前到這兒，和我一起去拘留所。」

我離開了檢察官的房間，走出檢察廳的大樓。可能是因為消除了令人窒息的緊張感，突然有種眩暈籠罩全身。時值二月下旬，外面下著遲來的雨夾雪。我站在原地，茫然地看著四處飛舞的雪花。

「莫洙呀，我在這裡，這裡。」

警衛室旁邊有一個人揮著胳膊大喊。我這才想起自己曾經告訴姑媽在檢察廳門前的茶房等我。不知道雪已經下了多久，姑媽的肩膀濕漉漉的，臉也凍得發紫。

「在茶房等多好，怎麼出來了？」

「心裡太著急，怎麼坐得住呢？你受累了，先趕快找個安靜的地方吧。」

姑媽激動地說道。她像是正在被人追蹤一樣，不斷地四下打量，緊緊拽著我的胳膊。我看到姑媽的這種激動與不安，心頭莫名湧起一股怒火。

「怕什麼？又不會被抓走。我們犯了什麼罪嗎？」

「為什麼沒有罪？賴活著就是吃苦受罪。」

我幾乎沒有什麼近親，只有一個姑媽。姑媽是一個頑強的女人，年輕時裹著不成樣子的男裝在集市謀生，幾乎沒有什麼工作是她沒做過的，就這樣辛苦拉扯大了沒有父親的三個孩子。現在，她只是一個藏不住衰老與疾病的憔悴老人罷了。我們去了路邊的中餐館二樓。中餐館大廳中央生著一個煤爐，卻依然冷颼颼的。姑媽避開圍坐在煤爐邊的眾人，把我拉到角落的座位。

「怎麼辦？檢察官說啥了？你爸到底因為啥罪被抓呀？」

姑媽忙著入座，著急地問我。她極力壓低聲音，生怕有人聽見，同時不斷地打量著四周。我大概轉述了檢察官的話，剛說出「間諜」二字，姑媽立刻滿臉煞白。

「怎麼會有這種事？哎喲，真是令人心驚肉跳。你爸可能是鬼上身了！」

「還不至於絕望。在我看來，檢察官也在盡力好好處理……總之，明天見到父親，打聽一下情況再說。」

「行。不管怎樣，你好好哄著你爸。他但凡有點心，能做出那種毀掉子女前途的事情嗎？莫洙，我只相信你。」

「姑媽，現在別叫我莫洙了。您也知道我改名了。」

「對呢。英……英真。每天叫慣了，不好改口。不過，你真有閒心。現在這種情況，還計較什麼名字。」

姑媽緊緊攥著手帕，擦拭著眼眶。姑媽的眼睛裡不知不覺已經布滿血絲。

「你爸真是命苦，不幸啊！年輕時參加什麼左翼，結果什麼也沒做成，還被關進了監獄。三十年來，背負這個罪名，受盡冷眼。本以為等到你們長大之後，他會有所悔悟……七十歲的老人了，孤苦伶仃，都沒個人幫忙做飯。假如夜裡來不及喊出聲就被人抓走了，有誰知道呢？躺在那裡斷了氣，又有誰知道呢？」

姑媽的話語中夾雜著平時對我的埋怨與不滿。其實，對姑媽來說，我算是一個丟下父親不管不顧的狠心侄子。半個月之前，她告訴我父親的消息時，本以為我會立刻返回首爾，我卻沒有回來。

「做人怎麼能心腸這麼硬呢？」

姑媽之後又來了幾次電話，叫我回首爾，我卻總是找這樣那樣的藉口推遲，姑媽於是直接表達了對我的不滿。

「不管是好是壞，他都是你爸。就算是鄰居家老頭，也不能這樣裝作不知道吧？生養你的父親被抓進去幾天了，也不知是死是活，你卻毫不關心。要是曉善，肯定不會這樣，她比你心腸好，又孝順。就算是個禽獸，也都認得自己的父母子女，你怎麼能這麼狠心？」

然而，事實並非姑媽所說的那樣，我當然沒有完全擺脫之前因父親的問題所產生的不安與恐懼。其實，說不定反倒是我自己培養了那種恐懼。當我獨自在租屋處裡讀書，聆聽著黑夜裡籠罩四周寂靜的時候，經常會突然陷入一種難以忍受的擔憂與絕望。

在過去的兩年時間裡，我在一個地圖上找不到的破落小村莊裡過得安穩而平靜。那裡風大，沙塵飛揚，開墾山坡才勉強可以種點大蒜與辣椒。那裡真的是沙塵肆虐。我的牙刷掛在租屋處的廚房裡，總是落滿塵土，每天早晨刷牙之前要沖洗好多次。上課時望向教室的玻璃窗，可以看到從遠處河溝隨風席捲而來的沙塵暴。沙塵暴瞬間吞沒了操場，我下課之後回到教務室，需要先用手掌抹掉書桌上覆蓋的沙粒。教務室裡有一個鋸末爐，白鐵皮圓筒從底部戳了很多小孔，鋸末像沙漏一樣一點一點鬆軟地塌陷下去。我總是在那些窟窿裡點菸，吸上一口之後，舌尖上必定會黏糊糊地縈繞著一股鋸末味。我作為一名鄉村教師，沒有什麼特殊的使命感。對頑皮的鄉村小孩們的功課，我只是一種半死心的狀態，臉色黝黑的農民居多的當地人，也把我當成了周圍單調風景的一部分。我喜歡的只是那裡的單調與安寧——白色灰塵不知不覺間堆積，鋸末在煙筒爐裡像沙漏一樣無聲掉落。我別無所求，只希望沒有人打攪我這一潭死水般的生活。我的租屋處有一個破得不能再破的舊式廁所，算是貧困農民家庭的常用樣式。廁所的石棉屋頂幾近坍塌，低得讓人伸不直腰，我只能像個女人那樣蹲著撒尿，每次都有種被閹割似的自虐快感。不過，這又算什麼呢？那裡與一切絕緣，遠離了首爾的繁雜與喧嘩，以及再也不願回憶起的痛苦過往，最重要的是遠離了父親。

「總之，姑媽別太擔心。不會有事，很快就會放出來的。請相信我，放心吧。」

「難說，要真是那樣就好了。已經過去三十多年了，這算什麼報應呀？本來就一直放不下心，怕被翻舊帳，果然遇上這種事……」

姑媽終於在餐館一角低聲哭了起來。

「已經過去三十多年了。」從中餐館出來，與姑媽分別之後，她嘶啞的嗓音依然在耳邊揮散不去。這句話裡蘊含著姑媽歷時三十多年都難以擺脫的恐懼與無法抹去的傷痕。姑媽堅信，父親的這樁案件與三十多年前的過往密切相關。三十多年前，姑媽無奈與丈夫生離死別。六二五戰爭之後，當局下達了一網打盡檢舉令，姑父突然銷聲匿跡，至今生死未知。而在這片土地上與她相依為命的哥哥，三十多年來也一直背負著罪名生活。

過去那些年，我和家人每天生活得提心吊膽，艱難地維持著生計。催債、不斷減少的糧食、房租、學費……明天永遠都是絕望，但這種絕望又被僥倖地推遲到第二天。然而，父親對這種生活的所有痛苦表現得漠不關心，包括父親在內的我們一家四口的生活重擔，只能全部落到母親的肩上。不過，母親在父親面前絕對不會提起錢的問題。如果哪次在父親面前不經意地表示出對錢的擔憂，父親便會突然大發雷霆，發瘋一般大喊：

「錢！錢！錢！別跟我提錢！錢算什麼！我搞不懂。我不做金錢的奴隸！門兒都沒有！我金學圭寧願死，也絕對不會為錢而活！」

如果他不想成為金錢的奴隸，就會有人為了他被迫成為金錢的奴隸，他怎麼就不明白這個道理呢？真是令人費解。而那個人，就是不幸的母親。父親不負責任地帶到這個世界的子女，也同樣跌落至殘酷的人生谷底，不得不成為金錢的奴隸。懂事之後，我才知道父親以前信仰共產主義思想，參與過左翼運動，有過三年半的牢獄生活。不過，不論那種信念是什麼，我都無法理解父親那種人怎麼能夠曾經為之獻身。同時，父親極其鄙夷當今社會的制度與規則。我打算考大學時，父親也暴怒地提出反對，令人難以理解。

「我想上大學學習文學。」

父親問我上大學到底想幹什麼，我如此回答。父親突然大喊起來。

「文學？你小子，文學一定要讀大學才能學嗎？去大學那種地方，書本裡學的文學算什麼文學？吃飽了撐的，才去胡搞那些亂七八糟的東西！在工廠裡、工地上，在生活第一線流汗，才是真正的文學！連高爾基也是在餐館裡一邊刷盤子一邊寫作。近來的什麼作家、教授，連高爾基腳上的泥垢都不如，談什麼文學，談什麼藝術！你小子，一天連頓飽飯都吃不上，不想著謀生活，上什麼大學呢？你那種腐朽的思考方式，能做成什麼事？你這瘋子，死了算了！」

我那時並不知道誰是高爾基，也對此不感興趣。可是從父親這種人嘴裡說出「生活第一線」、「謀生活」這樣的話，我覺得十分可笑。我當然明白，以我們當時的家境上大學是一種奢侈。我無法輕言放棄，是因為母親。從小時候起，母親便如口頭禪一般教導著我：

「洙啊，我希望你長大了可以當老師。不盼著你做生意賺大錢，也不指望你出人頭地，就踏踏實實地當個老師吧！雖然不能賺大錢，也不能出人頭地，老師卻是世界上最好的職業。一定要記住我的話。」

母親以為，不讓自己的孩子在這個社會中誤入歧途的最安全的一條路，就是當老師。由於父親在這個社會中被視為一個「禁治產者」，我們因此承受痛苦、貧困與威脅，這是母親按照自己的方式所領悟到的生存智慧與最後的希望。成為公務員可能是最忠誠地服從這個社會的方式，不過以母親的經驗，她或許以為，公務員非但不安全，反倒會很危險。我最終遵從母親的意思，上了師範大學。文學之夢至今未能實現，其實也無所謂。我小時候喜歡寫作，只是因為那是逃離痛苦現實的手段罷了。我至今在無名的鄉村中學當老師，已經足以逃離現實。母親如此渴望我當老師，卻在我剛上大學的那年春天便離開了人世。

那天晚上，我失眠了。我想起了自己離開的小山村，回憶起了早晨坐巴士離開小鎮公路時的熟悉風景——生鏽的鐵皮屋頂磨坊建築、石灰脫落的破舊辦事處、木材加工廠院子裡堆積的紅色鋸末堆被蕭瑟飛散的雨夾雪淹沒，逐漸凍住的樣子。我待在那裡的時候，曾感覺首爾不現實，如今那裡則變成了渺茫的遠方與回不去的非現實。我依然被封鎖在過去的痛苦現實中。我想起了幾個月以來不知身在何處、至今杳無音信的妹妹。使我難以入睡的最後一個原因，是對母親的回憶。母親被腸胃病折磨了十幾年。每次復發，她就會扯著衣襟，在房間裡踱來踱去。然而，母親從未去過醫院，從來沒有好好吃過一服藥，每天數次忍受著劇烈的疼痛。母親只服用過小蘇打。那烈性的小蘇打不知道產生了什麼化學反應，可以暫時緩解胃潰瘍的疼痛，發揮了臨時鎮痛的作用。疼痛發作時，母親便打開鐵罐的蓋子，往嘴裡送一勺小蘇打。母親緊閉雙眼吞下味道苦澀的小蘇打時皺起的臉與打開裝小蘇打硬邦邦的鐵蓋時的聲音，我至今記憶猶新。

母親離開人世，也是因為腸胃病。在醫院，醫生看著X光照片，表示已經錯過了治療期。本來只是胃潰瘍，拖延太久發展成胃癌，活到現在已經是奇蹟了。母親在床上躺了兩個月之後離世。母親與恐怖的痛苦決一死戰的最後兩個月，父親卻每天醉酒。他像是一個根本沒打算正常起來的人，哪怕只是一瞬間。爛醉如泥的父親在狹窄的房間一角倒頭大睡。我聞著父親身上散發的酒氣，聽著母親不斷加快的呻吟，徹夜咬緊牙關，幾千次告訴自己，絕對不會原諒父親。

門開了，獄警和一個犯人一起走了進來。我差點沒認出來那就是父親。他穿著略微鬆垮的不合身藍色囚服，戴著手銬的兩隻手拼在身前，這個憔悴的老人就是我的父親，簡直令人難以置信。三十二號，是父親左胸口的犯人編號。他幾乎是被獄警強推到了桌前，這才看到了我，嚇得打冷顫，僵住的面龐抽搐了半天。「你，你怎麼來了？」檢察官指示獄警為父親解開手銬。手銬解開之後，父親坐在了椅子上。

「身體還好嗎？」

我勉強問了一句。

「嗯……還好。」

父親簡短地答道。我不知道如何將對話進行下去。父親兩頰深陷，未經打理的花白鬍鬚，讓整張臉看起來更加憔悴而衰老。然而，更令人吃驚的是父親的態度。父親顯得沉著而且理直氣壯，與那身醜陋的囚服很不相稱。父親以前總是彎著腰，駝著背，現在卻像是故意似的挺胸抬頭，坐得筆直。我莫名地感覺到父親這種不同以往的姿態十分可憐，像極了拙劣的表演。

「金學圭先生，兒子很擔心你。你年紀大了，現在也該為孩子考慮一下了。怎麼能這樣讓孩子們擔心呢？」

檢察官打破了沉默。他嗓音柔和，像是責怪小孩子一般，語氣中卻也絲毫沒有隱藏平常處理嫌犯時的威懾感。檢察官說了一句「請獄警當作沒看見吧」，然後遞給父親一支菸。他向獄警尋求通融，一方面是為了尊重他們的規則與職責，另一方面也像是有意對嫌犯表示出一定程度的親切與善心。不過，父親接過菸叼在嘴上，並未表示任何謝意。

「我特意把你兒子叫來了。所以從現在開始，想說什麼就直說吧！就算是對我們不能說的，對兒子應該可以說吧？」

然而，父親什麼也沒說，只是在沉重憋悶的沉默中吐著煙圈。

「父親，這到底是怎麼回事？」

我先開口問道。父親這才緩緩把視線轉向我。

「就那樣。」

僅此而已。我無言以對，同時感覺到有一種難以抑制的情緒湧上來。

「據說您有間諜嫌疑，我覺得應該是搞錯了。如果您在接受調查時，因為某些迫不得已的原因才那樣說，請如實告訴我。我認為父親絕對不是那種人，這錯得也太離譜了。」

「錯什麼錯，一點錯也沒有。」

父親以相同的語調說道。他的態度毫不動搖，甚至有點不知羞恥。

「那麼您的意思是確定有過間諜行為？」

「有過。」

「檢察官說沒有證據。」

「怎麼沒有證據？一起被抓的人都是證據。」

「他們也已經證明了只有您沒有參與。您為什麼這麼固執呢？」

「他們是故意的。我看起來有希望出去，能救一個是一個。」

我沒話了。很顯然，父親變了。這種姿態很陌生，我從未見過父親如此理直氣壯且自信滿滿。父親的語氣與眼神，充滿了自信，看起來像是一個準備承受所有痛苦的殉道者。然而，在我看來，這副模樣十分愚蠢而可笑。我從座位上起身，走到父親面前，握住父親的雙手。

「父親，您到底為什麼這麼做？您現在也可以說自己是無罪的，檢察官會妥善處理的。難道是因為對一起被捕的那些人的道義嗎？或者您說說，到底為什麼這麼做？」

我緊握著父親的手，幾乎是在哀求，父親卻閉口不言。其他人，也就是檢察官與書記員，還有獄警，像是冷靜的看客一樣望著我們。我們父子彷彿在他們的注視下扮演著一齣慘不忍睹的喜劇，我難以忍受這種恥辱。

「你不懂。」

父親終於開口了。

「不懂什麼？」

「你不懂。」

我在那一瞬間突然站了起來，再也無法忍受苦苦壓抑已久的內心湧起的衝動。

「我並不想知道那是什麼東西。雖然不瞭解父親懷有什麼信念，不過那有什麼了不起？至今讓家人受苦受累已經夠多了吧？我們現在又要受父親牽連，承受痛苦嗎？因為您那自以為是的思想與信念？母親這一生是如何度過的，又是如何去世的，您該不會已經忘記了吧？那都是因為誰？曉善為什麼要去工廠受罪，如今淪落到四處逃亡的境地？好，您現在打算讓曉善再背負一個間諜女兒的罪名是吧？」

「對你們……我很對不起你們。」

「對不起？我不相信這句話。父親從未考慮過家人。您才是真正的利己主義者。父親所謂的信念，就像是飄浮在半空的海市蜃樓，與您的人生毫無關係。所以，您請便吧。服從那種信念與思想的安排吧！做個間諜也好，其他也罷！」

我的雙腿顫抖不已，同時感到一陣眩暈，好像立刻就會暈倒。我更加難以忍受的是羞恥。真是出盡了洋相。穿著藍色囚服的父親坐在面前，我卻只能表現出這副幼稚的樣子，這種厭惡感使我恨不得立刻破門而逃。

「有個詞叫作『龍川白』。」

這時，父親聲音嘶啞地說道。

「可以指瘋子，也可以用來稱呼那些據說受到上天懲罰的痲瘋病人。總之，是那種與健全者或者普通人合不來，被世界拋棄的存在……」

父親望向半空，自言自語般慢慢地繼續說著。

「戰爭結束後，龍川白突然多了起來。龍川白在鄉村、城市之間遭受著豬狗不如的待遇，於是經常結夥行動。我不明白為什麼戰爭之後，龍川白突然變多了。不過，一個很明顯的事實是，其中也有自發成為龍川白的人。細算來，我也算其中一個……」

父親稍微停頓了一下。父親的視線依然望向虛空，有種不容侵犯的微妙感覺。越是這樣，我越是有種莫名的焦躁。

「我們過去曾為革命抗爭。」

父親接著說道。

「後來戰爭爆發，黨失敗了，革命失敗了，組織支離破碎。之後，人們都去哪兒了？做什麼去了呢？參加游擊隊進行最後抗爭的人都死光了？按照我們所信奉的理念，只要還沒死，就要留在這裡開始漫長的抗爭，準備全新的革命。然而，我卻未能那麼做。在這裡的體制下，也沒能賺大錢，出人頭地，連家庭的安樂也沒能守護。這也不行，那也不行……只能過著龍川白一般的生活。」

父親停了下來，長嘆了一口氣。

「我現在還能活多久呢？雖然對不起你……我已經決定了，不要至死做一個龍川白。我要說的就是這些……」

父親再也沒有開口，房間內又陷入了沉重的靜默。

「所以，所以……現在不想再當龍川白了嗎？為了擺脫龍川白的生活，所以要觸犯間諜罪嗎？這是將您的過往人生一筆勾銷的唯一方法嗎？不過，這是什麼意思呢？您這麼做，過去的生活就會有所改變嗎？這種做法很傻，是徹底的自我欺騙。在我看來，只是發瘋罷了，又成了另一個龍川白。」

我精神恍惚地說完，突然雙唇緊閉。難以置信的是，我居然看到父親的臉頰濕潤了。父親依然望向半空，憔悴的臉上爬滿了皺紋，無聲地淌下淚水。我再也難以開口。不過，我知道自己嘶啞的嗓子眼裡有一種難掩的哀傷。我彷彿已經用盡了全身的力氣，癱坐在那裡。

最終，直到我走出房間，父親都沒有再說一句話。檢察官可能還有其他需要單獨審訊的內容，讓我先走。我只好獨自走出拘留所。出門之前，我本可以再為父親向檢察官求一次情，卻又打消了念頭。我想，父親就算承認了根本沒有犯下的間諜罪，被判了刑，未必會比現在更加不幸。

我獨自走向正門，突然轉過身，久久望著一片暗灰色的高圍牆、監視塔，以及後方簇擁著的仁王山的巨大岩石與散發著冰冷光芒的殘雪等。我又走了幾步，再次停下來。自言自語、牙齒縫發出的呻吟、喉嚨裡聲嘶力竭的高喊，各種聲音混雜著如怒吼的波濤般湧來。然而，那只是瞬間產生的一種幻聽罷了。再回首時，那巨大的建築物依然矗立在墳墓一般的寂靜中。我緩緩走向遠處的出口。

關於命運

chapter three

關於命運

我想對先生講講我這坎坷的命運。您是寫小說的，至今應該聽到過不少奇聞異事。不過，想必不會有像我這樣不可思議的命運。

先生，您相信看相或者占卜嗎？信奉者說，人的命運從出生，不，在來到這個世界之前就已經是定數，就好比在帳本上寫好了一樣。不論再怎麼掙扎，人最終只能順著自己手掌上的手相過完這一生。還有，信耶穌的人也有類似的說法。人不論做什麼事，無一不是順應上帝的旨意。可我每次聽到這樣的話，都完全無法理解。如果事實果真如此，人的命運該有多麼不公平啊。

有人命好，出生在錢堆裡，是財閥家的兒子；有人被丟棄在路邊，不知道親生父母是誰，連自己的名字也無從知曉。可這個不幸的孤兒像在賭場裡摸牌一樣，無法抱怨自己的命運，只能全盤接受。信耶穌的人說，人出生時的八字都是上帝的旨意。我相信財閥家的三代獨子可能會喜歡這句話，可是出生在路邊的乞丐該有多委屈呀。說句不該說的，我到底犯了什麼錯，要被上帝如此判定呢？

我為什麼要說這些呢？因為我就是一個沒有父母的孤兒。當然，我不是從天上掉下來的，我肯定也有父母，只不過我被丟棄在馬路邊時只有四五歲，不記得自己的父母是什麼人，甚至不清楚自己怎麼就變成了孤兒。我只是猜測，那時正值六二五戰爭時期，我可能是在戰亂中失去了父母吧。我勉強記得自己叫金興南，卻也不確定這個姓名是否正確。事實上，我連自己的確切年齡也不知道。

我在南海岸港口都市的一所又小又寒酸的孤兒院裡長大。那所孤兒院由一個破舊棚屋改造而成，戰時曾被當作軍營，窗戶上的玻璃沒有一塊是完好的，是一個十分糟糕的地方。孤兒院院長是一個傷殘軍人，戰時失去了一條腿，整天都在酗酒。

院長常在深夜醉酒時突然大喊：「緊急，緊急！」他叫醒熟睡的孩子們，開始軍事化訓練。熟睡中醒來的孩子們晃晃悠悠地支撐不住身體，他便會用手中的枴杖暴打。不過，對於在此長大的孩子們來說，挨打是再平常不過的了，與吃喝拉撒沒有什麼區別。孩子們真正無法忍受的，不是挨打，而是挨餓。

到了上學的年齡，孩子們會沿著長長的海邊堤壩去附近的小學念書，偶爾會偷吃堤壩上晾曬的魚乾充飢。由於我們是孤兒院出身，會像痲瘋病人一樣被其他孩子排斥或者欺負，因此總是三四個人結伴而行。

大概小學五年級的時候吧，那一年冬天我參加了學校舉辦的文藝表演。上台表演的節目好像是《蛤蟆王子》，我扮演的正是主角——那個不幸的王子。

您應該知道這個故事吧？王子被一個邪惡的魔術師卜了詛咒，變成一隻醜陋的蛤蟆。沒有人知道，王宮後院裡那隻呱呱亂叫的醜陋蛤蟆其實是鄰國的王子。可憐的王子，為了不被人們踩死或者驅趕，只能一直躲藏在不易被人發現的陰暗角落。一天，一位美麗善良的公主為不幸的王子流下了同情的淚水，並且親吻了他。在公主親吻的那一瞬間，魔法解除了，蛤蟆變回了王子的樣子。

年幼的我認為，劇中這隻不幸的蛤蟆和我的命運很像。因為就像那隻不幸的蛤蟆一樣，我也披著詛咒的外殼降生，是一個被丟棄在路邊不知道父母是誰的私生子。

扮演公主的女孩是附近最富有的船主女兒，家裡有好幾艘船。她膚色雪白，像極了當時供應的美國奶粉；眼睫毛很長，名字也是在教堂裡取的，叫作「瑪利亞」。簡單來說，她就像是天上的星星，像我這種孤兒院出來的孩子，很難和她搭上話。排練時，每次快到了公主親吻的時刻，我便十分緊張，雙腿發麻，突然尿急，感覺快要憋不住了。可她在排練時從來沒有真正親過我，只是做做樣子。

「喂，文藝表演那天必須真的親上去，明白嗎？」排練指導老師如此說道。每到這時，她總是會十分輕蔑地瞟我一眼。不過，我絲毫不覺得自尊心受到了傷害。

我至今也搞不明白，指導老師當時為什麼偏偏讓我扮演王子。可能他認為變成醜陋蛤蟆的王子與我這個不幸的孤兒身世十分相像吧。總之，平時總被其他孩子孤立、捉弄的不幸孤兒，可以被漂亮的富家女孩親吻，就算是在話劇中，也實在太離譜了。我閉上眼睛，在等待女孩的嘴唇吻上來的那個無比緊張的瞬間，經常會陷入恍惚的夢境——說不定我不是一個不知道自己親生父母的卑賤不幸的孤兒，而是會以高貴的身軀獲得重生的王子。

終於，到了文藝表演的那一天。兩個教室中間的隔板被拆掉，改造成了簡陋的禮堂，舞台裝飾成了漂亮的王宮庭院。那天恰巧下了一場沒到腳脖子的大雪。眾人拍打著肩膀上的雪花坐下，拄著枴杖的院長也來了。

我把所有東西藏到了拉起幕布的舞台後面的黑暗之中。這個世界美得耀眼，完全不同於令人厭惡的現實世界——只能四五個人緊挨著身子合蓋一條破舊的軍用毛毯入睡，深夜餓醒之後，也只能獨自聆聽著海浪發出恐怖的聲音、搖晃著棚屋的窗戶。可能正是在那時，我第一次隱約感覺到了人生的美好。

觀眾席的燈滅了，伴隨著老舊的留聲機裡傳出的音樂聲，話劇終於開場了。我變成了蛤蟆，背上披著斑駁醜陋的皮，公主穿著蜻蜓翅膀一樣輕薄的白色紗裙。為了扮成蛤蟆的模樣，我身上套著一個裝美國救援物資的麵粉口袋，袋子上印著大大的英文單詞「USA」，套上之後看起來像模像樣的。

我披著這張皮上台，大家都笑作一團。尤其是一起從孤兒院來讀小學的成萬那小子，他的笑聲最大。我像蛤蟆一樣發出呱呱的怪聲，在舞台上慢吞吞地爬來爬去，他跺著腳，咯咯笑個不停。不過，我真的演得很賣力。人們再怎麼笑也無所謂。因為我很快就會以王子的身分重生，我在等待著那個耀眼的瞬間。我為此呱呱呱地叫著，嗓子都快啞了，在地上爬來爬去。我爬得十分賣力，即使後來膝蓋破皮出血，也不覺得疼。

決定命運的那一刻，公主親吻蛤蟆臉頰的瞬間終於到來了。我在公主懷裡，看到公主的眼睛裡盈滿了晶瑩的淚水，在燈光下像寶石一樣閃閃發光。我甚至可以聽到自己的心臟如雷鳴般咚咚跳動。眼看著公主的嘴唇正要觸碰到我的那一刻，世界突然一片漆黑。怎麼回事？

停電了。舞台上、觀眾席上，自然全部亂作一團。雖然當時停電十分常見，大家卻沒有耐心繼續等待。燈光沒有再亮起來，話劇當然也就無法繼續進行下去。

人們打翻了凳子，大聲嚷嚷著蜂擁而去。我依然獨自蜷縮在舞台的黑暗中。大家都走了，沒有人為這個不幸的孩子解開魔法，我只能孤零零地留在黑暗之中。

那天晚上，我迎著漫天飛舞的雪花，獨自走回了孤兒院。那段路既漫長又孤單，也很痛苦。我任由狂舞的雪花抽打著全身，怒吼的波浪像是要撕咬堤壩一般衝過來，我在絕望中全身顫抖不已。現在我只能是一隻醜陋的蛤蟆，魔法永遠也不會解除了。

對我而言，命運就是這樣。永遠都是在希望之光依稀可見的瞬間，也就是我萬分緊張地準備跨過門檻的那一刻，眼前一定會突然落下黑色帷幕，擋住去路。

從此之後，我在孤兒院或者學校就被叫作「蛤蟆」。給我起這個外號的正是成萬那小子。尤其是遠遠看到那個叫瑪利亞的女孩，他就會大喊我的外號取樂。我非常討厭這個外號，可我向來體弱，而他比我力氣大，體型健碩，所以我只好斷了念想，就像對自己的命運死心那般。

然而，我在來年又迎來了一個考驗命運的機會。某個冬季陽光和煦的週日上午，我們突然接到命令，洗乾淨手腳在房間裡集合。所有孩子都顯得緊張而興奮，因為我們知道，突然接到這種命令肯定是有客人到訪孤兒院。

我們按照指示洗乾淨手腳，不斷吸溜著流淌的鼻涕，臉色緊張地坐下來等待著。意外的是，出現在我們面前的客人竟是一對衣衫襤褸的中年夫婦。我們略感失望。到訪孤兒院的客人大多衣著光鮮，腋下夾著一本《聖經》，有時甚至還有抱著一大堆禮物的洋鬼子。不過，那天到訪的兩位客人有點特別。

我們很快得知，他們是來領養孩子的。孤兒最重要的就是要非常懂得察言觀色。我們坐成一排，夫婦二人與院長一起在我們面前慢慢走過，仔細地逐個打量我們。男人是一個光頭，穿著一條滿是油垢的收腳褲。他打量著我們，眼神裡莫名有種兇狠的感覺。不過，衣著寒酸、緊跟在丈夫身後的大嬸看起來很善良。她挨個看著我們每一個人，反覆說著：「哎喲，天吶！哎喲，天吶！」彷彿我們十分不幸。突然，男人在我面前停下了腳步。

「你幾歲了？」

「十……十二歲……」

我十分緊張，眼淚都快流出來了。去別人家做養子，是一件十分恐怖的事情，卻也是每一個在孤兒院長大的孩子的夢想。這意味著告別飽受饑餓與虐待的令人厭煩的孤兒院生活，往一個未知的世界。最重要的是，從此有了新的爸爸媽媽。我居然也擁有了說不定會實現夢想的這一刻。

他們逐一看過每個孩子之後，我被叫到了院長室。後來得知，他們想要一個我這般年紀的男孩。不過，男人在院長室再次仔細打量著我，看來不是很滿意。

「這小子怎麼看起來三天也討不到一碗稗米粥呢？會不會整天病懨懨的呀？」

我努力挺直腰桿，咬緊牙關，使出了渾身解數，想讓自己儘可能看起來精神一點，令他滿意。然而，他貌似並不滿意。不過，大嬸看起來對我動心了。她嗓音溫和地問這問那：你叫什麼名字？喜歡吃什麼？學習好不好？

我每次都使出全身的力氣，聲音洪亮地作答。大嬸讓我坐到她身旁，摸摸我的頭，握住了我的手。

我至今仍然記得當時從大嬸手上感覺到的那種微熱體溫。

「你想去我們家生活嗎？」

大嬸和藹地問我。聽到這句話，我瞬間忘記了此前的賣力表演。大嬸溫柔的嗓音讓我想起了日夜思念的未知長相的媽媽。我沒有回答，嘴唇抽動，大哭起來。

「活見鬼，男子漢哭什麼哭！」

男人十分不滿地嘖嘖舌頭，反倒是大嬸似乎更加同情我了。

「別挑挑揀揀了，就帶這孩子走吧。我挺喜歡他。」

「這小子這麼瘦弱，帶回去怎麼使喚？」

「至少看起來挺善良的。」

男人雖然看起來很不情願，卻終於下定決心遵從夫人的意思。他們和院長辦理完領養手續之後，一起談論著一些私事。我坐得筆直，腰桿痠痛，緊張而且不安，幾乎喘不過氣來，心臟難以抑制地跳個不停。我心想，這一切太順利了。我的腦海中充滿了一種不祥的預感——這種幸運不會如此輕易找上門來。

我的預感果然沒錯。就在那一瞬間，命運之箭偏離方向，射到了意外之處。院長室的門開了，成萬那小子進來了。當時，每當有船靠岸，他便去碼頭幹活。這當然是院長吩咐的。因為他的體型已經相當於一個普通的成年人，應該出去掙點伙食費回來了。

成萬走進院長室，那個男人的目光突然發生了改變，上下打量著成萬的身體。

「這小子也是孤兒院的嗎？」

他問院長。

「是的。」

「剛才為什麼不給我們看？」

「他出去幹活了。老大不小了，得慢慢學著自己幹活掙錢吃飯了。」

「對，我也這麼想。人就得自己掙飯吃。」

男人不斷點頭，向站在門旁的成萬招招手，讓他走近一點。男人摸摸他的手、小臂，甚至還摸了他的肩胛骨。那一刻，我又能做什麼呢？只能怨恨地看著一無所知、任由擺布的成萬。終於，男人做了決定。

「這小子好。我們需要的就是這種健康、有男子氣的傢伙！」

成萬跟隨養父母離開孤兒院時，包括院長在內，孤兒院的成員們全部送到門外和他道別。我卻獨自躲進黑漆漆的棚屋角落，抹著眼淚無聲地哭泣。第二天，我便逃離了那個孤兒院，坐上了開往首爾的夜行列車。

此後，我吃了多少苦頭，又怎能說得完。我來到首爾之後，在龍山站前拿著鐵罐做了一段時間的乞丐，還跟在討飯的身後混了幾個月。此後，我四處輾轉著賣過口香糖、擦過皮鞋、拾過破爛、賣過報紙，有時被人踢、被人罵、被人往臉上吐口水，但我沒有被這些磨難打垮，總算挺過來了。從那時起，只要談起所受的苦，我就滔滔不絕，都可以寫幾本書了。不過，現在我就大致略過吧。

就這樣，我長大了，慢慢領悟了在這個陌生刻薄的世界活下來的要領。不過，當我捂著飢腸轆轆的肚子在夜路上徘徊的時候，萬家燈火如天上的星星般閃耀，其中卻無一處給予我一絲溫暖，這個現實是多麼令人孤單與傷感。戰勝這種孤單與悲傷的路只有一條，那便是攢錢。

我像是一粒不知自己來自何方的無名草籽，被丟棄了在這片土地上。對我來說，只有金錢才是立足於這個世界的資格證。我執著地攢錢，一件破衣裳撐幾個月，一日三餐只靠三百韓元的粗麵條或者泡麵湊合。攢下來的錢一分也沒花，全部存到了銀行裡。看著以我的名字「金興南」三個字開戶的銀行存摺上的錢一分一分地多起來，心裡十分欣慰。我感覺這是我在這片土地上活著的證據與活下去的保證。晚上一個人躺著的時候，我常偷偷用指尖不斷觸摸著藏到口袋深處的儲蓄存摺，頓時便備感安慰，勇氣大增。

二十八歲那年，我的人生中又出現了一個新的考驗。我當時在首爾退溪路一家旅館做服務生，旅館二層拐角客房裡長期獨居著一位穩重儒雅的紳士。我早晚去房間做打掃，還為他跑腿辦各種事，不知不覺彼此開始聊天，我逐漸瞭解了他是一個什麼樣的人。剛開始我還覺得詫異，好端端的一個人，怎麼會獨自生活在旅館裡。後來才知道，他在美國生活了三十年，是一位歸國僑胞。或許是出於這個原因，他的韓語不太流利，而且只抽進口菸。

「I'm sorry（抱歉），我只抽洋菸……」

他每次掏出菸來抽，就會笑著如此對我說：「我在美國生活了大半輩子，喜歡大醬湯依然勝過西餐。唯獨這菸，習慣了洋菸的口味，改不了。」

他在美國吃盡苦頭，賺夠了錢，現在卻越來越覺得沒意思，厭煩了美國生活。因此，他拋下家庭和事業，迅速回到首爾。雖然只能住在這種旅館客房，心裡卻有種從未有過的舒坦。可能是想念身邊有人的感覺，他經常會在夜裡把我叫到他的房間一起聊天。

我向他絮叨起自己歷經千辛萬苦的不幸身世。說不定當時的他令我聯想到了未曾謀面的父親，就像之前在孤兒院感覺那位大嬸像母親一樣。我並不知道這是命運給我設下的圈套。某天深夜，我又去了他的房間。不知為什麼，他看起來十分焦慮，坐立不安。我問了很多遍，他才開口向我道出事情原委。

「我最近在首爾生活了一段時間，真的很喜歡祖國的這片土地。都說落葉歸根，這句話一點也沒錯。所以，我決定了，我要結束美國的生活，在祖國定居。」

因此，他決定在韓國幹一番事業，把自己在美國賣過的產品帶回韓國售賣，絕對會供不應求。然而，辦公室都已經找好了，美國匯過來的款項卻因為文件審批流程而延遲，至今未能收到。

「不知道韓國政府機關辦事怎麼這麼慢。明天如果不能付尾款，辦公室就沒了，連押金都要不回來，真是麻煩呀。我已經下定決心要在韓國生活，誰料剛起步就如此不順利呢？」

他滿含淚水地望著我。我看著他可憐的樣子，十分心痛。所以，我鼓起勇氣問他有沒有能幫上忙的地方。

「很感謝你的好心，不過不必了。你又能幫我什麼呢？無非是錢的問題。透過這種事情打擊我在祖國生活的意願，老天真是無情啊！」

他舉起酒杯，哭得一塌糊塗。我看了他一會兒，掏出了藏在口袋深處的存摺。他十分驚訝地看著我。

「這是什麼？」

「雖然不是什麼大錢，不過已經是我這些年一分一分攢下來的全部財產了。我現在把它借給你，用來交尾款吧。」

他的尾款還差三百萬韓元，剛好和我存摺裡的儲蓄金額差不多。他看著存摺，猛地抓住我的手。

「多謝。你是我的恩人，以後我會把你當成我的兒子。」

就這樣，我交出了十年來從未離過身的存摺。第二天，我和他一起去銀行取了錢，然後去了他的辦公室所在的明洞那一帶的某棟高層建築。他去辦公室交尾款，我在外面等他。左等右等，他也沒有出來。我等不下去了，進辦公室一看，沒有看到他。他從後門跑了。我問了問別人，這座建築根本不對外出租。我徹底被騙了。

我是那麼相信那傢伙，居然一切全是假的。我真是太蠢，太不懂得人情世故了。後來我才知道，他是個慣犯。像我這樣犯傻被騙的人可不止一兩個。當然了，所謂「在美僑胞」，也是睜眼說瞎話。他從未去過美國，只在六二五戰爭時給美軍當過幾天翻譯，懂幾句英語而已。

儘管如此，怎麼會發生這種事呢？那是一筆什麼錢呀，他居然帶著跑了？從那時起，我像瘋了一樣，到處找他。我在包裡裝上美國產的打火機、指甲刀、瓶起子、鋼筆等，一邊叫賣，一邊奔走於首爾的各個旅館與茶房。然而，天地廣闊，找到他豈是易事。

兩年之後的某天夜裡，我在某酒館門口遇見了他。我路過滿是醉漢的酒館街，一家店門前擠滿了圍觀人群。

「喂，你這該死的傢伙！沒錢喝什麼酒？哼，還點了昂貴的下酒菜！長得人模狗樣，誰知道是個大騙子！」

我看到一個中年男人被酒館服務生抓住，身子被推來搡去。男人捲著舌頭，不斷說著：「I'm sorry, I'm sorry...」我有一種奇怪的預感，仔細一看，果然就是那個騙子。

我撥開人群擠進去，站到了他的面前。他依然穿著西裝，打著領帶，卻看起來十分寒磣。他兩眼無神地望著我。原來，他已經不認識我了。我感到怒火直衝頭頂，立刻上前緊緊抓住他的衣領。

「終於找到你了！還錢，還我錢！」

其實，那是再傻不過的事情了。他正是因為付不起酒錢才被酒館服務生揪住衣領，這樣一個騙子哪有錢還我呢？他依然雙眼無神地望著我，不斷重複著同樣的話。

「I'm sorry, I'm sorry...」

他的捲舌音使我忍無可忍。剛好我當時叫賣的商品中有一把美國產登山刀，我掏出來刺向了他。

那一瞬間，我想捅死他，反正我也不想活了。

騙子沒被捅死，我卻因此被警察抓了。錢不但沒找回來，我還坐了牢。想到這是我這輩子第一次戴手銬，不禁悲從中來。我是一個在這片廣闊的天空下沒有容身之地的孤兒，本想來首爾老老實實地生活，千辛萬苦竟落得如此下場。我完全失去了活下去的慾望。

我穿上了看起來非常嚇人的藍色囚服，被看守推進了牢房。身後的鐵門哐噹一聲關上了，那一瞬間一股霉臭味直衝我的鼻孔。昏暗的牢房裡，只能看到一雙雙閃爍的眼睛盯著我，像極了餓餓的猛獸。我不知不覺雙腿顫抖起來。

正在這時，一雙雙殺氣騰騰的眼睛中突然傳來某個人的問話。

「咦，這是誰呀？這不是『蛤蟆』嗎？」

我真的不得不懷疑自己的耳朵。叫我「蛤蟆」這個外號的，在這個世界上除了他還能有誰呢？我抬頭一看，一個臉色黝黑、同樣穿著灰藍色囚服的傢伙衝了過來。就算已經多年沒見，又穿著如此醜陋的囚服，我依然可以一眼認出他。此人正是之前在孤兒院奪走我幸運的成萬那小子。

我們就這樣再次相遇了。自孤兒院分別，如今已經十五年了。他說自己開貨車撞死了人，所以坐了牢。

聽他講起那段時間的家庭生活才知道，他果然和我一樣一路坎坷。他當時幸運地取代我成為別人家的養子，去了才發現原來不是做養子，而是做勞工。帶走成萬的那個男人是釜山周邊一家鐵器廠的老闆，每天像牲口一樣使喚他。

「說好聽點是養子，其實就是免費找了個苦力。可就算是做苦力，至少也要填飽肚子吧？每天不給飯吃，還說我偷懶，又打又罵……相比來說，孤兒院簡直就是天堂。」

「那個大嬸呢？大嬸也虐待你嗎？」

我想起了那個第一次向我傳來溫暖的女人。

「那個女人至少心腸還比較好。我能在那個家裡忍受下去，也是因為她。可她不知得了什麼重病，突然離開人世。隨後，我就徹底離開了那個家。」

成萬原來也和我一樣命運不濟。他離家之後，和我一模一樣，在社會的最底層拚命掙扎著活下去，最後卻來到了這裡。

總之，我們就這樣一起開始了牢獄生活。也就是說，從「孤兒院夥伴」變成了「獄友」。多虧了資深獄友成萬，我才能輕鬆度過這段牢獄生活，這真是萬幸。他不僅安慰我那顆對生活失去熱情的心，還試圖鼓勵我。

「唉，我們要這樣活到什麼時候呀？等哪天有機會我們也大幹一場，改變命運。」

成萬一直在等待那個「機會」，夢想著有一天可以結束這令人厭煩的底層生活。不過，我做不到。說不定幸運會降臨到我的頭上——我根本就不會做這種白日夢。

我太清楚了，我和幸運根本挨不著邊。當然，我也並非只有不幸。我的人生雖然屢遭失敗，偶爾也會有好事發生。比如，遇見我現在的妻子，對我而言真是不可多得的幸運。

妻子雖然長得醜，配我卻已綽綽有餘。我坐牢之前，在昌信洞山上租了一間每月兩萬韓元的小屋，那個女人是我的鄰居。她看起來像是酒館的女招待，只有晚上才會出門，和我很難碰到面，更別說聊天了。一天，我看到她蹲坐在屋前做晚飯，有種氣味強烈地刺激著我的嗅覺。十幾年前，我第一次來到首爾，在龍山站前餓著肚子流浪了很多天，在某戶人家的牆角下聞到過這種氣味。這種氣味刺激著我饑餓的腸胃，此後再也難以忘懷。

「那個……那是什麼氣味？」

女人抬起頭望著我，被破舊石油爐子冒出的濃煙嗆出了眼淚。

「這是清國醬。」

「清國醬？」

「您不知道清國醬嗎？」

「我從來沒有吃過。」

女人一副難以置信的表情。我給她講了自己與清國醬的那段往事，她哭笑不得，一句話也沒說，只是傻傻地望著我。那天，是我這輩子第一次吃到那種食物。從此以後，她只要煮了清國醬就會來敲我的房門。不過，她只是默默遞給我一碗清國醬就掉頭走了，所以我從來沒能和她好好說過話。

我被捕之後，吃不上清國醬，當然也見不到她。開始牢獄生活一個月左右，有人來探視。起初看守告訴我這個消息時，我簡直不敢相信。怎麼會有人來看我這樣的人呢？進入會見室之前，我一直以為肯定是搞錯了。進去一看，居然是她在等我，太令人意外了。

「我給你帶了清國醬，他們卻說不能送吃的，怎麼辦呢？」

她依然是過去那副哭笑不得的傻乎乎表情。

我被釋放半個月之後，我們便結婚了。雖說是結婚，但其實沒有在禮堂舉行正式婚禮，只是我與她合住罷了。儘管只是月租五萬的單間，卻因為有了家庭，我再次萌生了活下去的勇氣。不過，我只是一個舉目無親的孤兒，沒有什麼學歷，又很窮，還坐過牢，工作並不好找。我四處遊蕩著，好不容易才在一家公寓物業找到一點活幹。雖然不是正式職工，只是一個為住戶通馬桶的臨時工，但我已經感激備至，於是十分賣力地工作。

當時，我下定決心，在生活中絕不貪求自己沒有的東西。我自我安慰道，像我這樣不幸的人，緊緊抓住已經擁有的寒酸而微小的東西不弄丟就可以了。不過，此後我也經歷了各種或大或小的失敗與不幸。向後仰倒都會磕壞鼻子，說的就是我這種倒霉蛋。看似會出現不錯的工作，卻在關鍵時刻遭遇變故，已經不是一次兩次了。懷孕五個月的妻子流產。同樣是地下租屋處，鄰居家好端端的，只有我們家煤氣洩漏，或者地暖不熱乎，這種例子數不勝數。買東西總能買到劣質產品，甚至早晚上下班時，每次只要我到達車站，必定只能目送公車離去。

有一天，妻子建議我去看一下算命先生。她聽說彌阿里嶺那裡有一個盲人道士料事如神，運勢算得很準。也對，攤上一個我這樣倒霉至極的丈夫，產生這種想法也很正常。

「瞎子看八字算命我知道，看手相還真是第一次聽說。兩眼一片漆黑，怎麼看手相？」

「所以說他神機妙算啊！我們領班家的大嬸身子總不好，整天病懨懨地躺在家裡。去找那個道士瞧了瞧，據說那道士立刻像個神算子一樣，把她之前虐待過生病婆婆的事，全說準了。」

妻子說我這麼倒霉，諸事不順，肯定是有什麼淵源。比如，祖墳選錯了位置，或者冤死鬼逗留於九泉，一定要消除它心中的怨恨。若非如此，不可能做什麼都不順利。也就是說，洗手間的水管子堵了，放再多的水也沖不下去。

「盡是些胡說八道的迷信玩意兒。就算知道是祖墳選錯了地方，可我都不知道自己的老祖宗是誰，又有什麼用呢？別說什麼老祖宗了，我連親生父母是誰都不知道！」

不過，我終究還是被妻子拽著去見了那個瞎子。下了公車一看，「大姑娘占卜」、「松葉占卜」、「烏龜占卜」、「命運哲學館」，算命的門面密密麻麻的可真不少。不論當今是電子時代還是宇宙時代，這種生意都越來越紅火，真是一齣奇觀。我們根據妻子手裡拿的路線圖，走進了某家店。果然有一位衣著怪異的盲人老道裝模作樣地坐在那裡。

「把手伸過來。」

道士剛開始就沒有說敬語。我二話不說，伸出了手。把自己的手交給一個睜著眼睛的瞎子，向他詢問自己的未來，這種心情實屬怪異。總之，瞎子算命先生捏著我的手掌揉了好一陣子，說：

「你沒少吃苦哇！至今一事無成。」

我的內心熱乎乎的。

「不過，不必擔心。唔……鳳凰正在孵蛋，天地之間香氣滿溢。」

「什麼意思？」

妻子往前挪了挪膝蓋。

「你會順利找到父母，成為大富豪。」

真是令人無語。我是一個舉目無親的孤兒，因為父母成為富豪？我真想立刻站起來大罵這個半吊子。妻子的反應卻不一樣。她聽算命先生說完，突然兩眼放光，又多加了些酬金，請瞎子說得詳細一些。女人吶，再怎麼荒誕的話，只要當下聽著順耳，就一定會豎起耳朵。算命先生左右搖晃著身子，眨了眨眼睛，白眼球轉動了幾下，說我不久就會從父母那裡繼承一大筆遺產。真是越來越離譜了。

「喂，我說，胡扯也該有個分寸吧？誰會信這種瞎話？我是一個孤兒，根本沒見過父母，怎麼會有遺產？逗人玩呢？再怎麼不負責任地胡扯，至少得有點兒依據吧？唉，走吧。」

我終於發洩了出來，扯著妻子的胳膊把她拉了起來。妻子迫不得已被我拉出門，卻又對那半吊子算命先生的話有一絲戀戀不捨。

「老公，誰知道呢？說不定你的親生父母變成大富豪出現了呢！」

「瞧瞧你，別說這種鬼話。你想氣死我嗎？」

「你生什麼氣啊？我只是說有這個可能性，幻想一下不行嗎？」

不過，假如我說妻子的這番荒唐話沒過多久就變成了現實，您會相信嗎？繼續講下去之前，我得先喘口氣。本以為都已經是過去的事了，再次回憶起來，心裡還是會難受。

我出獄之後結了婚，大約過了三年，也就是流行尋親的那一年，有一天，成萬打了個電話過來，故事由此開始。我和他在出獄之後也會偶爾見面。

「我現在必須立刻見你一面。有一件非常重要的事情，見面說吧。」

成萬的嗓音中莫名帶著一種興奮。我已經很久沒有見到他了，而且很好奇他到底因為什麼事情如此興奮，所以按時赴約，去了那家茶房。眾人圍坐在茶房的電視機前，觀看熱門的《尋親》節目，只有成萬獨自坐在黑漆漆的角落裡，向我使勁招手。

「怎麼這麼熱鬧？茶房都變成電影院了！」

我坐下來，如此譏諷道。果不其然，茶房裡滿滿的客人像在電影院裡一樣，圍坐在掛壁式大電視機前，眼圈通紅，還有人掏出手帕抹眼淚。您可能會記起來吧，當時電視台中斷了常見的連續劇和體育轉播，沒日沒夜地播放那些令人厭煩的煽情節目。

「怎麼能和那種無聊的電影相提並論呢？這可是我們民族獨有的悲劇與傷痛啊！」

我再三打量著他的臉，不知道他到底為什麼會說出這種話。

「民族悲劇？喂，你也能說出這種話？我得重新認識你了！」

「說什麼呢？我能視而不見嗎？我也是韓國人，分擔民族傷痛不是理所當然的嗎？」

成萬這小子絲毫不理會我的嘲諷，滿臉真誠，完全不像他平時的樣子。

「不過話說回來，你腳背上那塊疤還在嗎？」

他突然彎下腰，低聲問我。我越來越猜不透他了。

「突然問那塊疤幹什麼？」

「這個嘛，你的左腳還是右腳來著，不是有一塊銅錢大小的疤嗎？現在還好端端地保留著嗎？」

「當然在啊！又不是郵票，還能貼上去又撕下來嗎？」

「這就對了！那塊疤至今完好無損地健在是嗎？」

別人腳上有塊疤，這有什麼可高興的？成萬這小子卻露出了得意的微笑，突然壓低聲音對我說：

「如果順利，你可就要飛黃騰達啦！」

又開始了。我喝了一口端上來的茶水，皺了皺眉頭。三年前，我和成萬在西大門監獄再會之後，已經聽他說過無數次這種話了。「只要這次順利，就會飛黃騰達……」然而，我們從來沒有做成過，自然也就沒有飛黃騰達。如果已經飛黃騰達，我現在也不會在公寓物業為別人家通馬桶，他也不必為別人開車了。

「你瞧瞧，不掉幾滴眼淚都看不下去了。」

剛好電視中傳來痛哭聲，成萬看著那幅畫面繼續說道。時隔三十年再會的親人緊緊相擁，淚流滿面地不斷說著「是啊，是啊」。不過，成萬那小子別說流眼淚了，簡直不知道怎麼竟如此興奮，臉蛋始終紅撲撲的。我這才猜到了什麼。他剛才莫名其妙地要共同參與到民族悲劇中去之類的話，原來並不是簡單的玩笑。

「你也知道的吧？我總跟你提起的那位，我的老闆，那個小氣鬼。」

他終於說出來了。他開的那輛私家車的主人是一位年過七十的老先生，是一個所謂的「三八線脫北者」，解放之後逃離北方，來到了韓國。老先生當年拚死拚活地掙錢，現在是個身家數十億的大富豪。不過，我經常聽成萬那小子抱怨他是個小氣鬼，就連買杯咖啡也捨不得。他在鐘路區擁有好幾棟建築，收租後又往外借錢，似乎做著吃利息的高利貸行業。成萬罵老先生小氣不為別的，只是因為沒有按時調漲他薪水。不僅是薪水，就連吃飯期間隨時待命也只給一碗炸醬麵的錢，一分都不多給。

「唉，別說了。兩碗都不行，就只給一碗的錢。我從沒聽說過世界上還有如此小氣的人。」

成萬經常這樣發洩內心的不滿。奇怪的是，他卻從未想過離開，而是在那個小氣鬼手下開了幾年的車。對於總是幻想著哪天能夠撞大運一夜暴富的成萬來說，這種行為著實令人費解。

「你懂什麼？我張成萬也是個有想法的人。」

我曾經問過他，為什麼不找一份更好的工作，離開那個小氣鬼。他當時是這樣回答的：

「那老頭不但沒有妻兒，連個本家親戚也沒有。父母兄弟都在脫北時生死不明，來到南邊之後他找了個女人結婚，又遇上戰亂，那女人在逃難途中死了。當時還有個五歲大的兒子，路上丟了。所以，就算老頭現在快死了，連個端碗涼水的人都沒有。妻子去世之後，他又找了一個女人一起生活，可那個女人十分討厭老頭的脾氣，收拾行李走了，此後老頭再也沒有考慮過再婚。現在你明白我為什麼在他身邊忍氣吞聲了吧？我張成萬也是有心眼兒的。這次只要順利，說不定就可以飛黃騰達了呢！你想想，錢再多，死了又不能帶走，對吧？」

所以，成萬渴望著可以在老先生去世之前分到一杯羹。這才是真真正正地等著天上掉餡餅。成萬努力好好表現自己，老先生不知是看透了他的內心，還是如成萬所說的「人情淡薄」，終究從未說過一句令人滿意的話。成萬吃不到「餡餅」，整天念叨著「希望落空了」，現在又突然說什麼「心生妙計」，談論起我的傷疤，對此我還真是挺好奇。

「可是，老頭最近回到家，因為尋親一事，整夜睡不著覺。」

「每天晚上借酒消愁，看著電視直掉眼淚。這可是個鐵石心腸的老頭啊！」

成萬兩眼放光，開始講述。

「不過，這和我腳背的疤痕有什麼關係呢？」

「這個嘛，你聽我說。老頭曾經在逃難途中死了妻子，丟了獨生兒子。他本來已經斷了念想，覺得兒子應該早就死了。可是，最近大家都在尋找什麼失散的親屬，他也重新燃起了希望。說不定兒子如今在什麼地方活著出現了呢？那他豈不是一夜之間飛黃騰達了？畢竟是繼承幾十億的財產啊！」

「所以呢？你有什麼可興奮的呢？餡餅很快就要掉到別人嘴裡了。」

「你倒是先聽我說完啊。我的意思是，你來當他的兒子，怎麼樣？」

成萬四下看了看，更加壓低了聲音說道。我很無語，張著嘴巴，呆呆地看著他。

「兒子五歲時丟的，所以老頭也記不太清楚了。不過，前天他偶然對我說起兒子左腳背上有塊疤。我聽到這句話的瞬間，真像是一道閃電劃過，怎麼說呢，突然生出了一個好主意。我想起以前看到過你腳背上有塊疤，這才是上天賜予我的好機會啊。」

「唉，名字還是不一樣的吧。我是無可置疑的金興南。」

「我說你小子，腦子怎麼轉不過彎來？一個人想要出人頭地，腦袋瓜就得靈活。」

他十分著急，假裝用手指轉動著我的腦袋。

「名字嘛，就不能說是在孤兒院改的嗎？你連個親戚都沒有，還會有人站出來反對嗎？你說是不是？」

「你現在是認真的嗎？」

「怎麼樣？比在公寓物業幹粗活好多了吧？就算以後被戳穿，也沒有什麼損失啊！還會有人以此告你詐騙嗎？」

「所以，你要出賣我左腳背上的疤？我屁股上還有塊更大的呢，要嗎？」

「得了吧，你怎麼這麼大聲？小聲點。」

他趕快假裝用手摀住我的嘴，生怕別人聽到。

「你聽好了，不到萬不得已我又怎麼會想出這麼個點子來呢？其實現在情況很緊急。老頭娶老婆了。」

「老婆？老先生已經七十了，又再娶了？」

「事情是這樣的：老頭本來就身體不大好，幾年前帶回來一個寡婦擔任廚娘兼看護。不過，那個女人日夜守護在老頭身邊，跟妻子沒有什麼兩樣，後來乾脆替老頭出去收房租、利息什麼的，開始以正房夫人自居。在我看來，這個女人可不簡單。說不定老頭被女人抓住了什麼把柄。不知道女人是怎麼引誘老頭的，前幾天我才知道，她好像把自己的名字加到了老頭的戶口上。這不就相當於登記結婚了嗎？十年之功，廢於一旦。我這麼長時間的努力，全部都要落空了。簡直要氣炸了！」

「所以，你的意思是，再婚的基礎上再添個兒子？」

「現在不是開玩笑的時候。看來你覺得這個方法很荒唐，不過你看看現在電視上的那景象。反正我們在這片土地上的人生是一場糊塗，活得不成樣子。而且老頭都快死了，財產歸誰呢？還不是那個狐狸精吃獨食？我們也分一點，不是挺好嗎？」

我無以作答。因為他的說法實在荒唐，而且我心裡莫名感到一股鬱悶，有種難以描述的夾雜著鬱憤與悲傷的疙瘩，像石塊一樣沉重地壓在胸口。

其實，尋親節目播出之後，妻子說了好幾次，我也該上電視尋找一下失散的親人。不過，我完全沒有那種想法。看到人們在電視上找到了失散多年的父母兄弟，我反倒感覺憤憤不平。

戰爭再怎麼混亂，孩子都丟了這麼久了，況且三十多年過去了，現在這般哭喊算是什麼事啊？雖然在戰爭中保住自己的一條命很不容易，但是如果認為父母兄弟與子女的性命和自己的一樣重要，如今絕對不會有這麼多的失散親人。所以，看到那些尋找到失散的親人之後當場失聲痛哭的場面，我反倒覺得十分彆扭。分別三十餘年，像陌生人一樣生活，現在再談什麼骨肉之情，實在令人難以理解。而且，只根據一塊疤就當場抱頭痛哭，不是吧，那裡有疤的又不止一兩個人。所以，我乾脆不看電視，為此還和日夜守在電視機前抹淚的妻子吵了幾次。

妻子十分不理解我的這種做法。也對，畢竟我也無法理解自己。說不定是因為我在心裡認為那種幸運根本不會降臨於我，所以才會對此更加反感。我連自己的名字和年紀都不確定，靠什麼尋找父母兄弟呢？

第二天一大早，我便去了位於汝矣島的電視台。我終究還是按照成萬的安排，演了那麼一齣怪異的戲碼。我現在也搞不明白自己當時為什麼會決定演那齣戲。說不定我也像成萬一樣，在內心某處夢想著一夜暴富。但同時，我又在心裡取笑這股尋親潮流。總之，我瞞著妻子偷偷去了電視台，還向公寓物業謊稱身體不舒服不能上班。說不定他們以後會在電視上看到我，不過我覺得到時候再適當圓個謊就行了。

尋找未知姓名的父母。六二五戰爭逃難途中與父母走散。兒子金光一，年齡三十七（？）歲，特徵：左腳背上有一塊疤。

我按照成萬的指示，用大字體如此寫道。年齡剛好與我相仿，金光一是成萬告訴我的老先生的兒子的真名。讓老先生坐在電視機前看到我舉著這些文字出現，也是成萬計畫好的。

當我真的站在汝矣島廣場長長的隊伍中等待時，看著那些說不清的故事、無數的嘆息與淚水，心裡逐漸生出兩種情感，彼此糾纏在一起。

一個是我希望自己舉著的牌子上的內容屬實，而不是為了行騙的謊言；另一個是我越是這樣想，越是受到良心的譴責。我當時有種衝動，想要擦除牌子上的「金光一」三個字，大大地寫上我自己的名字「金興南」。我站著等了一整天，終於快輪到我了。我蹲在地上，打算改掉那個名字，負責人偏偏在這時叫了我的號碼。最終，我只能透過這個假名字，尋找一個假父親。

電視節目播出之後，我莫名感到心跳加速，口乾舌燥，像是真的在等待著不知長相的親生父親的聯絡。第二天，老先生聯繫了我。

「喂，請問是金光一的家嗎？」

「金光一？你小子原來是成萬。」

起初我還以為是成萬在耍我，他卻若無其事地繼續進行著自如的表演。

「是，您是上過電視的金光一對吧？您稍等，我轉接一下電話。」

我立刻明白了這是怎麼回事。隨後，聽筒裡傳來了小心翼翼卻又清脆的北方口音。

「我……看了電視所以才給你打電話……你的名字真的是金光一嗎？」

「是的，我就是金光一。」

意外的是，和我擔心的不同，我回答得十分流利，連我自己都嚇到了。

「那和我兒子的名字一致……左腳背上的疤痕也沒錯嗎？」

「當然。我為什麼要說謊呢？」

「不記得其他的了嗎？」

「是，不太記得了……因為年紀太小了……」

短暫的沉默之後，老先生似乎還想問其他的，卻又猶豫不定。

「我們見個面吧。」

「在哪兒見呢？我在電視台等您嗎？」

「不，在電視台見面不合適。還沒有確認就攤上攝影機，引起騷動不太好辦……為了避免這個麻煩，你可以來我家一趟嗎？我會派車過去。」

我表示同意，因為這對我而言也是一件好事。開著老先生的車來接我的人當然是成萬，他已經難掩興奮。

「哎，絕對不能表現出你認識我。這次的事情就看你的演技如何了。就像電視上看到的那樣，抱緊老頭哭一鼻子。」

成萬一邊開車，一邊認真地逐一囑咐著，我卻怎麼也沒有自信。反正這種可笑的把戲很快就會被戳穿，我在不安的同時又陷入一種奇妙的心思，總之走一步算一步吧。

「尤其要小心我之前提到過的那個女人。問題就出在她身上。她很貪心，活生生就是孬夫的妻子，又很精明，跟鬼一樣。之前叫她『吳嬸』，最近如果不稱她一聲『吳女士』，簡直恨不得吃了你。總之，這個女人不一般。」

成萬帶我去了鐘路後巷的一座陳舊、黑乎乎的四層建築。建築上雜亂無章地掛著各種牌子，中國餐館、茶房、棋館等。儘管外觀不盡如人意，但這裡位於首爾市中心，據說地價很貴。按照成萬的說法，老先生還有兩三棟這樣的建築。不過，不管價格如何，上樓的木質台階吱吱嘎嘎響個不停，似乎立刻就會塌陷下去，而且這樓道大白天也像在洞穴裡一樣黑咕隆咚。我跟在成萬身後，沿著狹窄的台階，來到了建築的最頂層。這一層用膠合板隔成了多個房間，像倉庫一樣的一間拐角屋，看來就是業主老先生的辦公室兼住房。

「你可得記清楚了，你的名字不是金興南，而是金光一。知道了吧？」

成萬在辦公室門前再次低聲向我確認。我看著他焦躁的眼神和嚴肅的態度，莫名覺得好笑，忍不住噗哧一聲笑了出來。

「喂，你小子笑什麼笑。這是關係到你我人生的大事。你必須打起精神，好好表現。你要記住，一切就看你了。」

他再次向我確認，然後小心翼翼地敲了敲門。門開了，眼前是一間兩三坪左右的狹窄辦公室，房間內空無一人。辦公室又小又破，面向走廊的小窗戶上落滿了白色的灰塵，裡面有一張桌子、一個鐵皮櫃、一個髒兮兮的沙發，牆上掛著一塊小黑板，僅此而已。辦公室一角還有一個皺巴巴的房門，可能是老先生的住處。成萬朝著那邊喊了一句：「社長，我回來了。」房門開了，一個個頭不高、戴著眼鏡的老人出現在眼前。乍一看去，怎麼也無法相信這個邋遢寒酸的老頭身家幾十億。他手裡拿著一塊抹布看著我，像是要擦桌子。我至今仍然對這個第一印象記憶猶新。他的頭髮幾乎全白，臉色看起來不怎麼健康，一雙小小的老鼠眼閃閃發光，與年齡很不相符。

「你確定是叫金光一嗎？」

老先生似乎難以相信，眨巴著兩隻小眼睛，透過眼鏡反覆打量著我。我做了一個深呼吸，努力保持冷靜。

「是的，記不得其他的了，只記得名字。」

「是嗎？那你可以脫一下襪子嗎？」

老先生從背心口袋裡又掏出另一副眼鏡，兩副眼鏡合起來，非常仔細地察看我腳背上的疤，然後抬起頭，眼睛裡滿是懷疑地問道：

「其他地方沒有傷疤了嗎？」

「那……那個，沒有了……」

我下意識地回答道。不過，我的臉不知不覺地紅了起來。我屁股上還有一塊疤，不知道該不該隱瞞，所以有些慌張。成萬或許是感覺事情非同尋常，我看到他站在老先生身後十分地焦躁不安。他不斷向我打手勢傳遞什麼信號，像是讓我緊緊抱著老先生表演一齣淚如雨下的戲碼。我卻整個身子僵在那裡，完全無動於衷。因為離開孤兒院之後，我再也沒有演過話劇。

「那什麼，張司機，你先出去一下，我一會兒叫你。」

老先生對成萬說道。

「你真的清清楚楚地記得自己從小就叫光一嗎？」

成萬不開心地離開了房間。老先生直起腰，再次問道。眼鏡後的小眼睛更加懷疑地盯著我。我無法立刻作答。和緊盯著我的老先生視線相交的瞬間，我的內心開始變得脆弱。我心想，這種荒誕的騙術絕對無法得逞；就算僥倖過關，以這種手段欺騙他人，也是一種無法被原諒的罪行。是乾脆向老人坦白一切，請求原諒？還是這樣一言不發地跑掉比較好呢？正在我不知所措之時，老先生繼續說了下去。

「光一是我兒子戶口上的名字。如果你真的是我的兒子，是不會記得這個名字的。他小時候有一個在家叫的名字。我來到南方之前，老家是咸鏡道興南碼頭，所以給兒子起了那個名字。」

興南碼頭？由此起了名字？我突然大腦一片空白，完全聽不清老先生在說什麼。那一剎那，我感覺渾身無力，精神恍惚，老先生說的話聽起來模模糊糊。

「抱歉，你能脫一下褲子嗎？我兒子兩歲時被炭爐燙過，傷痕挺大。如果你是我兒子，肯定不會只有腳背上有疤，屁股上一定也會有塊更大的疤。」

我只是顫抖著站在原地一動不動。或許是我的態度有些怪異，老先生抬起頭來問我：

「怎麼了，哪裡不舒服嗎？」

「我叫金興南，我的真名叫金興南。」

我艱難地回答道。我的嗓音顫抖著，話也說不清楚了。或許正是因為如此，老先生沒能立刻聽明白我的話。

「什麼？你說你叫什麼？」

「我說我叫金興南，我真正的名字是金興南。」

老先生嘴巴張著，呆呆地看了我好長時間。看他那副表情，像是聽了一個荒唐的笑話。

「我絕對沒有說謊。您看。」

我原地解開皮帶，露出整個屁股給老先生看。我當時已經神志不清了。

「看見傷疤了吧？是塊疤沒錯吧？這不是假的，是真的疤，不是我偽造的。從小就在這個位置。我一直不知道這塊疤的來歷，現在看來是被火燙的啊。是的，沒錯，就是這樣的。如果沒有被火燙過，怎麼會有這種疤呢？」

我精神恍惚地說個不停，也不知道自己在說些什麼。可能我當時太興奮了。也是，這又不是我的錯。這種情況之下，又有多少人能夠保持冷靜呢？老先生也懵了。他確認過我屁股上的疤，如中風一般，全身開始顫抖。

「那……那什麼，我現在完全聽不懂你在說什麼。所以，請你說得詳細點……」

「我就是金興南。我說我叫金光一是撒謊，其實我並不知道金光一這個名字。我從小就叫金興南。這不是在孤兒院起的名字，而是我的真名。明白我的意思了嗎，老先生？不，父親？」

「所以，你是……你現在認為你就是我的兒子金興南？」

「不是我認為，這是事實。您看，這是我的身分證。這裡清清楚楚地寫著金興南三個字吧？」

老人接過我的身分證，仔細端詳著。他似乎懷疑那是一張假證，正反兩面反覆看了好幾次。過了一會兒，老先生臉上的血色逐漸消失，變得蒼白。

「等……等一下……我得坐下休息一下。我心臟不大好……」

老人像是突然陷入了嚴重的眩暈，搖搖晃晃地一屁股癱坐在椅子上。他許久沒有說話，只是死死地盯著我的臉。奇怪的是，他的雙眼並不聚焦。雖然正在看著我，視線卻似乎越過我的臉，投向了渺茫的遠方。我突然十分慌張，擔心老先生是不是突然瘋了。

過了好半天之後，老先生的反應真是出乎意料。他像中風了一樣，雙手顫抖著拉開抽屜，拿出了一塊手錶。這是一塊泛著暗黃的金色舊手錶。

老先生用手撫摸著那塊錶，斷斷續續地艱難開口說道：

「這塊錶很特別。三十五年前，我只帶著這塊錶離開了故鄉……」

老先生發牢騷一般開始慢慢講述。我不明白他怎麼突然開始說起手錶的故事。不趕快認兒子，說什麼手錶啊？我甚至懷疑，老先生是不是突然糊塗了，完全意識不到自己在說些什麼。

「我是我們家的三代獨子，卻對父親犯下了難以饒恕的罪行。解放之前，我和住在首爾的一個女人在一起，用現在的話說叫『談戀愛』，後來『三八線』突然封鎖了，兩邊被禁止往來。家裡於是不斷吵著讓我和別的女人結婚……我不願意，一心想著直接逃到首爾，但是我哪裡有什麼錢啊？迫不得已，我只能兩眼一閉，偷了父親的手錶。當時手錶還不多見，算是一筆昂貴的財產，況且又是父親的心愛之物。我當時心想，等我來到首爾掙了錢，以後一定回去把這塊錶還給父親，懇求他的原諒。後來戰爭爆發，便再也沒有機會了。我已經永遠失去了向父親母親盡孝的機會……」

老先生臉上毫無血色，呼吸急促。

「剛來到南邊時，多虧了這塊錶。我在生活十分艱難時，曾把它當出去兩次。不過，稍微賺了些錢之後，我就再也沒讓它離開過我的雙手。因為，總有一天我要把它還給父親，向父親贖罪……」

落滿灰塵的髒乎乎窗戶，透進些許微弱的夕陽餘暉。房間內十分安靜，只能聽到老先生急促的呼吸。我完全張不開口。我又能說些什麼呢？我當時覺得自己經歷的這些很不真實，像是做了一場夢。

「我在南邊獨自生活至今的血淚史，豈是三言兩語說得完的？妻子死了，獨生子丟了，生活對我來說已經毫無意義。可我又能怎麼辦呢？活著的人得活下去啊……人們叫我守財奴，說我冷酷無情，他們懂什麼？失去了故鄉，失去了家人，一個人流浪在外，還有什麼可以信賴的呢？金錢就像是我的家人，我的妻兒。然而……年紀大了，到了進棺材的時間，就會逐漸感到空虛……覺得這筆血汗錢毫無用處……」

老人的嗓音不知不覺間濕潤起來，故事卻未能繼續講下去。門開了，一個女人走了進來。女人看起來有五十歲了，化著與年齡不符的濃妝。我的直覺告訴我，這無疑就是成萬所說的吳女士。

「哎呀，這活兒幹不下去了。要親自跑一趟才能拿到錢呢……借錢的時候要死要活，借到手之後根本不想還。」

女人可能是剛去收完利息回來。她走進房間，大聲嚷嚷著，似乎意識到房間裡的氣氛不太正常，狐疑地望著我。

「這是誰？」

「啊，沒什麼。只是……有點事找他辦。」

老人看起來十分慌張，趕快對我說道：

「那什麼，不管怎樣，這件事還是得我自己再好好考慮一下。明天上午再來一趟可以嗎？明天上午……」

我看得出來，老人想向女人隱瞞我們之間的關係。

「行。我明天一定來。」

我在心裡忍住了喊一聲「父親」的衝動。看到那個女人面露凶光，我向老人深深鞠了一躬告別，然後走出門口。我的雙腿不斷地顫抖著。我推開門走出房間之後，老人追出來低聲對我說：

「今天的事情不要對任何人講。我們還需要再次見面確認。如果說錯話，反倒壞了事……明白我的意思吧？」

老人眨著小眼睛，目光中閃過一絲不安與懷疑，還有某種難以言表的迫切。我點點頭。我完全可以理解他，所以下定決心遵守約定。躲在台階後面等著我的成萬抓著我的胳膊問我情況怎麼樣，我什麼也沒說。

「怎麼樣啊？就這麼讓你走了，看來不行吧？老頭問你什麼了？看出來我們在騙他了嗎？」

他急切地問道。我什麼也沒有回答，只說了一句「明天再聯繫」就把他打發了。走下黑漆漆的台階，夏日黃昏的斜陽十分刺眼。我長長地舒了一口氣，感覺終於逃離了長達三十年的漫長黑暗。

那天晚上，我整夜未眠。明知要趕快入睡，明天才會到來，卻怎麼也睡不著。真的快瘋了。耳邊傳來熟睡的妻兒的呼吸聲。我想立刻叫醒妻子，跟她講講白天的故事，卻只能不斷壓抑著這種衝動。

我在黑暗中努力入睡，卻莫名地不斷想起童年時代的文藝表演。我極力驅趕著腦海中的不祥預感。因為很顯然這不是話劇，而是現實。然而，我完全放不下心來。現實中怎麼會發生這種事？而且不是別人，偏偏發生在我身上。我之前經常想，彩票中了頭獎會是一種什麼樣的心情呢？我每次都覺得，如果幸運降臨到我頭上，我可能會瘋掉吧。可眼下這件事，又怎是彩票中獎所能相比的呢？我甚至懷疑，明天早晨太陽會升起來嗎？今天晚上會不會突然變成地球末日？

從孤兒院時期至今受苦受累的所有場景，不斷在眼前閃過。幻想與現實胡亂糾纏在一起，我突然害怕自己這樣下去會真的瘋掉。

後來，我好像打了個瞌睡。睡夢中，我再次回到了二十多年前的孤兒院時期。正在舉行文藝表演，我依然是那隻披著醜陋外皮的癩蛤蟆。不過，仔細一瞧，準備親吻我的公主卻是那位老先生，不對，應該說是我的父親。我心裡慌了，十分害怕，擔心話劇在父親親吻我之前就會結束。和以前不同的是，我不是擔心停電，而是擔心夢會醒來。我在夢中也知道那只是一場夢，心裡非常著急，擔心自己變成王子之前夢就醒了。我向父親大喊，請他快點為我解除魔法。不知道怎麼搞的，我的嗓子眼裡卻怎麼也發不出聲音。我擔心的事情最終還是發生了。父親艱辛地邁著步子向我走來的瞬間，夢的膠帶突然被切斷了。

我打了一個冷顫，從睡夢中醒來。黑暗中，電話鈴聲響個不停。我沒能立刻去接電話。刺耳的電話鈴聲與不祥的預感狠狠地擊打著我。我看了看錶，凌晨兩點。

「喂，興南嗎？是我。」

聽筒中傳來成萬的聲音。

「怎麼了，大半夜的？」

「我正在大學醫院的急診室。老頭突然心臟麻痺了。」

我心裡似乎有種十分沉重的東西正在墜落，那一瞬間我簡直快要窒息了，握著聽筒的手開始發抖。

「昨天傍晚，也就是你走了之後，老頭不知道怎麼了，臉色很不好，呼吸急促，凌晨突然犯病了。拉到醫院，醫生說已經不行了。雖然人命難料，怎麼能這樣說沒就沒呢？我們假扮兒子的騙局，是不是對老頭打擊太大了？事情搞成這樣，我這良心很是過意不去。」

「不會吧，成萬，你在撒謊對嗎？故意嚇唬我對嗎？是吧？」

「你說什麼呢？我大半夜給你打電話，為什麼要撒謊呢？你要不信，自己來醫院看看啊。」

我放下電話，像一捆乾草似的無力地癱坐在原地。

「老公，你到底怎麼了？」

妻子醒了，嚇了一跳，緊緊抓著我。可我又如何向妻子解釋這一切呢？我發瘋一般起身奔向醫院。

老人已經變成一具冰冷的屍體，被移送到了太平間。那位老先生，不對，我現在應該稱呼他為父親，父親已經離開了這個世界。我問成萬，老先生臨走之前有沒有留下什麼話。我還心存一線希望，說不定他留了一句話，說我是他的兒子。成萬的回答卻令我十分絕望。老先生突然犯病，一句話也沒能留下便被送往醫院，到達醫院時已經斷氣。

我跪倒在太平間冰冷的水泥地上失聲痛哭。淚水一旦開始流淌，便像開閘的洪水般停不下來。三十多年來，我和父親只見了一面，能有什麼深厚的感情讓我哭成這副樣子？我只是因為自己的命運不濟，以及父親的人生太不幸了而哭泣。您想，世界上還有比這更氣人的事情嗎？

人們很詫異，我為什麼會哭得如此傷心。如此一來，我是他唯一親骨肉的事實，就成了只有死者和我二人知曉的祕密。我是他的兒子，現在卻已經無處可以證明。燈滅了，話劇突然中斷了。和二十多年前的那個夜晚一樣，我依然未能解除那個詛咒的魔法，獨自留在了黑暗之中。我依然披著那張噁心醜陋的蛤蟆皮。

然而，假如我就此放棄，也未免太冤枉了。所以，我告訴了人們我就是他的兒子。我極力向他們解釋，腳背與屁股上的傷疤，還有我的名字「金興南」三個字都是證據。大家的反應卻十分冷淡。就連成萬也不相信我的話。大家只把我當成一個騙子，認為我是眼饞老先生的遺產，才編造了這個荒唐的故事。最重要的是，已經登記在老先生戶籍上的吳女士暴跳如雷。她報警說我是騙子，甚至雇了一幫地痞流氓狠狠打了我一頓。那個女人的身邊突然出現了很多身分不明的人，在我看來，他們都是些流氓和騙子。

我依然為了揭露真相而不斷努力。我去找了每一個在老人生前與他有過接觸的人，還向政府高層遞交了無數次陳情書，又向報社、電視台寫信求助。我的努力卻屢屢受挫。大家像是彼此約好了一樣，誰也不相信我的話。人們一致認為，我只是貪圖老先生的遺產。

我這麼努力地想要證明自己是父親的兒子，財產當然是理由之一。從法律上來講，那筆巨額財產全部屬於那個女人，我無法坐視不理。我並不是一定要占有那筆財產，而是無法忍受父親畢生的積蓄就這樣被人一搶而空。如果那筆財產捐贈給某家社會團體，說不定我的心裡還多少有點安慰。但現在卻被那個不明來歷的壞女人全部奪走，這像話嗎？

然而，我越是堅稱我是父親的兒子，人們越把我當成一個不要臉的騙子，或者精神病。

「你小子到底怎麼了？消停一下吧。我能理解你的心情，可是現在已經全部結束了不是嗎？一個人如果太執著於白日夢，就會信以為真。看來你必須得去醫院看看了。」

令人氣憤的是，成萬那小子也完全不相信我的話，反倒認為我不正常。不僅如此，就連妻子也認為我患上了精神病。

「老公，拜託你清醒一下吧！這個家怎麼辦啊？我現在真的受不了了，實在太丟人了。你就算是得了精神病，也病得太重了吧？」

事到如今，我也懷疑自己的腦子是不是出了問題。我懷疑，那天我和老先生單獨相處時發生過的那些事，會不會都不是現實，只不過是我的幻想。這些所見所聞會不會是一種幻覺，而我卻信以為真？想到這些，連我自己也分不清哪些是事實，哪些是謊言了。

隨著時間的推移，我真的患了病。我對世界上的所有事情失去信心，無慾無求，不想上班，不想見人，甚至連飯也不想吃了。我終於被公寓物業開除了。家裡是一副什麼鬼樣子，我也毫不關心，只感覺活著很沒意思。我逐漸說不出話來，整天像一頭被關在圈裡的牲口，躲在房間裡望著半空。

妻子想來想去，最後把我拽去精神科接受治療。按照醫生的說法，我患上了嚴重的憂鬱症，最好住院。可我並不想住院治病，也沒有那個條件。自從我閉門不出，妻子為了養家，保姆、餐館服務生，見什麼做什麼，我卻就連日復一日地活下去也很費勁。妻子每天都要為孩子們賺口糧，我卻整天悶在房間裡一言不發，像頭牲口一樣只會吃喝拉撒，真是苦了她。有一天，我躺在房間裡發呆，三歲的女兒可能是肚子餓了，哭著搖晃我的雙腿。我不由自主地將她一腳踢開。等我清醒過來，只見孩子撞到牆角，臉色發青，尿了一地，快要喘不過氣了。那一瞬間，我有種難以抑制的恐懼。

那件事之後，我搬到了遠離首爾的一家禱告院。不過，我的心病在那個地方也並不容易康復。季節變換，風吹雨打，花開花落，一切都與我無關。一年之後的某一天，妻子帶著孩子來看我。我在禱告院門前的草地上呆呆地吃著妻子親手做的紫菜包飯。突然，我看到了妻子戴的手錶，第一眼感覺十分眼熟。仔細一看，毫無疑問正是父親之前給我看過的那塊泛黃舊錶。

「這塊錶，這塊錶怎麼回事？這塊錶怎麼到你手上了？」

「你是說這個嗎？你那個朋友成萬，他給我的啊，就在出國之前。」

我聽說，成萬不久前去中東沙烏地阿拉伯還是哪裡打工去了。

「聽說老先生十分愛惜這塊手錶。所以，老先生去世之後，成萬離開時偷偷帶了出來。他本以為，既然老先生如此喜歡，肯定是一塊昂貴的金錶。可是去了錶行一看，說只是一塊鍍金舊錶罷了。他上次出國時，說是老先生的東西，讓我轉交給你。我心情不好，本想丟掉，剛好我的手錶壞了，就戴上了。雖然是塊舊錶，走得還挺準……」

妻子狡辯一般說道。我從妻子的手腕上摘下那塊錶，攥在手裡。我就這樣一動不動地久久坐在原地，腦海中閃過無數想法，不知不覺淚水濕了臉頰。

「老公，你怎麼了？」

妻子驚恐地問道。也是，這淚水是我這幾個月以來的第一次感情流露。

您看，這就是那件東西。這就是父親留給我的唯一遺產。不過，十分奇怪的是，這塊錶到我手上之後，我逐漸忘記了煎熬至今的心病。現在幾乎快忘光了。

最近，報紙、電視上天天說個不停，似乎很快就會統一。是否真的能夠實現統一，像我這樣的人又怎麼猜得到呢？不過，如果統一了，我也有個小小的願望。我想去父親的故鄉興南，去未曾謀面的祖父的墳前，摘下手錶，替父親磕個頭。

不過，就算真的統一了，我也絕對不認為父親的人生，我這樣的人所經歷的痛苦，可以得到補償。雖然這樣說可能很無知，不過就算統一了，人的生活又會有多少改變呢？知識分子一直在宣揚著歷史什麼的，所謂歷史又對父親的這塊舊錶瞭解多少呢？

我曾見過一位大學生，他對我說：命運都是人為創造的。按照那位大學生的說法，以前人的命運或許是由神靈創造的，但現在我這種弱者的命運卻成了金錢與權力所有者的政治遊戲，或者是由依附美蘇這些外部勢力的人所創造。也對，我覺得這句話並非全無道理。戰爭把我變成了孤兒，可戰爭是由誰挑起的呢？不也是人嗎？

不過，我總覺得這種說法未免還有些欠缺和不足。如果沒有命運之神這回事，父親留給我的唯一遺產，重回我的手中又該如何解釋呢？這塊舊錶失而復得，不就是命中注定嗎？我反覆思考著，如果這是上天的旨意，又是什麼意思呢？先生，您怎麼認為呢？

chapter four

鹿川有許多糞

녹천

Nokcheon

鹿川有許多糞

1

「下一站是鹿川，鹿川站。請從左邊車門下車。」

唔，唔，唔……坐在俊植身旁的玟宇，嘴裡發出幾聲呻吟。他擠坐在這酷熱擁擠的城鐵裡打著盹，似是做了什麼噩夢。車廂製冷設備不佳，只有四處懸掛著的破舊風扇無力地撲棱著，熱得人都快喘不過氣來了。玟宇痛苦地把腦袋靠在俊植的肩膀上，半張著嘴睡著了，臉上淌下油亮的汗水。

這小子真是我弟弟嗎？俊植在心裡問著自己。已被汗水浸透的藍襯衫或許是幾天沒洗了，散發出一股酸臭味；被太陽曬得黝黑的臉上胡亂生出了山羊鬍。濃密的眉毛，漂亮筆挺的鼻翼，明顯保留了過去的相貌。這和現已長眠於地下的父親面容極其相像，簡直一個模子刻出來的。不過，是因為太久沒見嗎？俊植有種奇怪的感覺，弟弟這張臉越仔細打量越像一個素不相識的陌生人。

「本次到站鹿川，鹿川站。請從左邊車門下車。」

列車開始減速。俊植晃了晃玟宇的肩膀。「啊！」玟宇如夢魘般叫出了聲，打了個冷顫，睜開眼睛。

他四下打量了一番，像是確認此刻身在何處，與俊植對視之後，難為情地笑了笑。

「怎麼睡得那麼沉？這站要下車了。」

「在這下車？這裡就是大哥居住的社區？」

玟宇難以置信般望向窗外，眨巴著眼睛。也難怪，窗外沒有半點亮光，漆黑一片。剛好這時車門打開了，俊植來不及為他做具體說明。

一陣風呼呼刮過，列車開走了，鹿川站只剩下他們兄弟二人。他們很快被寂寞的黑暗吞沒，彷彿被丟棄了在荒涼的平原。

「是這站嗎？」

玟宇面帶疑惑地打量著四周。

「大哥說住在公寓，我還以為是那種像模像樣的中產階層小區呢。」

「還在施工，所以才是這副樣子。這裡很快就會變成那種地方的。」

俊植率先向著出口走去。玟宇的疑惑並非沒有道理。城鐵站周圍完全就是一個正在挖地、夯實、蓋樓的工地而已，荒涼極了。過了正在搭建的怪異水泥建築，便是工業廢水流淌的黑色溝渠。跨過那條水溝，才是俊植一週前剛搬過來的公寓住宅區。不過，在這裡還看不到。

「鹿川，這個名字挺有詩意呀！」

玟宇看著車站頂上的站牌，絮叨著。俊植也抬起頭，看著黑暗中燈光明亮的站牌。

鹿川。一週前，也就是搬來這裡之後，俊植第一次從這站下車。他當時便無法理解這裡為什麼會有一個如此高雅的地名，如同出自詩歌中一般，這個疑問至今未能解開。再怎麼打量四周，跟這個名字唯一相關的只有城鐵站附近流淌的一條小河而已，河裡積了不少工業廢水與生活污水，已經廢棄很久了。在遙遠的過去，或許還會有幾隻野鹿過來悠然地飲水，現在看來，這個地名顯然帶有一種矛盾的諷刺意味。

「要去哪兒呢？連條路都沒有。」

「只管跟我走就行。」

走下城鐵的台階，便是沒有半點燈光的黑漆漆的公寓建築工地。俊植先一步走進黑暗。

「大哥，話說回來，什麼氣味這麼刺鼻啊！」

玟宇抽抽鼻子，環顧著四周。因為走進公寓建築的工地，悶熱的空氣中瀰漫著一種令人難以忍受的惡臭。像是大量垃圾腐爛的氣味，又像是臭水溝或者工業廢水的氣味，又或者是所有這些氣味的混雜。還有一種氣味必不可少，那便是糞味。俊植深知，雖然現在黑漆漆的看不到，但其實鹿川站周圍全是大便。說得再誇張一點，遍地都是。城鐵站附近聚集著用作工地現場辦公室的臨時建築與為工人們提供酒菜的食堂，還有簡陋的路邊攤，不過不知出於何種緣由，顯然沒有配備解決生理需求的設施。經過工地後方前往城鐵站，凡是陰森僻靜的地方，必定會看到遍地都是人們的排泄物。因此，這裡瀰漫著如此刺鼻的氣味也不無道理。況且今天又是如此炎熱，氣味必然會加重。

遠處工地一角的照明燈拉長了兩人的影子。兩人雖為兄弟，卻不怎麼相像。首先，身高就形成了鮮明的對比。俊植個子很矮，才三十歲過半，腹部已然凸起。弟弟四肢細長，略顯瘦弱，整體給人一種搖搖欲墜、不協調的印象。弟弟比俊植高出一個頭左右，身形頎長。俊植看著默默行走在黑暗中的玟宇的臉。他至今仍對這傢伙不夠瞭解。不對，準確來講，他幾乎一無所知。弟弟時隔十年突然現身，這也似乎說得過去。

今天白天，無論是轉接電話的雜工轉達「是您弟弟」時，還是聽筒裡傳來「大哥，是我，好久不見」時，俊植都完全不曾料到會是玟宇。幾年來，說不定他早已徹底忘記了自己還有個弟弟。

俊植在十五歲那年與弟弟分別，那時他離開家門，毫無計畫地來到首爾。此後，他只見過弟弟兩次。一次是收到父親離世的消息，返鄉籌備葬禮；另一次是他參軍那段時間，弟弟曾經來到位於停戰線附近的軍營看過他。那時，弟弟胸前別著一枚韓國頂級大學的徽章。彼時至今已經過了近十年，弟弟現在按理說應該已經成為財閥公司的精英人士，或是一名高級公務員。不過，俊植今天第一次接到弟弟的電話，來到茶房時，弟弟出現在面前的樣子著實令人意外。弟弟那副模樣，像極了剛從哪個建築工地出來的打工仔。他們一起在茶房喝了茶，又去附近的餐館吃了烤肉，還一起吃了晚飯，喝了酒。不過，弟弟並未向俊植提起過自己的任何事情。他只是說，前段時間張羅的小本生意出了問題，境況突然變得糟糕。

兄弟二人走出工地的建築群，終於看到了溝渠對面遠處公寓的燈光。溝渠對岸那一片區域已經建成，也入住完畢了。玟宇問道：

「是那裡嗎？」

他們暫時停下腳步，望向那片燈光。成排成行的建築在黑暗中亮起無數盞燈，像是某種巨大的舞台裝置，給人一種不真實感。萬家燈火不夜城，其中之一便是俊植的安身之所。

「啊，終於來到了真正屬於自己的家。」

這是一週前，乘坐著載有搬家行李的卡車到達公寓前的空地時，妻子脫口而出的第一句話。他們真的是經歷了太多艱難險阻，如今終於來到了「真正屬於自己的家」。他們的家位於名為上溪洞新城鎮的大型公寓社區的盡頭，足有十五層高的公寓，最底層的一角。眾所周知，雖是同一棟樓，同樣的面積，最底層角落的房子，意味著價格最低。不過，不論房價如何，正如妻子所言，重要的是，這是「真正屬於自己的家」。

經歷過九次失敗之後，俊植終於搖號中籤，他在那一瞬間感覺自己突然成了暴發戶。俊植出生至今，實在遭遇了太多不幸，完全無法相信幸運的降臨。他當年剛來到首爾，在學校做雜工時，還曾睡過學校樓梯口角落的房間。後來，他在距離學校不遠的山腰上的貧民區找了一間月租三萬韓元的小屋。一到下雨天，屋頂就會吧嗒吧嗒漏水。結婚之後，他們夫婦二人的第一個安樂窩是別人家的地下租屋處。那個房間的天花板極低，妻子結婚時帶來的衣櫃塞不進去，只好鋸掉了櫃腳。妻子對此十分傷心，彷彿鋸掉的是自己身體的一部分。他們在那裡住了兩年，又搬到了一處稍好點的房子。這次租的是一個二樓，與這棟房子屋簷緊挨著的相鄰建築的二樓卻租給了一家教會，每天都會聽到音響裡傳來的讚歌、牧師宣揚懺悔的說教與「阿們」禱告聲。房間地暖也不怎麼好，還在吃奶的女兒的感冒從來不曾痊癒過，有一次甚至患上肺炎，腦門挨了一針。不過，所有這些租房的痛苦都已經成了過去。俊植終於擁有了一套屬於自己的二十三坪小公寓，三個房間，一個小客廳，水龍頭隨時有水。就算使用再多的自來水，在家裡隨意說話，來回走動，也不會有人嘮叨什麼，且不必看任何人的臉色。當然了，更不必擔心房租上漲。

「怎麼這麼晚？」

門開之前，妻子的聲音已經傳來。

「今天也空著手回來的呀！又忘了吧？親愛的你真是的，為什麼總是這樣糊里糊塗的？你是糊塗呢，還是不夠用心呢？早上我都已經那麼說了……」

妻子沒有給俊植答話的機會，一刻不停的嘮叨劈頭蓋臉地砸過來。俊植忘記的是養金魚的玻璃缸。搬來新公寓時，俊植的妻子立下了三個目標：在客廳擺上魚缸，然後分別配置一套 VCD 和音響設備。似乎只有具備了這三大件，公寓客廳才會看起來不遜色於他人。其實，由於一直輾轉寄居於別人家的狹窄租屋處，所以不曾有過裝點屋子的念頭；現在終於成為體面的公寓住戶，也就是時候裝點一下女性雜誌海報上經常出現的那種室內裝飾了。以俊植的生活狀況，VCD 和音響很難立刻置辦，不過買個魚缸並不太難，算是一個可以馬上實現的目標。然而，這座公寓社區附近還沒有商家入駐，想要購買魚缸，只能是俊植在公司附近買了帶回來。俊植今天沒有買成，並非是忘記了妻子的囑託，而是因為見到了玟宇。

「進來吧。」

俊植沒有回答妻子，只招呼著站在身後的玟宇。妻子瞪大了眼睛，嗓音都變了。

「有人來了？」

「大嫂您好，初次見面……」

「天吶，這是誰啊？」

妻子很吃驚，面露慌張。結婚至今，俊植從未帶人回家，而且眼前這個陌生男子又喊自己大嫂，她自然會感到驚訝。

「是我弟弟玟宇。」

「什麼意思？哪來的弟弟？」

「我以前說過嘛，我有一個分別很久的弟弟。」

「哦……」

妻子似懂非懂地點了點頭。不過，她仍是一副茫然的表情，似乎依然搞不清狀況。

玟宇剛進家門，妻子便皺起眉頭，摀住了鼻子。因為玟宇的腳上散發出一股惡臭。俊植的妻子很討厭腳臭味。玟宇這傢伙的襪子不知道幾天沒換了，滿是黑色的污垢，還露出了大腳趾。不過，玟宇並不理會這種神色，毫不見外地挨個房門推開看了一遍。反倒是俊植夫妻二人無端地感到拘束，一時不知所措。那傢伙端詳著正在熟睡的俊植的女兒的臉，又親了一口，還對妻子開玩笑道：

「大嫂比想像中的漂亮多了。看來大哥的手段非同一般啊！」

「哪裡哪裡。」

妻子有點臉紅，卻也似乎並沒有什麼不開心的神色。弟弟舉止如此自然，俊植心存感激，唯獨對那句「比想像中的」耿耿於懷。

「已經很晚了，快睡吧。我已經把小房間收拾好了。」

妻子說完，進了房間，留下兩兄弟坐在原地許久沒有說話。玟宇來到自己家，兩人這樣面對面坐著，俊植怎能不感慨萬千？這些年，應該攢了不少的話。奇怪的是，實際又沒什麼可說的。玟宇那傢伙似乎也是如此。他多次環顧四周，終於開口。

「房子真寬敞呀！有多大面積？」

「銷售面積是二十三坪，實際上只有十六七坪吧。」

俊植停頓了一下，繼續說道：

「儘管如此，這依然是我長久以來的夢想。現在終於算是美夢成真。」

「這一帶為了重建，強制驅趕當地居民，鬧騰了一番吧？」

「是啊。不過，我不能因此就討厭這裡吧？」

「我只是剛好想起來了，隨口一說而已。大哥，恭喜你夢想成真。」

玟宇笑著說道。公寓是一個長久以來的夢想，說不定這傢伙會覺得這種想法非常幼稚。不過，不論玟宇怎麼想，這對俊植來說都是絲毫不打折扣的。兩人再次相對無言，玟宇突然張嘴打了個哈欠。

「睡吧！你應該很累了，快去睡。」

俊植起身，進了裡屋，妻子面向牆壁躺著。他可以猜得到，妻子的心情不怎麼好。

「怎麼也不事先說一聲，突然就帶客人回家呢？」

俊植在妻子身邊躺下，裝睡的妻子突然轉過身來說道。俊植辯解說，這並不是自己的錯，而是玟宇突然找來的緣故。他又補充說，玟宇不是客人，而是弟弟。

「那也得先給我打個電話吧？」

俊植表示當時根本沒空打電話，並向妻子道了歉。妻子似乎無言以對，許久的沉默之後，突然開口問道：「你弟弟是幹什麼的？怎麼那副模樣？」

「我也不知道。我本以為那小子一定會出人頭地。他從小就是出了名的聰明。好像是和朋友合夥做生意失敗了，才會這般辛苦吧！」

俊植猶豫著要不要告訴妻子，弟弟將在家裡住上一陣子。

「既然是你弟弟，為什麼之前完全沒有來往呢？」

「弟弟和我同父異母。父親過去做老師時，似乎與同校的一個女老師好上了。當時的那個私生子就是玟宇。剛開始他的母親養了他一段時間，母親再婚後就來了我們家。我們一起生活過幾年，後來分開了。我母親去世之後，他就被親生母親帶走了。所以，我們雖說是兄弟，現在也是異姓。」

「看來你這家庭關係還真是令人傷腦筋啊！」

妻子沒有繼續說下去。俊植不知道怎麼了，根本睡不著，獨自在黑暗中翻來覆去。他的腦海中，浮現出一個褪色照片般的場景。當時他上小學二年級，有一天放學回家，感覺家裡籠罩著一種前所未有的異常氛圍。本該去市場擺攤的母親，坐在門廊邊緣一角，呆呆地望著半空。母親和俊植對視之後，沒有說話，莫名其妙地嘆了一口氣。緊接著，俊植看到了門廊下方擺放著一雙陌生的鞋子。鞋子很小，像六七歲的孩子穿的，是當時並不多見的高級運動鞋。俊植把書包丟在門廊上，推開房門，嚇得打冷顫。外出幾天的父親已經回來了，身旁坐著一個陌生的孩子，眼睛瞪得滴溜圓。俊植打算趕快關門出去，腦後傳來父親響亮的嗓音。

「渾小子，瞧見父親得打個招呼吧？往哪兒跑呢？進來。」

俊植小心翼翼地走進房間。

「這是你弟弟。以後你要好好帶他玩，知道了嗎？」

俊植雙唇緊閉，點了點頭，瞥了那個孩子一眼。弟弟皮膚很白，臉蛋很漂亮，像個女孩，十分警惕地瞟著自己。他穿著一條短褲，長筒襪直到膝蓋，那是俊植第一次看到男孩這副打扮，像女孩一樣穿著一條露小腿的短褲配及膝長襪。而且這個打扮得像富家子弟的漂亮孩子居然是自己的弟弟，簡直難以置信。

「房間裡的那個孩子，真是我弟弟嗎？」

俊植走出房間，跑向坐在門廊邊上的母親。母親默默地點了點頭。

「為什麼弟弟不是母親生的，而是父親領回來的呢？在大橋底下撿的嗎？」

母親只是唉聲嘆氣，沒再說話。俊植透過母親的表情推測，這其中必定有什麼非同尋常的隱情，卻沒有再追問下去。這時，門廊角落的一個書包進入視線。那是一個皮質書包，似乎是新買的。俊植打開一看，裡面裝滿了嶄新的學習用品，筆袋、本子、墊板等。

「那是我的，不許動！」

這時，那個孩子突然大喊著衝了出來。他奪走書包，突然開始大哭，像是早已等待著這個機會似的。父親猛地推開房門跑出來，狠狠地敲了俊植的腦殼。

「你小子，讓你好好帶著弟弟玩，怎麼把他弄哭了呢？你這渾小子！」

俊植在黑暗中抽著菸，胸口像被人打了一拳，又悶又痛。父親雖已入土，他卻仍有許多話想對父親說。他恨父親，沒有給他機會說出心裡話就離開了這個世界。

「哎，把菸滅掉！」

本以為已經睡去的妻子，憤憤地說道。

2

俊植推開廁所的門，看到校長站在裡面撒尿，下意識地轉身準備出去。在他出門之前，身後傳來了校長的聲音。

「哎，洪老師。」

俊植這才像剛看到校長般嚇了一跳，慌忙躬身問好。俊植已經正式受聘當上教師三年了，但每當校長稱呼自己「洪老師」時，依然感覺十分惶恐。俊植當上教師之前，邊上夜校邊在這所學校做了五年文書，以前還做過雜工。當時，校長叫他「小洪」。

「洪老師現在忙嗎？」

「不忙……沒什麼忙的。」

「那和我談一談吧。」

實際上，俊植要製作期末成績單，出勤表也得在今天之內完成。比成績單和出勤表更重要的是，他現在要立刻去廁所方便一下，卻又不能讓校長等著自己。校長頭也不回地走向走廊。

前往校長室，必須路過教務室門口。俊植跟在校長身後，隱隱擔心同事們透過敞開的窗子看到他和校長走在一起。他們會不會覺得很奇怪呢？還好，似乎沒有老師看向這邊。

「聽說洪老師這次搬進了公寓。給你道一句遲來的祝賀！」

「謝謝。」

「請坐。」

他們面對面坐在沙發上。校長室開了冷氣，屋內如初秋般涼爽。牆角立著一個巨大的櫥櫃，裡面陳列著各種獎盃、獎牌等。學校運動部在過去十幾年間奪得的獎盃依然閃亮如新。俊植知道，校長一有時間就會用毛巾擦拭拋光，並以此為樂。窗戶全部緊閉。透過寬敞的窗戶，操場一覽無餘，孩子們正在夏日炎熱的陽光下上體育課。不過在這裡什麼也聽不到，像是關了靜音的電影畫面。校長室太安靜了，似乎嚥口口水都會聽得一清二楚。

「多少坪啊？」

「很小，只有二十三坪。」

「你還年輕，住這種面積可以了。好好幹，以後房子會慢慢變大的。」

俊植雙膝併攏，等待著校長的下一句話。校長把自己叫來，很顯然不只是為了談公寓的事情。俊植從剛才就一直心跳不止，莫名感到一種緊張與恐慌，而且肚子又不舒服。他最近染上了過敏性腸炎，情緒緊張時尤為嚴重。

「洪老師，最近教務室的氣氛如何？」

校長突然壓低了嗓音。

「在我看來……挺好的。」

「哪有這種不清不楚的答案？有沒有什麼特別顯眼的人？抱怨對學校不滿什麼的……」

「沒有。」

俊植不斷把手往屁股底下塞。他在緊張不安時，本來就有不知不覺隱藏雙手的習慣。穿著西裝時，手會縮進袖子裡；可現在穿著短袖襯衫，兩隻手只能不斷往屁股底下藏。而且，壓迫小肚子的不適感越來越嚴重，他在無意之中也想用雙手堵住那個部位。

「金東浩老師怎麼樣了？」

「最近不怎麼說話，不過對學校的工作盡職盡責。」

「近來不在全國教職工會做事了嗎？」

「在我看來……上次退會之後，完全沒有參與了。」

「關於今年暑假補課的事情，上頭指示說一切遵循自願的原則，有意願的學生必須過半數才能實施。不過，這也取決於班導師怎麼做。有意願才做，假期裡哪會有學生想在學校學習呢？而且我也知道，不少老師討厭假期補課。不過，在家閒著幹什麼呢？在學校哪怕教一個字也是教師的價值所在啊。洪老師，你加把勁，把今年暑假的補課計畫順利實施下去。」

校長透過眼鏡直直地盯著俊植。俊植很想躲開校長的目光，卻又不知該看向哪裡。

「洪老師，我覺得你和其他老師不同。我最相信你，洪老師。只有洪老師才是真正以學校為家的人。你明白我的意思吧？」

俊植完全明白了校長的話。嚴格來講，他能成為這個學校的教師，也完全是校長的功勞。十五年前，他來這個學校做雜工，也是校長的委任，校長當時還只是教務主任。俊植後來做了文書，校長又安排他去上夜大。當然，俊植這些年來工作十分認真，所以也不算是白撿。總之，如果沒有這個校長，也就沒有今天的自己，這是無可否認的事實。因此，用一句話概括校長的意思就是，別忘恩負義。

「知道了，校長。」

「喬遷新居，夫人也很開心吧？請轉告我的祝賀。」

俊植退出校長室時，校長笑著說道。這種語氣像是在強調自己與俊植一家的關係格外親密。校長沒有像以前那樣稱呼妻子為「鄭小姐」，而是「夫人」，讓他覺得非常彆扭。他知道校長是一個偽善的人。然而，他也知道，校長並沒有比其他人更加偽善。

俊植走出校長室，剛好梁九晚老師在總務室和財務人員談話，兩人視線相交。梁九晚是一個十分懂得察言觀色的人。他看到俊植，似乎心領神會，衝俊植笑了笑。俊植立刻臉紅起來。

俊植走出校長室，趕快去了趟廁所，回到自己的座位坐下。坐在對面的金東浩獨自低著頭看書。不知道從什麼時候開始，金東浩在教務室裡總是滿臉憂鬱，很少開口說話。此刻他也在心不在焉地看書，似乎陷入了某種痛苦的念頭，眉毛如松毛蟲般蠕動著。金東浩的眉毛很濃，令俊植想到了弟弟玟宇。

早晨出門之前，俊植未能告訴妻子，弟弟今後將暫住在家裡。他很擔心，以妻子的脾氣，得知這個消息時會做出什麼反應。不過，在他開口之前，妻子似乎已經看出來了。他匆忙準備上班，正要出門，妻子給他遞了一個眼色，先一步去了女兒的房間。這是讓他跟進去的意思。他走進房間，妻子把門反鎖，氣勢洶洶地問道：

「那人到底是誰？」

「還能是誰？我不是說過了嗎，是我弟弟。」

「那他為什麼來我們家？」

「真是，弟弟來哥哥家還非得需要一個理由嗎？」

「好，算是這樣。總之，他不會賴在咱們家不走吧？」

「什麼賴著不走，你什麼意思？」

「這都第二天了，怎麼還不打算走呢？」

「噓，外面會聽到的。你那麼大聲幹什麼？」

「就是說給他聽的。」

「他有事，住幾天就走了。他昨天拜託我，我才讓他來的。」

「也不問問我？」

「哪有時間問呀？」

「至少打個電話回來啊。你是只帶了個人回來，給他做飯、操心這個那個的，還不都是我？再說了，你去上班之後，只有我自己在家，太不方便了。天氣又這麼熱。」

「已經這樣了，叫我怎麼辦呢？你就忍幾天，好好對他。他可是我唯一的弟弟啊。」

「唉，我不管。你自己看著辦吧！」

俊植站了起來。不管怎樣，還是給家裡打個電話比較好。奇怪的是，電話打通了卻無人接聽。俊植上了一個小時的課，再打還是如此。妻子出去買東西了嗎？就算是去買東西，時間也太久了吧，況且弟弟應該在家的啊。都去哪兒了呢？家裡連個人也沒有，真是搞不明白。

俊植下班回家，門鎖著。他按了幾次門鈴，沒有任何反應。那天恰好口袋裡又沒帶門匙，他尷尬地站在原地，有種莫名的不知所措。

俊植走出公寓，來到警衛室門口，茫然地等待著。公寓樓前有一條寬敞的大路，對面是一片荒涼的空地。空地上空，夏日黃昏晚霞滿天。俊植看到，有一家人在晚霞中穿過空地走了過來。那是一對三十歲左右的年輕夫婦，一左一右牽著一個小女孩的手，他們走過來的樣子像極了一幅畫。一家三口看起來實在是太溫馨和睦了，俊植十分羨慕地望著他們。這一瞬間雖然十分短暫，卻不知為何會產生這種錯覺。走來的正是俊植的家人。只不過，玟宇取代了本該屬於俊植的位置而已。玟宇十分乾淨整潔，和昨晚相比完全像是換了一個人。而且他穿的那件藏青色襯衫，仔細一看，正是俊植的衣服。二人不知在談論著什麼有意思的話題，妻子仰面大笑。俊植意外地發現，妻子的臉龐被霞光染紅，異常漂亮。

「爸爸，我們看到鴨子了，鴨子。」

女兒最先看到了俊植，一口氣跑了過來，興奮地說道。

「尚美纏著要去散步，所以一直走到了鹿川站那邊，那裡簡直就是鄉下。尚美別提有多喜歡了……」

妻子尷尬地辯解道。

「我在學校打了好幾次電話，一直沒人接，真叫人擔心。所以，魚缸也沒買成……」

「真稀奇，有什麼好擔心的？」

妻子像是突然對俊植發起脾氣，猛地轉身離去。俊植雖然搞不懂妻子為何突然發火，卻又因妻子和弟弟關係變好而備感慶幸。短短一天的時間，妻子對玟宇的態度明顯逆轉。吃過晚飯之後，俊植和玟宇坐在客廳裡看電視，妻子又拿出兩瓶啤酒，配了些簡單的下酒菜，張羅了一個小酒桌端了過來。比起早上的態度，這個變化著實令人吃驚。

「嫂子也喝一杯吧！」

弟弟客套了一句，妻子立刻端起酒杯。「哎呀，我不太會喝酒。那我就只喝一杯哦！」妻子今天的態度格外害羞，而且和氣。這和平時在俊植面前展現出來的樣子大為不同。酒桌上一片和睦。窗外陣陣涼風襲來，對面公寓的燈光也別樣祥和。

「天吶，小叔的手怎麼這麼漂亮？」

妻子給玟宇倒酒，看著玟宇端起酒杯的手，輕聲感嘆道。玟宇輕輕把手藏在桌下，難為情地笑了笑。

「這雙手看起來一輩子沒幹過什麼活兒吧？一雙手長成這樣，走到哪裡都覺得丟臉。」

「哎喲，那雙手怎麼了？我就喜歡小叔這種手指細長的男人。」

俊植低頭看了看自己的雙手，手指又粗又短，根本無須特意確認。因此，妻子的意思是說，至少從手指上來看，她討厭俊植這樣的男人。喜歡什麼討厭什麼完全是個人的審美取向，所以俊植也不好在旁多加評論。可是妻子偏要在此刻說出來，是想怎麼樣呢？

「繼續剛才那個話題吧，所以那個女學生是什麼反應呢？」

妻子盤腿坐著，看向玟宇。如此看來，兩人剛才的談話還有後續。

「當然被嚇到啦。大半夜的，突然站在那裡擋住去路，還讓她聽我念詩，她會覺得我是個瘋子吧！」

玟宇突然開始講述起高中往事。有一天，他在學校圖書館複習升學考試到很晚，突然憋悶難忍，感覺快要喘不過氣來了。我此刻為什麼在這裡？學習是什麼？生活是什麼？然後，突然瘋狂地想要寫詩，莫名其妙地胸中靈感迸發，一口氣在筆記本上寫滿了一整頁。寫完之後，卻又無人聆聽。所以，他撕下寫詩的那頁，出了校門。他站在黑漆漆的巷子裡，遠處有一個女生走了過來。他不由分說地擋住了女生的去路。「那……打擾一下，我剛才寫了一首詩，想找個人聽一下，卻沒找到人。你現在可以聽一下我寫的詩嗎？」

「所以，那個女生聽了嗎？」

俊植看到妻子的眼睛閃爍著微妙的光芒，專心地注視著玟宇。這還是他第一次看到妻子如此雙眼發亮地認真聽別人說話。

「沒有。她的嗓音裡充滿了恐懼，問我說，明天再聽可以嗎？」

「所以呢？」

「我說知道了，明天就不必了，再見。於是她像得救了一般，拚命逃走了。我走回了家。最終，誰也沒有聽過那首詩。」

「天吶，這怎麼行。如果是我，一定會聽一下的……」

妻子嘆了一口氣。

「你現在還記得那首詩嗎？」

「早忘了。時間拖曳著虛無的影子……只能隱約記起其中好像有這樣的詞句。」

「很想繼續聽完，不過我太睏了，要進去睡覺了。最近趕上期末，亂七八糟事情特別多……」

俊植起身，故作掩飾地辯解著。

「時間拖曳著虛無的影子……真不錯。」

妻子也只好無奈地隨之起身，瞥了俊植一眼。雖然只是無意的一瞥，那一瞬間的眼神卻深深地印在了俊植的腦海中。妻子的那雙眼睛裡，似乎盛滿了一種難以忍受的厭倦與冷漠。

妻子回到房間，坐在梳妝檯旁。她看著鏡中的自己，陷入了沉思。那個梳妝檯是妻子結婚時帶來的嫁妝之一，也是她最鍾愛的物品。與其他傢俱不同，只有這件鑲了螺鈿，價格不菲，而且又大又閃，與他們至今輾轉居住過的狹窄單間租屋處很不般配。或許是出於這個原因，夫妻二人很少直視對方的面龐，而是習慣了透過梳妝檯看向彼此。俊植現在也能感覺到，妻子從剛才開始一直透過梳妝檯的鏡子，仔細觀察著自己。

「奇怪。雖說是同父異母，可畢竟是親兄弟，你和小叔怎麼一點也不像呢？」

鏡中的妻子與俊植視線相交，嘆了一口氣，如此說道。

「他像父親。」

俊植壓制著胸中暗自翻湧的不悅，回答道。

「我像我媽。」

「你和小叔差幾歲來著？」

「他比我小兩歲。」

「他怎麼看起來還像是個大學生呢？相比之下，你簡直是個糟老頭子。」

「說什麼呢？我正當年！」

妻子關燈後，在俊植身邊躺了下來。俊植把手放在妻子的胳膊上。然而，妻子神經質地甩開了他的手。

「哎呀，熱死了，別煩我！」

妻子嗖地背過身去。俊植默默地看著妻子裸露在睡衣外的後背，心中升騰起一股無以言表的憤怒情緒。自己和弟弟不像，俊植很明白妻子這句話的意思。

從過去便是如此，俊植沒有一處比得過玟宇。俊植的母親像個男人一樣，高顴骨，寬臉盤，鼻子又粗又短，而且是嚴重的內八字腳（母親把這些身體特徵全部原封不動地遺傳給了他）。簡而言之，母親與女性的纖細或者美麗毫不沾邊。相比之下，即便現在想來，父親的確是一個十足的美男子，那張臉可以讓任何人對他心生好感。而且，母親一字不識，小學都沒有畢業，父親則是一名全職教師，無人不曉的知識分子。總之，他的父母距離「天作之合」這個詞實在是太遙遠了。像父親這種有學識、高尚而且帥氣之人，卻與母親這樣的人結婚，就算是封建時代的遺俗，也未免太不幸了。不對，應該說這反倒是一種十足的幸運嗎？

父親在大邱市區的一所小學當老師，某天卻突然辭職，離開了學校。俊植後來才知道，父親因為與同校的女教師有染，不能繼續待在學校了。那位女教師便是玟宇的生母。總之，父親一夜之間淪為失業者，養家餬口的擔子全部落在了母親的肩上。當時和現在都是如此，穿著西裝打著領帶的人如果突然丟了工作，便沒有其他路子養活家人。他們這種人十分博學，比任何人都深諳世界的運轉原理，對當時的政治情況或者韓國社會的結構性矛盾瞭如指掌，三天三夜也說不完，實際上卻連解決一天一頓飯的能力都沒有。

因此，全家人的一日三餐、房租、煤炭費、父親的零花錢，甚至父親夏天躺著讀書時穿的一件上好苧麻單褂，都是僅靠母親一己之力解決的。去市場撿一些菜販子丟掉的白菜葉子煮粥，是母親最基本的技能之一。就算早晨餓著肚子，如果中午有客人來，母親也會像一個變戲法的魔術師一般，總能擺出一桌像模像樣的飯菜。而且，客人怎麼那麼多！

家裡來的客人們大多和父親一樣西裝革履，俊植每次都會和弟弟一起進房間行禮。奇怪的是，客人們總是對弟弟更加感興趣，誇讚弟弟可愛。相比之下，俊植總是坐冷板凳。現在想來，說不定因為玟宇誕生於一場愛情悲劇，是一個迫不得已與生母分離的不幸孩子，父親的朋友們才對其表現出更多憐憫。總之，相比之下，俊植從小到大從來沒有得到過他人的認可，一直缺乏自信。

俊植十七歲獨自來到首爾這所學校做雜工餬口，同時上高中夜校，後來又在庶務科做文書。他從夜大畢業之後，終於考取了教師資格證。人們常說他是一個奮鬥型的人物，然而，俊植知道，人們每次這樣說他，與其說是尊敬，不如說是一種接近於輕蔑或者冷笑的態度。簡言之，他們都覺得他是個陰險小人。妻子也是這樣。俊植在學校做庶務科職員時，妻子是同部門的職員。妻子從女子商業高中畢業之後，當上了正式的庶務科職員，她總是看不起雜工出身的俊植。後來，兩個人不知怎麼就結了婚。俊植從夜大畢業，成為技術科目的教師之後，妻子對他的第一印象也絲毫沒有改變。

第二天早晨，俊植發現了妻子身上的重要變化。妻子臉上化了妝，塗了粉紅色的唇彩，還抹了淡淡的眼影。在俊植的記憶中，從未看到妻子不外出時在家化妝。

3

「大哥已經有小肚腩了啊！」

俊植第二天下班回家，換下濕透的運動背心時，玟宇笑著說道。才兩天的時間，這小子已經像在自己家一樣，悠閒自在地坐在那裡。玟宇的話可能只是一個沒有任何惡意的玩笑而已，俊植卻漲紅了臉，像是遭受了什麼侮辱。

「年紀大了，肚子能不大嗎？運動不足啊。」

俊植意識到妻子的存在，如此辯解道。妻子卻上下打量了他一番，眼中閃過一絲輕蔑。

「你可能本來就是易胖體質。」

「沒錯。大哥小時候肚子也很大，像隻小蝌蚪。」

他媽的，兩人還挺配合。俊植極力擠出笑容。

「唉，我那是因為吃不好，脹肚！」

「小叔脫了上衣比穿著時更帥氣。」

妻子笑著看向玟宇。俊植突然從妻子的視線中感覺到一股奇妙的熱氣。不過，他迅速極力克制住自己的這種感覺。他認為，可能是自己過於敏感了。正如妻子所說，玟宇裸露在運動背心外的身體，展示了一種有模有樣的肉體美。小時候只覺得他身體弱得不成樣子，現在看來，他的骨架意外結實，沒有一絲贅肉，肌肉線條顯露無遺。

「尚美，和叔叔一起唱歌好嗎？」

玟宇招呼著俊植的女兒，女兒迫不及待地坐到了他的膝蓋上。不知不覺間，女兒和叔叔變得親密起來。也是，玟宇的確有這種奇特的能力，不論大人小孩都會很快對他產生好感。

「撲通撲通丟石子，誰在偷偷丟石子……」

孩子和玟宇開始合唱，妻子也跟著哼唱起來。俊植聽著三人的合唱，坐在那裡有些不知所措。如果自己也加入合唱會很自然，可他做不到。怎麼說呢，這種氛圍對俊植來說很是陌生，他終究難以融入。俊植靜靜地支起膝蓋，看著玟宇和女兒，看著小聲唱歌的妻子。令人驚訝的是，妻子的臉上泛起了晚霞般的紅暈。

「爸爸，爸爸你怎麼不唱啊？爸爸你不會唱這首歌嗎？」

「怎麼不會？爸爸累了，要去睡覺。」

俊植起身，進了裡屋。他沒有開燈，躺在黑暗裡。客廳依然傳來妻子與尚美以及玟宇唱歌的聲音。

「撲通撲通丟石子，誰在偷偷丟石子。溪水飛濺呀，遠遠飛濺呀……」

他們的歌聲聽起來十分明快祥和。不過，俊植無法坐在客廳裡配合他們。他獨自在昏暗恐怖的房間裡輾轉反側，內心備受折磨。這種感情比起嫉妒，更接近於一種自虐，就好像小時候全家人和諧地圍坐在餐桌前，自己卻被孤立在旁的那種悲傷與痛苦的背叛感。

我為什麼無法加入他們呢？為什麼要獨自在這昏暗的房間裡咬牙切齒地苦惱呢？俊植想不通。

「小叔，給你唱一首我小時候很喜歡的歌吧？」

妻子說道。俊植越想睡覺，神經反倒越是緊繃，向著客廳豎起耳朵。妻子開始唱了。

「黃昏櫸樹枝頭，一抹星光美麗閃爍，想起老朋友……」

夏夜的昏暗中，妻子的歌聲輕輕傳開。她的嗓音十分柔美，透出一種夢境般的無法知曉的悲傷。

「哇，這首歌太美好了。我第一次聽……」

「我小時候只要唱起這首歌就會掉眼淚。真的很奇怪吧？長大以後，只要心裡鬱悶，也會默默地吟唱這首歌。就像歌詞裡說的那樣，想到已經記不起長相與名字的老朋友在某個地方等著我，就會略感一絲安慰。」

俊植沒有聽過這段往事。妻子至今為止一次也不曾對他提起過，現在卻講給了玟宇。而且，他也從未聽過妻子那夢幻般的嗓音。這個事實令人難以忍受。妻子為什麼要對弟弟講起這些呢？是什麼讓妻子陷入了之前未曾有過的感傷之中呢？

以前一起在學校辦公室工作時，妻子對俊植毫無興趣。妻子長得很漂亮，所以俊植暗自對她動心，她卻好像正在與其他男人交往，而且她本來就對俊植非常冷淡，所以俊植從來沒敢和她說過一句話。

有一天，俊植下班後回到辦公室，看到她獨自坐在那裡哭泣。俊植十分慌張，不知道該怎麼辦。她哭得十分傷心，俊植無法裝作視而不見，卻又不方便問她發生了什麼事。她盡情哭了一陣子之後，抬起頭說：「今天可以請我喝杯酒嗎？」就這樣，俊植在那天晚上第一次和她一起喝酒，兩個月之後兩人結了婚。不過，她當時為什麼哭，俊植至今不得而知。

俊植認為，說不定自己對妻子一無所知。結婚已經六年，自己卻從未踏入妻子關閉的內心深處半步。不過，她怎麼會如此輕易對玟宇敞開自己緊鎖的心門呢？

這一次，俊植對妻子的憤怒轉移到了弟弟身上。那小子到底是幹什麼的？來我家之前，他在什麼地方做了什麼？如此想來，俊植對玟宇也有太多不瞭解的地方。他至今做著什麼工作，為什麼要寄居在俊植家，也從來沒有好好解釋過。

客廳裡的歌聲消失了，只能聽到兩個人的談話聲。俊植忍無可忍，去了客廳。他假裝口渴，拉開冰箱門找水喝。不過，妻子好像完全無視丈夫的存在，全神貫注地和弟弟談話。俊植走進弟弟暫住的那個房間，翻找著弟弟掛在衣架上的衣服。衣兜裡有一個錢包。

俊植像是犯了什麼大罪，打開錢包的雙手顫抖著，心臟狂跳個不停。不過，錢包裡沒有什麼特別的東西，只有一張身分證和幾張其他人的名片，還有幾張一萬韓元的現金而已。除此之外，沒有任何東西能夠提供玟宇的職業訊息。俊植打算把錢包重新放回去，卻感覺到什麼東西硬邦邦的。錢包背面夾了一張照片。照片中是一個年輕的女孩，看起來二十二、三歲，雖然說不上十分漂亮，臉蛋還算可愛。照片後面用圓珠筆寫著幾行字：

——玟宇兄要走的那條遙遠危險的路，我想一直與你同行。美惠。

俊植擔心弟弟突然進屋，趕快把錢包塞回了衣兜。他重新回到裡屋，躺在了黑暗中。過了許久，妻子抱著熟睡的女兒進來了。

「什麼事那麼有意思？」

「天吶，親愛的，你還沒睡？我以為你睡了。」

妻子無意中說道。俊植在黑暗中獨自咬牙切齒地痛苦萬分，卻只換來這麼一句。他十分洩氣。

「原來小叔是一個這麼純真的人。」

妻子坐在梳妝檯邊，自言自語般說道。

「純真？」

俊植透過梳妝檯的鏡子，看著妻子塗了厚厚一層白色乳霜的臉。

「真的，我很久沒有見過這麼純真的人了，這讓我回想起了過去。總之，我們都已經被浸染得太厲害了。唉，我也曾有過純真的年月。」

聽完妻子一番話，俊植突然怒火中燒。純真可以當飯吃嗎？有誰是因為不懂純真，才如此生活的嗎？不過，俊植並沒有把這些話說出口。他能說的，只有冷嘲熱諷而已。

「他當然純真啦。如果不純真，就不會如此毫無計畫地寄居在咱們家啦。」

「親愛的，你這是什麼話？小叔是你弟弟啊。而且，我們現在對他很好，小叔別提有多感恩了。」

「我說的不就是這個意思嗎？別人對你好，就毫不懷疑地相信、感激，這不就是一種盲目的純真嗎？」

妻子在梳妝檯邊轉過身來，直視著俊植。

「唉，親愛的你怎麼這麼小心眼？」

4

「洪老師，有客人到訪，你沒看到嗎？」

俊植下課回來，鄰座的梁九晚對他說道。

「看起來不像是學生家長……我覺得可能是書商。你看，來了。」

一個陌生男人走進教務室。他看起來四十五、六歲，穿著一件條紋白色短袖襯衫，稍微歪著一邊肩膀，逕直走向俊植的座位。

「是洪俊植老師嗎？」

他的嗓音出奇地低。俊植回答說是，男人更加壓低了嗓音。

「可以和我談一談嗎？」

「如果您是來賣書的，請下次再來吧。」

「書？我是警察署的。」

俊植大吃一驚，看著男人。男人膚色黝黑，毛孔粗大，兩隻眼睛可能因睡眠不足而布滿血絲。

「我們找一個安靜的地方談一談吧……」

他們走出教務室。正午的陽光火辣辣地曬著操場。他們穿過操場，走出校門，去了校門口的一家地下茶房。

「哎呀，真熱。喂，給我拿一條涼爽的濕毛巾。」

刑警用茶房服務生拿來的濕毛巾不斷擦拭著臉。女人也遞給俊植一條毛巾，他卻只放在了桌子上。

「請問，您來找我有什麼事呢？」

「洪老師，你有個弟弟吧？」

「弟弟？」

「我們都已經知道了。弟弟和你同父異母，名叫姜玟宇，從首爾大學退了學……」

弟弟從大學退學了，這還是頭一次聽說。刑警注視著俊植，觀察他的反應。刑警的膚色出奇的黑。這種黑和日曬的黑略有不同，是從皮膚內部透出一種黑色的光，不免令人懷疑他是不是肝功能有什麼問題。

「你什麼時候見過弟弟？」

「這個嘛，過了太久，我也記不起來什麼時候見過他了。我們說是兄弟，您也知道，姓氏都不同，小時候在一起住過幾年而已，至今彼此沒有聯繫。」

俊植很擔心刑警識破自己此刻正在說謊。他為了掩飾自己的臉紅，開始用服務生拿來的濕毛巾擦臉。

「不過，為什麼要問我弟弟的事情呢？」

「他現在正在被通緝。雖然這麼說很抱歉，但是他在運動圈是出了名的惡劣。光是假名就用了幾個，背後操縱著大學生和勞動者。」

俊植呆呆地張著嘴巴，盯著刑警的臉。刑警關於玟宇問東問西，俊植其實什麼也答不上來。

「我們也被他搞得焦頭爛額。上邊讓協助搜查，沒有消息也要製造出點兒消息報告上去。所以，請諒解一下。你在學校當老師，我相信你會理解我們的苦衷。」

刑警露出一副疲倦厭煩的表情，訴苦般望著俊植。他遞給俊植一張名片，上面印著「××警察署情報科刑警郭淳九」。

「如果弟弟聯繫你，或者有什麼其他問題，請給我打電話。」

刑警似乎並不期待俊植真的會給自己打電話，而好像只是出於某種義務必須說一句這樣的話。出了茶房，與俊植分開之後，刑警邁著疲憊的步伐走進火辣辣的陽光下。他歪著一邊肩膀，步履維艱，俊植有種衝動，想要對他說點什麼，讓他打起精神。

刑警的話對俊植確實是一種衝擊。不過，比起驚訝，他首先感覺到了一種背叛與不快。因為關於這些事情，玟宇從未向他提起過隻言片語。

俊植下班回到家，看到玟宇蹲在家門口的走廊邊幹活。他在為每扇窗戶製作防蟲網，正滿頭大汗地把鐵網鑲在鋁製窗框上。妻子自豪地對俊植說：

「現在看來，小叔的手藝可不一般啊。這要是花錢請人做，還得花個幾萬塊……」

「至少得幹點兒活，抵一下伙食費吧！學學就會，這也並不是什麼難事。」

玟宇抬起大汗淋漓的臉，笑著說道。俊植揮手示意妻子跟著進屋。

「其實，他好像有什麼問題。」

「問題？什麼意思？」

俊植把刑警白天說過的話轉告給了妻子。妻子聽完之後的反應，卻和俊植的預料截然相反。

「天吶，小叔這麼厲害？怪不得看他不像個普通人……」

「厲害什麼？犯了法，逃命呢……」

「他是做了好事才這樣，怎麼啦？一般人能做出那種事嗎？」

妻子似乎在說，你這樣的人有膽量去做那種事嗎？俊植很無奈。妻子平時在電視上看到大學生遊行示威，時常會生氣地說他們不懂事的啊。

「他應該吃了不少苦吧？這麼居無定所……不過，就算過著這種逃亡生活，怎麼一點兒也不陰鬱呢？」

俊植這才意識到妻子穿著一件裸露著肩膀的無袖長裙，臉上的妝容也稍微濃了一些。妻子的這副打扮，有種前所未有的性感。俊植卻很疑惑，妻子這種非同尋常的改變是為了誰？

「真是辛苦你了。怎麼能做得這麼好，像個行家！」

玟宇把每扇窗戶都安上了防蟲網，妻子大聲感嘆道。他做的防蟲網確實非常結實，和專業人士相比也毫不遜色。

「哎喲，看看這汗流的。這怎麼行，小叔把上衣脫了吧，我幫你淋水。」

「不要緊。我洗把臉就行了。」

「別，得把汗洗了啊。快把上衣脫了吧。」

妻子先一步走進狹窄的浴室，拿起水瓢督促道。玟宇難為情地看著俊植。

「怎麼啦？在嫂子面前脫個衣服還不好意思啊？」

聽俊植這樣說，玟宇無奈地脫去襯衫，走進了浴室。俊植刻意迴避，進了房間，卻依然可以聽到二人的聲音。玟宇喊著水涼，間或還夾雜著妻子調皮的笑聲。如果追究起來，嫂子給小叔洗個後背，也未必就是一件壞事，看起來反倒是美好深情的一副景象。俊植努力這樣想著，心中卻升騰起一股莫名其妙的情緒，妻子白嫩的雙手在弟弟後背上滑來滑去的情景在眼前揮之不去。

那天晚上，俊植用胳膊摟住了妻子的肩膀。妻子像往常一樣，冷漠地甩掉了他的手。

「哎呀，幹什麼啊？熱死了。」

俊植終究沒有退縮。他強行把妻子的身體轉向自己，爬了上去。妻子頑強地推開他。他們在黑暗中無聲地對抗了很久，妻子終於無奈地放棄了。不過，當他開始觸摸妻子的身體，令人驚訝的事情出現了。妻子那天特別火熱。近期從來沒有過這種情況。到了最後關頭，妻子還不由自主地發出了窒息般的呻吟聲。他擔心聲音傳出去被弟弟聽到，不得不慌忙用手摀住了妻子的嘴。不過，妻子好像根本沒有意識到這一點。狂亂的波浪退潮之後，俊植彷彿一條吞下了體型比自己更大獵物的蛇，慵懶地看著赤身裸體躺著的妻子，懷疑妻子今天為何前所未有地興奮。會不會是因為白天看到過玟宇裸露的上半身呢？他這該死的想像，怎麼也停不下來。說不定，妻子剛才腦子裡想的是和玟宇的性事吧？俊植在自己的這種想像中，起了一身雞皮疙瘩。

5

第二天，俊植從學校回來時，玟宇首先道了歉。「大哥，對不起。我沒有提前告訴你。」

看來妻子告訴了弟弟俊植見過刑警的事情。俊植坦言，自己確實心裡不痛快。「你不告訴我那些事情，不就是不相信我嗎？」玟宇卻對此表示否認。他說是因為不想給大哥增加負擔，讓大哥為自己擔心。

「可我是你名義上的大哥，出了那種事，你向我坦白不是理所當然的嗎？」

「對不起。我只想默默地住一段時間就走，認為這樣會給大哥大嫂少帶來點兒負擔。」

「那你以後打算怎麼辦？」

「我會儘快離開這裡。我想了想，說不定會給大哥帶來什麼麻煩……」

「小叔，你這是什麼話？什麼麻煩不麻煩的，我們沒關係，你想在這裡住多久就住多久。」

妻子在一旁插話道。

「大哥是教師，以後搞不好會被問責。而且，刑警都已經找到大哥了，這裡也不是什麼安全的地方了。」

「要是知道你在我們家，早就來抓你了。這裡很安全，再住幾天吧。」

妻子望著玟宇，臉有些發燙。俊植想，說不定妻子很擔心玟宇會離開。不，肯定是這樣的。他的聲音略顯冷淡。

「你打算逃到什麼時候？你現在也三十多了，不再是大學生了。你又不可能一直逃到世道改變……你該不是相信世道會發生改變吧？」

「大哥，世道是否改變並不重要。我只是做了自己認為正確的事情。」

「認為正確就一定要做嗎？」

「如果一件事是正確的，世界上總要有人講出來吧？」

「就像以前我媽帶我們去坐公車，隱瞞年齡那次？」

玟宇看著俊植，不明白他在說些什麼。他早已把那件事忘得一乾二淨。不過，俊植卻怎麼也無法忘記。

有一次，俊植的母親帶兄弟倆乘坐公車。當時，俊植上小學三年級，也就是十歲，玟宇八歲。不過，當乘務員準備收取車費，母親卻謊稱俊植七歲，玟宇六歲。到了學齡，就要繳納車費，母親心疼錢。不過，一下減了三歲，乘務員並不相信。

「大嬸，別撒謊了，快交錢吧。」

「撒什麼謊？你說什麼呢？崽子們只是長得比較大個兒，一個七歲，另一個六歲。」

「大嬸，撒謊也要有個限度啊。這麼個大小子，你說只有七歲，誰信啊？要在以前，都該討老婆了！」

俊植裝模作樣地想要幫助母親說謊。他使出渾身解數，假扮出一副身體發育過早、智力略顯不足的表情。然而，事情發展卻出乎意料。此前一直在旁靜靜看著的玟宇，突然開口說話了。

「我不是六歲，我八歲了。」

俊植母子自不必說，乘務員也吃了一驚。尤其是母親那副表情，簡直就像當頭挨了一棒，俊植至今仍然記憶猶新。乘務員彎下腰，問玟宇：

「你剛才說什麼？你說你幾歲了？」

玟宇抬起頭，直視著俊植母子。母親表情十分複雜，沒有對弟弟說什麼，只是一副苦苦哀求的樣子。

「是的，我八歲了。大邱明德小學，一年級三班。」

玟宇一字一句地回答，像極了模範學生朗讀課文，彷彿此刻正在參演兒童廣播節目《誰最棒》。

「是嗎？果然是這麼回事。孩子，你真乖。」

乘務員摸了摸弟弟的頭，呵斥母親道：

「大嬸，你在兒子面前不覺得丟臉嗎？」

事情敗露，母親無言以對，只能乖乖交錢。乘務員接過車費，最後對母親說了一句：

「大嬸，至少你還養了一個好兒子。」

然而，世界上正確的真正標準是什麼呢？就算有正確的事情，誰又知道說出正確的事情是正確的，就一定是一種正確的做法呢？當時那麼優秀的弟弟，現在竟淪為一個通緝犯。俊植看著弟弟，如此想道。

「正如大哥所說，我總有一天會進去的。不過，暫時還不能被抓。這不是我一個人的問題，我還要保護其他朋友。」

「如果被抓，要關多久呢？」

妻子問玟宇，語氣中透著些許難過。

「難講，可能要個幾年吧。」

妻子低聲嘆息著，似乎很快就要流下淚水。俊植心中再次升騰起一股難以忍受的情緒。

「你也應該趕緊結婚安定下來了，聽說你有女朋友？」

俊植一邊說，一邊偷偷觀察著妻子的反應。或許是情緒使然，他發現這句話似乎給妻子帶來了一點衝擊。妻子雖然故意面無表情地轉過頭去，卻無法掩飾那一瞬間的臉紅。慌張的玟宇也是如此。

「大哥怎麼知道的？」

「我聽刑警說的。是叫美惠嗎？」

這當然是說謊。俊植曾經偷看過玟宇的錢包，所以談起了這位女子。玟宇滿臉通紅，難以置信地看著俊植。

「他們連這個也知道了？」

俊植看到妻子默默起身，走進屋裡，關上了房門。片刻之後，他進屋時，妻子低著頭坐在梳妝檯前。他不知道妻子在想什麼，是不是在哭。她當然不會哭。到底有什麼可哭的呢？

「你在想什麼呢？」

俊植問道，妻子卻依然低著頭。這樣不知過了多久，妻子突然轉過身，看著俊植。

「我們的婚姻，看來是個錯誤。」

6

如彩紙摺疊一般的黃色熱帶魚快速地游來游去。體型更大的藍色斑點魚躲在細長的海草之間，長長的魚鰭晃來晃去。水車轉個不停，水面上不斷冒出白色泡沫。

「您要買魚缸嗎？」

小小的海洋世界對面，突然出現一張脫髮老男人的臉。

「可以親自上門安裝嗎？」

「您要放在哪兒啊？家裡呢，還是餐館大堂？」

「家裡，上溪洞公寓。」

「哎喲，那可去不了。能賺幾個子兒啊。」

「這種魚叫什麼名字？」

「那個嗎？叫什麼來的……我也不知道，反正就叫熱帶魚。」

「可以家養嗎？」

「倒也不是不能養……公寓多大呢？」

「很小，二十三坪。」

「那您還是來這邊選條金魚吧。大的五百，小的兩百。魚缸從三萬到六萬都有，您要哪種呢？」

俊植選了一個三萬韓元的魚缸，又買了三條三百韓元的紅色金魚和兩條兩百韓元的黑色金魚。等到把方形的魚缸扛在肩上走出店門，俊植才發現要把這些東西拿回家並非易事。他滿頭大汗地站在路邊揮手，卻怎麼也攔不到計程車。就算有車過來，看到俊植肩上扛著一個巨大的玻璃魚缸，也很快溜走了。最終，俊植只好去坐城鐵。

城鐵總是人滿為患，沒有下腳之地。俊植扛著一個玻璃箱，擠進擁擠的縫隙，人們不耐煩地瞪著他。而且，他手裡還提著一個裝金魚的塑膠袋。車頂上掛著的風扇緩慢地搖著腦袋，扇著熱風，乘客們酸臭炙熱的體味屢屢灌進鼻孔。如果擠到窗邊，說不定可以把這沉重的玻璃箱放在擱板上，但是根本一絲一毫也擠不動。而且，俊植擔心塑膠袋被擠破，不得不舉著胳膊。肩頭像是壓著一塊鐵，胳膊肘陣陣痠痛。

俊植的小腹發出咕嚕嚕的聲音，說不定過敏性腸炎又犯了。如果繼續強忍著這種痛苦，全身上下都會垮掉。俊植看著塑膠袋裡的金魚。五隻小金魚在那麼一丁點水裡艱難地呼吸著。金魚那雙凸起的眼睛看著俊植。俊植莫名感覺到金魚的眼中透著一種憐憫。從魚的眼睛裡感覺到憐憫，俊植啞然失笑。

到底為什麼一定要辛辛苦苦地買個魚缸回來呢？俊植反問著自己。就連妻子現在也似乎已經對魚缸沒了興趣。這個魚缸到底可以解決什麼問題呢？

「我們的婚姻是個錯誤。」

昨天晚上，妻子突然說了這麼一句。俊植聽到這句話時，心裡瞬間猛地一沉，卻又極力不表露出來。

「那到底是什麼意思？」

「這真的能叫生活嗎？」

「那應該怎麼生活呢？」

「總之，這不是真正的生活，這種生活不夠真實。」

「真實的生活？人活著，還能有什麼真實的活法？活著都是一樣的唄。人生和小說不同。只能滿足於現實，湊合活著，人生不就是如此嗎？」

「總之，我感覺我的人生誤入歧途，不知怎麼就扣錯了鈕釦。」

「所以，你現在想怎麼辦？」

「不知道，我再想想。」

俊植無法理解，怎麼會變成這樣。僅在幾天前，妻子關心的還是把之前輾轉於租屋處時已經壞掉、鋸了腿的舊櫃子換成新的，再安置個魚缸，買一套音響設備，怎麼把公寓好好裝點一下而已。可是，妻子的口中怎麼會突然說出這種話呢？

「每個人都想講講自己的故事。」

妻子還說了這樣一句話。

「自己的故事？什麼故事？」

「不論什麼故事。童年的故事也好，其他故事也罷，聆聽並理解自己故事的那個人很重要。可是，我從來沒有對你講過那些故事吧？你也根本不打算聽……」

「你也沒有對我說過啊！我什麼時候說過我不想聽嗎？」

「和你說了也沒有什麼用，所以沒說啊。」

俊植意識到，他們的夫妻關係，過去六年間平安無事的家庭，開始搖搖欲墜。這到底是因為誰呢？

終於，城鐵到了鹿川站。門開了，俊植被推了出來。他想要往肺裡猛吸幾口涼爽的外部空氣，卻只有一股熱氣穿過喉嚨。肚子依然咕嚕咕嚕叫，這一次還伴隨著令人不快的疼痛。俊植很想放下肩上扛著的魚缸，立刻去一趟廁所。可他也知道，附近似乎沒有廁所。他忍受著小腹的疼痛，肩上扛著玻璃箱，一手提著塑膠袋，重新開始行走。現在，魚缸成了一個負擔，扛著走也不是，丟了也不是。

垃圾車不斷揚起塵土，橫穿工地。工地一角地面下陷，正在用垃圾填充。這裡是一片寸草不生的荒地。眾多垃圾中，塑膠尤其多。塑膠這東西，不論過多久，都不會腐爛，過了幾千幾萬年，也會一直留在地下。在這片所有生命消亡的土地上，現在將會疊起一座座鋼筋水泥建築。雖然不能確定是不是因為這裡的地勢比其他地區低得多，所以才會有卡車運送垃圾過來掩埋，但每次看到那些無盡的垃圾，俊植就彷彿看到了城市可恥的一面。這種感覺就像是，發現華麗的話劇舞台裝置其實只不過是一種騙術，都是用骯髒的粗布和木頭製成，讓人掃興得很。支撐這無數威風凜凜的高層公寓的地基，其實是一片巨大的垃圾堆積層，這個事實令人無比吃驚。現在，人們將會在上面種樹、鋪草坪，美化環境並在此居住。在客廳裡擺上魚缸，搞搞室內裝修，在陽台放上天竺葵盆栽。自己此刻不正是因此才大汗淋漓地扛著這個玩意兒嗎？

然而，妻子卻說這不是生活。是啊，到底什麼是生活呢？俊植肩上扛著玻璃箱，拚命忍受著小腹的疼痛，如此反問著自己。以後我要以什麼樣子繼續生活，直到死去呢？雖然之前並非完全沒有考慮過這些，像今天這樣深刻思考卻是第一次。仔細考慮過之後，自己的未來顯而易見。在未來的二十年間，他只能繼續在現在的學校當老師。一成不變地上班，一成不變地上課，每個班數十次重複著同樣的話，聽著校長同樣的嘮叨，對孩子們重複著同樣的嘮叨，不會有任何改變。說不定會當上主任，開上私家車，或者搬到稍微寬敞一點的公寓。然而，如此一來到底會有什麼改變呢？如此這般老去，等待死亡的人生，又有什麼意義呢？

其實，俊植之前曾經夢想過這種生活。生活穩定，不必擔心無處睡覺和失業——不多也不少，他所期待的正是這種生活。可是，真正實現之後，妻子卻荒唐地質問這樣活著有什麼意義。妻子相當於在說，這種生活是建立在骯髒發臭的垃圾堆上的謊言。二十三坪的公寓，有熱水的浴室，客廳裡養著金魚的魚缸——這些東西都只不過是垃圾堆上的障眼騙術。

那要我怎麼辦呢？現在要我怎麼辦呢？俊植很想大喊。

肚子又開始咕嚕咕嚕叫了起來。小腹像是有人在用針亂扎，痛得難以忍受，似乎下面很快要有什麼東西流出來了。不過，距離太陽下山還有很久，不能隨地解決。魚缸開始逐漸壓迫著肩膀，俊植很想立刻把它摔在地上。他不斷打量著四周是否有廁所。這時，他在工地一角發現了一座膠合板搭建的破舊建築，門板上寫著「廁所」二字，上面卻又加了一句「嚴禁使用」。不過，情況特殊，俊植顧不得警告語，推門走了進去。眼前的景象令他大吃一驚。廁所的地上意外地堆滿了糞便，連個下腳的地方都沒有。可能是因為剛開始污水處理設施尚不完備，別說馬桶了，連隔斷空間都已經被填滿，溢到了外面。有的糞便已經變成硬邦邦的化石，彷彿已經在此停留了幾十年，還有熱氣尚未消退的最新產物。各種各樣的糞便塞得滿滿當當，這副景象真是令人驚訝。俊植走進去，找了個最小的空間，解開褲子，露出屁股蹲了下去。起初覺得噁心難忍，奇怪的是，逐漸就沒了感覺。他反而產生了一種錯覺，那些東西似乎不是令人不快的骯髒物質，而是赤裸裸又厚顏無恥地吶喊著自己主張的無數生命體。

突然，俊植的眼前浮現出母親的臉。母親為了養家餬口，有什麼做什麼，做過針線活，還在市場擺過攤。母親賣的是紫菜包飯和魚糕。她一整天在市場拍著手，聲嘶力竭地叫喊。

「來來來，快來買好吃又新鮮的魚糕和紫菜包飯！新鮮的魚糕和紫菜包飯！」

到了午後時分，市場開始擁擠起來，連個下腳之地也沒有。市場的人們稱之為「開集了」，只要開集，母親就更是來了興致，更加聲嘶力竭。

「來來來，好吃又新鮮的魚糕和紫菜包飯！快來買好吃又新鮮的魚糕和紫菜包飯！」

在俊植的記憶中，市場裡沒有比母親更大聲的叫賣。不論是否有人經過，母親都會拍著手叫賣，於是經常餓肚子或者沒有空閒去廁所。其實，母親當時做生意的那個市場裡，上廁所的確是一個大問題。市場後面只有一個公共廁所，全市場的人都只能去那個獨一無二的廁所。因此，公共廁所前總是排著長長的隊伍。

俊植的母親不論怎麼著急上廁所，都無法安心地在廁所前排隊。母親心裡惦記著多賣一個紫菜包飯，無法一動不動地站在那裡。一天，母親終於出糗。那天，母親幾次著急上廁所，跑到了廁所前，看到排隊的人群，立即快速回到攤位，然後又重新跑去廁所，這樣反覆了幾次，終於再也憋不住了。

「天吶，怎麼辦，怎麼辦？」

公共廁所前依然排著長隊，母親在人群中跺著腳扭來扭去，卻無可奈何。俊植在旁邊看著這一切，與母親一樣焦急不安。母親等不及了，重新回到了攤位。不知道母親怎麼想的，泰然自若地在攤位前蹲了下來。俊植聞到一股刺鼻的怪味。他憑直覺明白了母親此刻正在做什麼。

「天吶，這是一股什麼味兒？」

這時，坐在母親右邊賣青花魚的大嬸捏著鼻子說道。

「可能是有人放屁了吧！」

這一次，坐在母親左邊賣豆芽的大嬸接過話。

「屁味兒能有這麼臭嗎？看來是有人拉屎了。」

「誰在市場裡拉屎啊？」

兩位大嬸隔著母親說個不停，母親卻像個沒事人一樣面無表情。面臨絕境，反而變得泰然自若，變得勇敢無畏，這是母親的絕技之一。緊急關頭已經過去，母親此刻恢復了悠然自若的表情。不論賣青花魚的大嬸怎麼懷疑地瞟著母親，母親都毫不理睬。母親當時那種淡定到厚顏無恥的臉，俊植至今依然難以忘懷。

俊植從廁所出來，重新把魚缸扛在了肩上。已經扛到這裡了，只能扛到最後。與母親一樣，對俊植來說，所謂生活，華麗、宏偉、高尚永遠遙不可及，卑鄙、骯髒、疲倦卻總是持續不斷。就像是一場沒有盡頭的跨欄比賽，自始至終無法逃避。雖然偶爾會走運，品嚐到一點輕鬆與成就感，仔細想來卻也只是水灣裡漂來漂去、終究會破碎的泡沫罷了。

終於到家了。妻子接過魚缸，幾乎面無表情。

「你怎麼提了幾條死金魚回來？」

妻子如此說道。金魚果然已經死了。塑膠袋不知道什麼時候破了，水滲掉多半。金魚翻著白肚皮，卻依然呆呆地瞪著眼睛仰望著俊植，依然是那憐憫的眼神。

7

「洪老師，坐我的車走吧。」

俊植走出玄關門，梁九晚打開車門，向俊植揮手。一年級主任坐在駕駛座，後窗可以看到金東浩老師粗粗的後脖頸。俊植坐在了金東浩的鄰座，汽車啟動。

「其他老師也出發了吧？」

主任開口問道。

「那當然。其他活動可以缺席，聚餐可不行。主任，據可靠消息，今天聚餐時會發點兒過節費，您知道吧？」

「老師哪有過節費？放假不上班，薪水照發不誤……」

「哎喲，您又裝糊塗。放假才放幾天啊？大熱天的，還得來學校補課。」

「在家閒著幹什麼？來學校哪怕多教給學生一個字也好！」

從剛才開始一言不發的金東浩突然吐出這麼一句。其他人嘿嘿地笑了起來。這是校長的口頭禪。

「那什麼，這次多虧各位老師的協助，大部分學生都會參加暑期補課。」

聚餐場所是一家日式餐廳，吃過飯之後，主任開口說道。一年級的十個班導師全員圍坐在此，一個不缺。

「不是因為我是主任才說這些，其實我覺得補課這件事，即便強制也得執行。雖說這大熱天的，揪著大家也未必能學進去，可是放了試試？一定會惹出亂子來的。誤入歧途都是在假期嘛。班導師該多頭痛啊！」

嘖嘖，金東浩緊閉著嘴。他很想反駁主任的話，卻只能強忍著，反正事情已成定局。主任卻立刻看在了眼裡。

「總之，這次的事情多虧了各位老師的積極協助，非常感謝大家，其餘的我就不再多說了。還有這個……」

主任從褲兜裡掏出了一疊硬邦邦的紙，每人發了一張。原來是十萬韓元面額的支票。

「那什麼，這次補課，我和出版社商量了一下，決定以教材選用費的形式給各位老師一點慰問。沒能準備個信封裝一下，很抱歉啊。」

主任拖長了尾音，給每個人手裡塞了一張支票。俊植很好奇金東浩會如何處理這張支票。金東浩的臉有點發紅，手裡捏著支票，不斷地摩挲著。片刻之後，支票不見了，不知道被他偷偷放進了身上的什麼地方。

「洪老師，我們去第二輪吧！」

出了日式餐廳，梁九晚來到俊植身邊拉住他的胳膊，低聲說道。

「主任和金東浩也去。我在這附近有個熟悉的店。」

俊植在日式餐廳已經喝得微醺，卻依然追隨他們而去。他想乾脆喝個爛醉。尚是黃昏時分，他們已經走進了華燈閃爍的酒館街。梁九晚在成排的酒館中，去了一家掛著「黃金蓮池」牌子的地下酒館。

走下洞窟般昏暗潮濕的樓梯，耳邊立刻傳來聒噪的流行歌的聲音。一行人塞滿了六七坪出頭的狹窄空間。梁九晚大喊起來。

「不做生意嗎？」

「天吶天吶，親愛的來啦！」

廚房方向的小門開了，一個女人興沖沖地跑出來，挽住了梁九晚的胳膊。隨後，一位稍微上了年紀的胖女人出現了。

「天啦，梁老師，真是好久不見。」

女人說話嗲聲嗲氣，和她的體型完全不相符。

「這段時間怎麼一點兒消息也沒有？我可想你了。親愛的，你是不是背著我有了其他相好的？」

進入隔間坐下之後，女人緊貼著梁九晚說道。

「你這婆娘，我今天帶了高雅的朋友過來，你先乖乖地問個好。」

「初次見面，我是密斯張。」

「老闆娘，拿點啤酒來。再叫一位姑娘。」

片刻之後，一個看起來比密斯張瘦許多，也年輕許多的女人端著酒進來了。女人坐在了主任和俊植之間。主任舉起酒杯。

「來，乾杯。」

俊植一口喝乾。酒穿過嗓子眼，和之前喝過的酒混在一起，醉意即刻襲來。女人趕緊把空杯填滿，俊植再次喝乾了，卻依然不解渴。

「呵，洪老師今天怎麼喝得那麼急？」

梁九晚的手伸到了密斯張的內衣裡。主任正在認真地和金東浩說著什麼。「僅靠一顆年輕的心，是搞不好教育的。教育熱情很重要，經驗也不容小覷。孩子們呢……」金東浩半低著頭，默默地聽著。俊植看著金東浩的濃眉，一種難以忍受的壓抑感翻湧著。他的腦海中突然劃過一個念頭：妻子和弟弟此刻正在幹什麼呢？

「得再點些下酒菜。點什麼好呢？」

密斯張對梁九晚說道。梁的手依然在女人的胸脯上遊走，女人咯咯笑著，扭動著身體。

「我喜歡鮑魚。」

「哎喲，真夠陰險的。那好，我最喜歡的食物是紫菜包飯。」

兩個女人同時嘎嘎笑起來。坐在俊植身旁的女人看著他。

「我最喜歡魚糕。」

醉意把俊植的意識帶到了一個超越時空的世界，分不清現在與過去。此刻，他正在和母親一起坐公車。公車經過了某個市場。車窗外的市場街道上，喧鬧的人群、各種手推車、嘈雜叫賣的小販陸續經過，母親無意中看向窗外，吃了一驚，大喊起來。

「天吶，這怎麼辦？怎麼開集了。」

很顯然，母親誤以為自己此刻正在市場街道上。母親突然從座位上起身，開始拍手跺腳。

「來來來，快來買好吃又新鮮的魚糕和紫菜包飯！新鮮的魚糕和紫菜包飯！」

事發突然，俊植根本來不及阻攔。受驚的不止俊植一人。車上的乘客們不明所以地看著，很快嘿嘿笑起來，開始指指點點、竊竊私語。

「快來買好吃又新鮮的魚糕和紫菜包飯！美味絕倫的魚糕和紫菜包飯……」

剛才一直興奮地拍著手跺著腳的母親突然閉上了嘴。她這才意識到自己不是在市場街道，而是在公車上。母親漲紅了臉，閉上嘴，默默地癱坐在座位上。

「天吶，表面看起來好端端的，腦子不大好呢。」

坐在俊植身後的兩個女人交談著。她們的聲音很大，公車裡的大部分人都可以聽到，所以母親肯定也聽到了。看來她們認為，反正是個瘋女人，聽到也沒關係。

「可能是因為老公才瘋的。」

「你怎麼知道啊？」

「紫菜包飯、魚糕是什麼形狀？不像男人的那玩意兒嗎？」

「對哦，是那樣的。老公跟其他女人好上了，或者被老公虐待才瘋的吧。」

「如果不是那樣，一個好端端的女人，怎麼突然在公車上開始叫賣魚糕和紫菜包飯呢？」

「哎喲，真可憐啊。」

俊植獨自喝空了酒杯。坐在身邊的女人用臉蹭著他的肩膀。

「唉，老闆怎麼這麼憂鬱啊？遇到了什麼不好的事情嗎？」

「喂，我不是老闆。」

「不是老闆，那就是部長囉？」

「喂，他可比老闆職位還高呢。因為他是雜長。」

身旁的梁九晚說道。雖然不知道是誰從什麼時候開始叫的「雜長」，俊植的這個外號在學生和老師之間卻流傳很廣。意思是說，俊植可以從雜工做到校長。俊植如果再不扯著嗓子喊點兒什麼，感覺自己快要窒息而死了。就算是為了沖洗掉這種憋悶，俊植也必須不斷給自己灌酒。

「洪老師，洪老師的生活樂趣是什麼呢？」

金東浩醉得滿臉通紅，問完俊植，還不等他回話，又自己回答起來。

「我啊，不知道怎麼回事，生活變得沒有意思了。不論怎麼想，生活都太沒意思了。」

「生活沒意思？呵，這問題可不一般吶。」

坐在對面的梁九晚插了一句。

「年紀輕輕的就覺得生活沒意思了，算是完啦。明白嗎？完蛋了！」

俊植看到，金東浩望著梁九晚的那一瞬間雙眼冒著火花。金東浩以那種眼神默默地盯著梁九晚看了五六秒鐘，他手裡握著酒杯，好像要用盡全身力氣猛搧梁九晚兩巴掌。搧他，俊植在心裡說道。這小子，怎麼就那麼直直地看著？搧啊，你都沒脾氣的嗎？

「怎麼了？金老師，我說錯什麼了嗎？」

梁九晚歪著頭，咧嘴笑道。這時，金東浩握著酒杯的手突然完全泄力。

「哦，沒什麼。您說得對。其實，我也是這樣想的。」

金東浩再次把臉轉向俊植。

「所以啊，我最近喜歡上了室內垂釣。您知道室內垂釣吧？不是在空氣清新、陽光明媚的室外，而是在建築物的地下垂釣場裡釣魚。這玩意兒真的很適合我這種討厭曬太陽的人啊。」

「討厭曬太陽？這可了不得啊，了不得。」

梁九晚又插話進來。這一次，金東浩什麼也沒有回答。

「哪怕是這種也要消遣消遣啊，不然生活有什麼意思呢？不過，這還真比想像中的有意思。如果釣到鱔上刷了紅漆的傢伙，就給一台電視機呢！追著那傢伙跑，時間不知不覺就過去了。您什麼時候和我一起去玩玩？」

「喂，連個見面禮也沒有，喝酒沒氣氛啊！誰來個見面禮？」

「今天就算了吧，可以嗎？一定要行見面禮才有意思嗎？」

密斯張緊緊靠在梁身上，說道。

「說什麼呢？見面禮是這家『黃金蓮池』的傳統啊，你說算了就算了啊？密斯張，你先做個示範。」

「我的之前都看膩了吧？再看有什麼意思啊？」

「今天帶了兩位客人來啊，你得正式問個好啊。」

梁九晚掏出錢包，在桌上放了兩張一萬韓元的紙幣。女人沒怎麼猶豫，從座位上起身，脫掉鞋子，站到了椅子上。她面無表情地站著，開始脫上衣。她的上衣如一片衛生紙般掉落腳下。緊接著，她又開始脫裙子。女人彎下腰時，俊植看到了她那只有一小塊黑色布片遮擋的晃動的大屁股。她面無表情，如蛻皮般一件件地脫著，像是在做著一件令人厭煩而又無聊的工作。女人注意到八隻眼睛正注視著自己的一舉一動時，也只是噗哧笑了一聲。主任有點臉紅。女人身上起了無數的雞皮疙瘩，在紅色照明燈的照射下看得一清二楚。女人骨骼粗壯，身上贅肉很多，小肚子凸起，胸部很大，不協調地掛在那裡。俊植看到那兩塊大大隆起的肉團上嵌著兩顆黑黑的乳頭。它們像女人一樣泰然無恥地彰顯著自己。終於，女人除掉了自己身上剩下的最後一塊布。

女人保持那個姿勢，開始唱歌。「春風中的粉紅裙……」俊植口渴難耐，一口喝空了眼前的酒杯。從剛才開始一直壓抑著的不知因誰而起的憤怒與羞辱感，此刻再也無法繼續忍耐了。俊植突然站起身來。

「來來來，好吃又新鮮的魚糕和紫菜包飯！好吃又新鮮的魚糕！紫菜包飯！」

同事們呆呆地望著俊植，看不懂他在搞什麼名堂。其實，俊植也不知道自己在做什麼。現在，他像母親過去做過的那樣，興奮地拍手跺腳打著拍子。

「天吶，他瘋了吧？」

女人光著身子站在椅子上，掃興地俯視著俊植。「我說，洪老師這是怎麼了？坐下！」主任喊了一句。然而，俊植愈發興奮，開始圍著桌子轉圈。

「好吃又新鮮的魚糕！紫菜包飯！美味絕倫的魚糕和紫菜包飯！魚糕……」

有人突然從身後抱住了俊植的上半身。是金東浩。

「洪老師，喝得挺開心的，怎麼要砸場子？跟個瘋子一樣……」

俊植搖搖晃晃地推開了金東浩。金東浩失去平衡，跌倒在地，桌上的酒瓶全都掉在地上摔碎了，女人們尖叫起來。

「沒錯，我瘋了。你們又算什麼東西？這能叫生活嗎？活成這副樣子，還能叫活著嗎？唉，你們這群爛胚子！」

俊植說完，轉身出了隔間，卻又很快推門回來了。

「這個，你們拿去分了吧！」

一張支票如落葉般掉在眼前，同事們依然不明所以地看著他。

8

俊植只要喝醉了酒，就有駝背的習慣。雖然他自己意識不到，但其實從六七年前開始就養成了這個習慣。六七年前，也就是白天去學校辦公室工作，晚上去夜校的那段時間，他還租住在某個地下室單間。那間屋子的天花板實在太低，抬起頭來會碰到腦袋，不得不一直低著頭。從此之後，俊植只要喝醉，自我意識就會回到那時的那間台階下的租屋處。現在，他也不知不覺地低著頭走路。不過，回到公寓門前，他突然氣勢高漲，握起拳頭砸門高喊。

「開門開門！」

門開了，妻子臉色驚訝。

「搞什麼鬼？喝醉了就乖乖回來唄……」

俊植雖然醉眼矇矓，卻依然發現妻子化了妝。看到妻子化過妝的臉，俊植突然感覺到一種莫名的憐憫。那一瞬間，他感覺妻子的妝容只是一種徒勞。妻子像是一個濃妝豔抹卻又無人問津的老陪酒女，十分可憐。俊植雖然內心這樣想，真正說出口的卻是另一番話。

「哎，鄭美淑，我問你個事。你最近在家為什麼要化妝？」

「我化什麼妝？只不過塗了點兒唇膏……就算是居家女人，化個淡妝也是理所當然的吧？怎麼了？」

「是理所當然啊。可是，你之前怎麼一次也沒有做過這個理所當然的事情呢？最近又怎麼每天都打扮你那張臉？為什麼啊？」

在他的攻擊之下，妻子一下紅了臉。

「真是，你到底要幹什麼啊？管別人化不化妝呢……」

「你為什麼化妝，要我說出來嗎？是因為玟宇吧？」

「天吶天吶，你看你這人，腦子壞掉了吧？」

就算是喝醉了，俊植也知道自己此刻的話不該說。可是不知道怎麼了，他就是閉不上嘴，一直嚷嚷個不停，而且嗓音越來越高。

「我說錯了嗎？你想在玟宇面前打扮得好看點兒。」

「大哥，就算你喝醉了，這麼說也太過分了吧？」

玟宇插了一句。他臉色鐵青。

「你小子滾開！這是我們夫妻之間的問題。」

「就算是夫妻之間的問題，不過既然提到了我，我也不能袖手旁觀吧？因為也有我的責任。」

「小叔，你大哥就是這樣的人。我居然在和這種人過日子，真丟人。」

「什麼？丟人？你覺得和我在一起生活很丟人？」

「是的，丟人。我說得不對嗎？我現在也要說說心裡話了。」

妻子沒能說完。俊植向著妻子跑去，卻又很快被玟宇抓住胳膊，身體失去了平衡。俊植跌倒在地，腿剛好踢到了梳妝檯，同時傳來一陣嘈雜聲。俊植看到屋內所有東西，包括妻子和玟宇在內，全部出現了裂縫。下一個瞬間，他明白那是鏡子碎了。

我做了什麼？俊植躺在原地，反問著自己。家裡異常安靜，地板上還散著破碎的鏡片。妻子推門進來。

「洪俊植先生，我走了。」

「走？去哪兒？」

俊植突然起身。妻子叫醒尚美，給她穿好了衣服，領在身旁，不知道什麼時候把行李也收拾好了。

「別管我去哪兒。」

可笑的是，妻子現在一板一眼地說起敬語。她對俊植的稱呼也已經不再是「親愛的」，而是畢恭畢敬的「洪俊植先生」。

「大半夜的，你要離家出走？」

「是的。我在這個家裡過不下去了。」

俊植無言以對。比起憤怒，更多的是無奈。他艱難地開口問道：

「把尚美也帶走嗎？」

「當然要帶走啊。洪俊植先生要去學校上班，很顯然不能獨自撫養孩子啊。」

「你到底怎麼了？至今為止，我們一直過得挺好啊。」

「過得挺好？表面看起來過得挺好而已。我終於明白了，我一直都在欺騙自己。說實話，我和洪俊植先生結婚至今，從來沒有真正幸福過。」

「幸福？什麼是幸福？」

俊植快要哭出來了。他之所以這樣問，是因為他真的不知道這句話的意思。

「活得像個人樣兒。」

「所以，你至今活得不像人？」

「那當然。雖然這麼說很抱歉，我至今只是硬撐著活下來的，從來沒有體會過任何價值和快樂。這能叫生活嗎？」

這能叫生活嗎？俊植剛才在酒館裡也說過這句話，這算是成了今天晚上的主題。不過，不論怎麼爭吵，去哪裡可以找得到這個問題的答案呢？俊植只覺得心裡憋悶，氣憤不已，快要瘋了。

「那應該怎麼活呢？」

「這怎麼說得清呢？」

俊植忍無可忍，踹門而去。玟宇站在門外，臉色煞白。俊植抓住了弟弟的胳膊。

「你小子，你給我過來。都怪你。你小子來了之後，把這個家搞成了這副樣子。」

「你別那麼無恥，拜託。小叔有什麼錯呢？」

「為什麼沒錯？你小子算個什麼東西？是你把這個女人搞成了這副樣子！」

「你在小叔面前不覺得羞恥嗎？」

妻子擋在前面。

「羞恥？我怎麼了？」

「小叔為了正確的事情犧牲自己，那麼辛苦。可是你呢？你只顧著自己，一輩子也沒有大喊過一次。你有夢想嗎？有理想嗎？」

俊植無言以對，只覺得和妻子之間隔閡很深。同床共枕了六年，卻發現彼此之間竟有一堵如此密不透風的牆。俊植幾乎快要哭了。

「大哥，如果大嫂是因為我才變成這樣，我很抱歉。不過，你再怎麼生氣也不能解決問題啊。你儘量理解一下大嫂。」

「理解？那你們怎麼不理解理解我呢？是，我不懂什麼是人生，沒有夢想也沒有理想，活得像隻蟲子。我只能自甘墮落、卑鄙地活著。不過，你怎麼能如此道德高尚呢？為什麼只有你還這麼道德高尚地活著呢？」

玟宇依然臉色蒼白、默不作聲地聽著俊植無休止的質問。用俊植的話說，他也對自己說出口的話感到震驚。除了課堂時間，不，就算在課堂上，他也從來沒有如此激烈地辯論過。不過，真正發洩過後，卻也有種暢快的感覺。

「我早就看你不順眼了。你憑什麼那麼理直氣壯？你怎麼到了這個年紀還在為正義和道德而戰？你為什麼不像我這樣為了養家餬口，為了職場奮鬥而四處看人臉色？你有什麼資格高高在上，超越一切？」

「大哥，對不起。」

玟宇終於低聲說了一句。

「大哥有大哥的生活方式，這是我的生活方式。」

「好，說得很好。你有你的生活方式，我有我的生活方式。所以，咱們什麼也別說了。人，最終還是要以自己的方式活著。」

「大哥，我不知道自己的到來會引發這麼嚴重的問題。對不起。我現在就走。所以，大嫂也冷靜一下，再考慮考慮吧。」

「不行，我要走。無論如何，我也不能這樣過下去了。」

妻子提著包，如此說道。好，走吧。都走吧。我自己過。不過，俊植卻沒能忍心把這些話說出口。

孩子不明所以地開始大哭。妻子如此固執，玟宇也臉色難堪。

「大哥，我和大嫂單獨談談，你先出去一下。」

俊植被玟宇推出了公寓門外，有種被人從家裡趕出來的心情。俊植站在公寓停車場，獨自抽著悶菸。多年以來深埋在心中的懊悔升騰起來。從過去開始，如果說弟弟是善，他就是惡。他雖然不願意，終究沒能調換角色。現在依然如此，以後必然也會這樣。

俊植一家以前住過的社區裡有一個麵包工廠。說是「工廠」，其實只是在民居裡用機器製作麵包的地方，那裡總是散發出一種令人腸胃蠢蠢欲動的烤麵包的香甜味。社區的孩子們只要走近那家店，總會抽動著鼻子，把味道深深吸進飢腸轆轆的肚子裡。俊植的母親每週日的早晨都會去那家做事。大概就是做些廚房雜活，或者清洗一下積攢的衣物，掙幾個子兒。不過，等到那家人全部穿戴整齊，腋下夾著《聖經》出門，俊植就會去那家屋後的圍牆底下。那裡是死巷子的盡頭，很少有人來，僻靜且幽深。

俊植獨自在那裡等上一陣子，就會聽到敲木板牆的聲音和母親的呼喚，「俊植，俊植」。俊植走上前去，只見木板牆上的一個破洞裡遞出來一個包著麵包的白色紙袋。俊植趕快接過來，藏在衣服裡，跑回家。母親每次以這種方式拿走幾個麵包，第二天再拿到市場上去賣。

奇怪的是，俊植並不覺得這是一種多麼不好的行為。母親必然也是如此。對母親來說，沒有什麼道德比家人不挨餓、可以存活下來這件事價值更高。總之，他無法不贊同母親的偷盜行為。那像是一種戰鬥（為了在生活的戰場上存活下來的戰鬥），只要下達命令，必須二話不說，無條件服從。不過，不論情況多麼危急，弟弟都會懷疑和反抗命令的不合理性。與弟弟這種人一起做事，尤其是偷盜這種事，是相當危險的。最終，他們的偷盜行為露出馬腳，也是因為弟弟。總之，得益於這種偷盜行為，母親的籃子裡除了魚糕和紫菜包飯，又多了新的品種。這使得母親那浸滿油污的錢袋，稍微鼓囊了一段時間。

母親把偷來的麵包拿去市場賣掉之前，會放在廚房頂棚上掛著的籃子裡保管。母親，不對，應該說母子倆一起偷來的麵包種類很多，紅豆麵包、奶油麵包、果醬麵包、酥皮麵包等，各式各樣。麵包看起來很好吃，令人直嚥口水，不過母親卻絕對不會疏忽對贓物的管理，俊植一個也沒有吃過。因此，他會偶爾背著母親偷偷拿出麵包，只舔一舔表面。當然，這需要一定的技術，不能破壞了麵包的形狀。或許當時在市場上向母親買過麵包的人，沒有哪個沒吃過混雜著俊植口水的麵包。俊植至今再也沒有體驗過當時所品嚐到的那種美味。

有一天，那天也是去那家圍牆邊從母親手裡接麵包的日子，俊植卻犯了一個無法挽回的錯誤。他只顧著和孩子們玩，把那件事交給了弟弟去做。這是一個致命的失誤。玟宇從那家圍牆的破洞裡接過麵包，傻乎乎地被那家女主人發現了。女主人似乎從很久以前已經開始懷疑麵包略有減少，立刻揪著弟弟的脖頸找到家裡來。據說那家的年輕女主人是從首爾逃難過來的。她把弟弟拽到廚房前，開始追究責任。

「偷盜行為很惡劣，你在學校學過的吧？」

弟弟臉色蒼白，默默點點頭。

「說謊也很惡劣，這個也學過吧？」

弟弟再次點點頭。

「那你快說話啊。老實回答，你媽把麵包藏哪兒了？」

弟弟恐懼的視線輪流投向俊植和母親。

「正直的人上天堂，說謊的人下地獄。你要下地獄嗎？」

那一瞬間，俊植很想閉上眼睛。弟弟的手不偏不倚地指向了廚房頂棚上掛著的籃子。一切都在那一瞬間暴露了。麵包工廠的女主人飛一般地拽下了那個籃子。那天偷來的麵包尤其多，籃子裡裝得滿滿當當。

「天吶，天吶，這偷得也太多了吧？我現在才知道，這裡簡直就是個賊窩啊！」

出乎意料的是，母親在那一刻像個傻瓜一樣只是咧著嘴大笑。說不定那個笑聲激怒了女人。女人突然跑向母親，拔起頭髮。

「你這個賤女人，居然敢偷東西？這麼大年紀了，本來挺可憐你，卻在背後偷東西？表面看起來倒是挺蠢。」

兩人的混戰結束，是因為俊植的父親。父親臉色煞白地看著這一切，突然大吼一聲，光著腳跑向了廚房。父親拾起廚房地上的炭火棍，衝著母親一頓狂抽。或許是父親的氣勢太過恐怖，麵包工廠的女人嚇破了膽，直往後退。母親對父親沒有任何反抗，只是一動不動地任由炭火棍抽打著全身。父親像是發瘋了一般。也是，這種反應並不過分。父親一輩子為名聲和體面而活，面對這種恥辱的處境，怎麼可能忍得住呢？這時，弟弟突然開始大哭。弟弟扯著父親的胳膊，邊哭邊喊：「爸，別打了，好嗎？」然而，俊植在那一刻恨死了弟弟。俊植甚至懷疑，玟宇是不是一直在假裝默許他們母子的偷盜行為，其實只是等待時機抓個現行並告發他們。

那件事發生在俊植十三歲的時候。十三歲變成了二十三歲，現在他已經三十五歲，二十二年的歲月過去了。不過，這二十多年來，他過得有多辛苦，又有誰知曉呢？校長、同事們還有玟宇自不必說，就連妻子也不知道。任何人也無法理解他的痛苦，他的孤單與悲傷。世界的大門從未向他敞開。就算看見一道可以勉強容身的縫隙，他也永遠只能如鑽狗洞般，以無恥卑鄙的姿態通過。如果俊植現在擁有什麼，也只不過是以他經歷過的所有痛苦換來的罷了。然而，玟宇現在卻又像過去揭發他們母子的偷盜行為那般，要揭穿俊植千辛萬苦建立的名為家庭的小城堡之真面目，它其實只不過是建立在那根本不值一提的自我滿足與虛偽之上的寒酸偽造品。只有這一點，俊植堅決無法忍受。這是不是玟宇有意為之並不重要。因為正是玟宇的出現，才造成了這樣的後果。

公寓停車場的一角有一座公用電話亭。黑暗中，那裡依然燈光明亮。俊植的腳步不知不覺走向那邊。他越走近，越感到緊張與恐懼，呼吸也變得困難。終於，到了公用電話亭，俊植停下腳步，呆呆地望著電話機。最後，他像被一股難以違抗的什麼力量牽引著，走進去拿起電話筒，投了一枚硬幣。撥著號碼盤的手抖動著。不一會兒，電話筒裡傳來一個慢條斯理的聲音。

「喂，這裡是情報科。」

「請轉一下郭刑警。」

「稍等。」

等待途中，電話機裡傳來一陣急促的呼吸聲。俊植很快意識到，這其實是自己的呼吸聲。握著電話機的手備感沉重。就此收手吧，洪俊植。他聽到自己內心某處傳來的聲音。現在也不遲。立刻掛斷電話，到此為止。

「電話已轉接。」

片刻之後，耳朵裡傳來熟悉的嗓音時，俊植或許是過於緊張，嗓子眼裡像是被什麼東西堵住了，說不出話來。掛掉電話之後，他甚至想不起來自己剛才說了什麼。

「別擔心。大嫂會在家的。」

玟宇站在公寓玄關門前等他。俊植什麼話也說不出來，無法直視玟宇的臉。他們看著公寓前寬闊的道路上咆哮著飛馳而過的車輛。

「我現在準備走了。」

玟宇手裡提著剛來俊植家時帶著的那個小塑膠包。你要去哪兒？俊植把這句話嚥了回去。這個提問沒有任何意義。

「我送你去鹿川站。」

「不用，沒那個必要。大哥還是回去看看大嫂吧。」

俊植卻率先向著鹿川站走去。他走了幾步，又停下腳步。

「雖然不知道你要去哪裡，叫計程車走吧？」

「算了，城鐵更方便。」

玟宇看了看手錶。

「現在還有城鐵吧？」

這個時間，城鐵當然通行。不過，俊植卻不能帶玟宇去那裡。哪怕是現在，只要給他叫一輛計程車就可以了，就可以當作什麼事也沒有發生過。可是，俊植卻無法這麼做。他們開始走向鹿川站。他們重新踏上了幾天前俊植第一次帶玟宇來的那條路。

「你和嫂子說了什麼？」

玟宇沉默了片刻，開口回答。

「關於愛情。」

「愛情？」

「聊了聊大哥有多愛大嫂。」

「我多愛嫂子，你能懂嗎？」

「當然懂。只要看看大哥你那如火般的嫉妒心就行。」

玟宇在黑暗中露出潔白的牙齒，惡作劇般地笑了起來。俊植語塞了。悶熱的夏風中似乎夾雜著一股腐臭的味道。鹿川站越來越近了。

「我們什麼時候還能再見面呢？」

玟宇沒有回答。他突然停下腳步，看著俊植。

「大哥，對不起。請原諒我。」

「你為什麼要請求我的原諒？」

「因為必須要這麼做。不論以什麼方式，如果大哥因為我而承受過痛苦，請一定原諒我。」

俊植什麼話也沒有說。哪怕是現在，他也想和玟宇停下去往鹿川站的腳步，原路返回。不過，已經太遲了。不知不覺間，鹿川站已經近在眼前。俊植小心翼翼地轉動著眼珠，查看著城鐵站周邊。他的心臟逐漸開始劇烈跳動。

俊植遠遠看到城鐵站檢票口前站著兩個男人。他們體格健壯，卻不像是公寓工地上的務工人員。俊植留心觀察著他們，慢慢地走上台階。男人們也看到了俊植和玟宇，不過外表完全看不出任何異常的跡象。玟宇似乎並沒有意識到他們的存在。不過，俊植十分緊張，雙腿瑟瑟發抖。從遠處依然可以發現，其中一個人一側肩膀微駝的樣子十分眼熟。俊植一邊走上台階，一邊在心裡仔細估算著和他們之間的距離。

「等一下。」

終於快要上完台階，俊植抓住了弟弟的胳膊。弟弟可能是感覺到俊植的聲音不尋常，臉色驚訝地問道：

「怎麼了？」

「你不覺得那些人有點兒奇怪嗎？像是刑警……」

「不會吧？」

話雖這麼說，弟弟似乎已經全身緊張起來。男人們可能也感覺到了這邊的舉止異常，他們開始慢慢朝這邊走過來。

「快跑！」

俊植拽了一下弟弟的手，轉身就跑。弟弟停頓了一下，開始跟著他跑起來，同時身後傳來追趕的凌亂腳步聲。

他們跑下台階，漫無方向地衝進黑暗。身後的腳步聲越來越近。俊植急促的呼吸聲和弟弟的呼吸聲混雜在一起。他們拚命奔跑，工地上堆滿了建築材料，身後突然傳來弟弟摔倒的聲音。弟弟可能是在黑暗中被什麼東西絆倒了。俊植回頭一看，男人們已經跑向了摔倒在地的弟弟。

「大哥，大哥！」

弟弟焦急地呼喚著他。可是，俊植沒有停下腳步，只是繼續跑著。我為什麼要跑？我完全沒有理由躲避警察，通緝犯不是我而是弟弟。俊植拚命地跑著，這些想法不斷在腦海中劃過，腳步卻怎麼也停不下來。片刻之後，他意識到腳步聲不再追來。他躲在地上的水泥管後面，回頭看去。黑暗中，依稀可以看到他們的樣子。玟宇反抗了幾下，不過很快就順從地被拖走了。俊植屏住呼吸，注視著這一切。

等到他們完全從視野中消失，俊植卻依然無法起身。不知從哪裡傳來一股惡臭。俊植的手按在地上，摸到了什麼熱乎乎的東西。他這才意識到，自己一屁股坐在了糞堆上。不過，他沒能立刻站起身來。奇怪的是，他渾身乏力，一動也動不了。

俊植癱坐在地上，回想著自己在鹿川站看到兩個男人時為什麼突然開始逃跑。最後一瞬間，他心裡的一絲良心起了作用嗎？或者，是因為不想讓弟弟懷疑自己給警察打了電話的狡猾心理？

俊植抬頭望向天空。他雖然癱坐在糞堆上，夜空中的星星依然美麗地閃爍著。突然，俊植的眼中不知緣由地開始流下淚水。說實話，他並沒有感覺到任何負罪感。就算不是現在，弟弟也總有一天要承受這些。而且，如果弟弟真如妻子所說，是一個純真的人，他只不過是為自己的純真付出代價罷了。

可是，可是，俊植捫心自問，我為什麼如此悲傷？我的眼中為什麼流下了不合時宜的淚水？胸口有種被刺穿般的喪失感，感覺自己無比悲慘，這種絕望的心情到底是因為什麼呢？

俊植開始哭泣。他的眼中不斷流淚，淚水使他更加悲傷。他不是因為後悔而哭，也不是因為自責而哭。讓他哭泣的，只是那種心臟撕裂般的悽慘感覺，以及任何人也無法理解的，對任何人也無法說明的，只屬於自己的悲傷。他坐在糞堆上不想起身，像個孩子般大聲哭了很久。他哭得不成樣子，彷彿內心積攢的所有悲傷同時迸發了出來。他放任自己在體內日積月累的悲傷與不知所措的空虛中，盡情地哭泣著。

或許是城鐵剛好在不久前到站了，距離俊植幾步遠的地方，有幾個行人經過。

「那人為什麼在那哭？」

「可能喝醉了吧？」

「喝醉了就哭得那麼傷心嗎？是不是出什麼事了？」

「走吧，說不定他是個瘋子。」

行人們走遠了。黑暗中，又只剩下俊植一人。過了一段時間之後，他慢慢起身，全身沾滿了骯髒的糞便，像是一個滿身瘡痍的負傷老兵，或是肋下被踹了一腳的傻狗，一瘸一拐地開始走向黑暗。他的哭聲依然未能停止，嘴裡傳出打嗝一樣的餘音。

妻子此刻在幹什麼呢？果真如玟宇所說，放棄了離家出走的念頭，在家等著我嗎？她以後會怎麼對待我呢？會當作一切沒有發生過，一如既往地生活下去嗎？還有，玟宇怎麼樣了呢？

當然，玟宇現在會與社會隔絕很長一段時間。不過，人生被查封，卻要繼續活下去的，又何止玟宇一個呢？這個骯髒的大千世界，已經失去了所有的純潔與體面，我卻要在這裡繼續生活下去。走吧，他看向黑暗，勸說著自己。在這片巨大的垃圾堆積層上，把所有的髒污、憎惡，還有那些已被拋棄的夢想，全部踩在腳底下，走向我那在渺茫半空中搖搖欲墜的二十三坪的安樂窩。

天燈

chapter five

天燈

1

我八歲那年的某個深冬之日，積雪尚未開始融化。那天，我在某私立小學的入學考場裡踩著冰冷的雙腳等待面試。那是市區首屈一指的貴族學校，以難進而聞名。我現在依然記得，走廊的地板打了蠟，光溜溜的，涼得像冰塊一樣。我之所以報考那所學校，完全是因為母親的慾念。我們當時租住的房屋隔壁就有一所小學，母親卻拽著我去了需要步行三十分鐘的那所。將要進入學校時，我很快意識到這不是我該來的地方。我第一眼便發現，聚集在那裡的孩子和我根本不是同一類人。最重要的是，在幼小的我看來，母親擠在一群學生家長之間顯得格格不入。簡單來說，一個在簡陋小酒館裡賣酒的女人，不配成為那所學校的學生家長。

終於輪到我了，我被母親拉著手拽進面試的教室。「請學生家長在那裡等一下。」五六位老師背對窗口而坐，其中有人對母親說道。母親站在門旁，我獨自走到老師們面前。他們先問了我的名字、年齡。我按照之前的反覆練習，努力做出回答。

「你父親叫什麼名字？」

老師們全部穿著筆挺的西服，打著領帶，有的還戴著眼鏡。這麼多大人盯著我，對我來說是有生以來第一次。

「父親的名字，你不知道父親的名字嗎？」

他們又問了一遍，我依舊答不上來。到那時為止，我真的不知道父親的名字。從來沒有人問過，也沒有人教過我。

「她沒有父親。」站在門旁的母親慌忙替我回答。「去世了嗎？」「不是，那個……我們母女的經歷該怎麼說呢……」

「行了，學生家長請保持安靜。」一位上了年紀、看上去頗有涵養的老師打斷母親的話，轉而問我：

「鹽是苦的，還是甜的？」

我看著眼前窗戶透進來的和煦陽光，非常慌張。

「趕快回答，小朋友。鹽是苦的，還是甜的？」

督促的嗓音依然溫柔而優雅。我的腳麻了，他們身後的玻璃窗透進來的陽光十分刺眼，我感覺自己快要瞎了。

「苦……苦的。」

過了片刻，我才勉強答道。這句話說出口的瞬間，我便知道自己答錯了。

「哎呀，你這丫頭！鹽怎麼會是苦的呢，是鹹的啊！」

母親站在門旁喊了起來。

「你快點再說一遍，鹽是鹹的，快點！」

然而，不知道為什麼，我就是張不開口。母親的臉絕望地皺在一起。

「你幹什麼呢？趕快說呀！老師，鹽不是苦的，是鹹的。你倒是照著說呀！」

「可以了。面試已經結束了，請帶著孩子出去吧。」

陽光下，年輕優雅的嗓音如此說道。母親卻沒有放棄。

「老師們，請再提問一次吧！現在一定會好好回答的。我家閨女從小沒有爸爸，實在是太可憐了，再給一次機會吧！」

「結束了，大嬸。請帶著孩子出去吧。」

「你這個傻丫頭！趕緊回答啊！鹽是什麼味的？」

然而，我什麼話也說不出來。不知道怎麼了，就是開不了口，全身像塊石頭一樣一動不動。刺眼陽光中的陌生面孔，令人窒息的沉默，母親皺巴巴的臉——過了許久之後，那時的恐怖記憶依然如化石般堅固，怎麼也抹不去。從那一刻起，至今已經過了近二十年的時間，我知道自己依然無法擺脫那個提問。此刻，我也面臨著一個絕對無法回答的問題。

你們現在正在問我：你是誰？很不幸，我不知道這個問題的答案。不過，一個顯而易見的事實是，你們此刻正在強迫我變成不是我的某種東西。

「喂，你怎麼了？做夢了嗎？」

信惠突然打了個冷顫，從睡夢中醒來。支署長緊湊到鼻子跟前盯著她，臉上稀稀拉拉冒出來鬍子渣，有點顯老。信惠這才意識到，自己蜷縮在支署牆角的小沙發上睡了一覺。信惠迷迷糊糊地處於噩夢與現實之間，心臟依然劇烈地跳個不停。她全身顫抖，看著對面的窗戶。支署門前可能剛剛來了一輛車，燈光照亮了窗戶，有點刺眼，還傳來了轟隆隆的引擎聲。

「準備一下，署裡來接你了。」

支署長說道。信惠看了看牆上的掛鐘，不知不覺已是凌晨六點。冰冷的寒氣包裹著她，牙齒咯咯直打架，全身顫抖不停。信惠認為自己又被關進了另一個噩夢之中——一個絕不會醒來的現實之夢。

「我提前奉勸你一句，去了總署，要乖乖地全盤交代。只有這樣，你才會少受苦，明白了嗎？」

這令她十分絕望。

「總是讓我全盤交代，交代什麼？我已經沒有什麼可交代的了。」

「你非要這樣嗎？你這孩子，這可全是為了你好啊！」

支署長的話結束之前，門被猛然推開，冷風襲來，一位身穿灰色夾克、看似三十五六歲的男人走了進來。他先是漫不經心地朝支署長抬手敬了個禮，然後像打冷戰似的抖動著身體逕直跑向火爐旁。

「一大早趕過來，辛苦啦！南刑警，今天是你當差嗎？」

「別提了。我已經連續四天沒能好好睡個覺了。那台破爛老爺車的暖氣還壞了，簡直變成了一台冷凍車！唉，真該早點結束這種該死的生活。找個地方當和尚最舒服了吧……」

南刑警說著話，視線突然停留在信惠的身上。

「就是你嗎？」

南刑警的視線快速地從頭到腳打量著信惠。信惠稀里糊塗地點了點頭。南刑警向信惠招了招手，示意她靠近一點。信惠猶豫著挪到南刑警的身旁。

「你多大了？」

「……二十四。」

「看起來沒有這麼大啊。畢業於哪個大學？」

「警察先生，我什麼罪也沒有。我只是到茶房打工的，除了賣咖啡，什麼也沒有做過。」

這個男人臉色白淨，幾近蒼白，太陽穴上青筋凸起，看起來有點神經質。乍一看，那張臉不像警官，更像是一名鄉村初中教師。他一言不發，只是盯著信惠的臉看了一會兒。他的視線十分頑固，像是黏在了信惠的身上。信惠十分慌張，不知如何是好。

「你在龍宮茶房上班是吧？以前沒見過我嗎？」

「想不起來了。」

「我記得見過你啊！女人的臉，我只要見過一次就不會忘。」

南刑警的臉上突然掠過一絲含意不明的模糊笑容。

「好，時間不多了，快走吧！」

「不行，我不能去。」

南刑警抓起信惠的胳膊時，她緊緊地抓住沙發的把手，不願起身。突然，一種孩子般的盲目恐懼籠罩了她。

「我什麼罪也沒有。為什麼要把我帶到警察署接受調查？我不去。」

南刑警表情戲謔，突然開玩笑似的伸出雙臂抱住了信惠。信惠在南刑警強壯有力的懷抱中拚命掙扎。可她越是這樣，南刑警的胳膊就越是緊緊地摟住她的腰，她只好咬了南刑警的胳膊。南刑警慘叫著鬆開，胳膊上的牙印十分明顯。不過，南刑警並沒有生氣，反倒饒有興致地看著信惠。

「這孩子挺可愛。」

南刑警從腰間掏出了什麼東西，伴隨著一陣銳利的金屬聲，冰涼的金屬套在了信惠的手腕上。奇怪的是，那冰冷刺骨的金屬物的觸感沿著手腕傳遞的同時，信惠突然失去了反抗的力量。她從未想像過手銬套住手腕的那種駭人的寒氣。與當前難以置信的狀況相比，這種感覺現實而又具體。

「放開，我自己上車。」

出了支署的門，信惠甩開南刑警緊抓著自己胳膊的手。支署門前的冰冷晨霧中，停著一輛積滿黑色塵土的吉普車。南刑警把信惠推進副駕駛座，自己坐進駕駛室，立刻發動了引擎。

「生氣了？你要是早這麼聽話，就不用戴手銬了。老實點，一會兒幫你打開。」

南刑警笑嘻嘻地看著信惠。車裡很冷，車窗上結了白色的霜花。支署長來到車旁。

「南刑警，我一會兒要回家，先得睡一覺。昨天晚上為了審她，熬了個通宵。」

「總之，支署長這次辛苦了。不知道能不能釣一條久違的大魚。」

「是不是大魚，拭目以待吧！」

支署長與信惠的視線短暫相交。他貌似有什麼話想對信惠說，汽車卻在那一瞬間出發了。信惠把戴著手銬的雙手夾在膝蓋之間，出神地看著車窗外搖搖晃晃後退的清晨街道。

吉普車從信惠工作的那間茶房門前經過。道路依然一片漆黑。「電子產品代理店」、「報紙供應站」、「故鄉澡堂」、「螞蟻小超市」等牌匾之間，熟悉的丙烯牌匾「茶房龍宮」在黑暗中顯現。茶房對面的「萬戶莊」旅館中，剛好有一個年輕女人小心翼翼地走出門來。信惠把臉湊在車窗上，想看一下是不是自己認識的人。結束了與年輕礦工們一夜共枕的那個女人，或許和信惠一樣是茶房服務生，或許是酒館服務生。南刑警故意驅車經過女人身旁，鳴了鳴笛。女人嚇了一跳，轉過頭來。女人的臉已脫妝，浮腫而疲憊，在那一瞬間被車燈照得慘白。銀行支行建築的牆角下散布著酒鬼們的嘔吐物，已經凍住了。有個男人還沒有醒酒，在路中央如鬼影般踉踉蹌蹌，突然停住腳步，沖這邊揮手。「狗東西！」南刑警自顧自罵了一句，繼續驅車前行。

鐺鐺鐺鐺……

路口響起警鐘聲，伴隨著一陣嘈雜的轟鳴，火車奔馳而過，照亮了每扇車窗。信惠意識到那是去往首爾的統一號列車，內心深處湧起沉重的痛楚。她離開首爾還不足一個月，卻感覺已經橫跨過一段十分漫長的歲月。信惠突然懷念起首爾，內心有種撕裂的感覺。

一個月以前，信惠提著一個小塑膠包，收拾了幾件衣服、幾本書，還有幾樣簡單的洗漱用品，第一次踏上這片土地。她走下火車時，冬季黃昏尚且殘留著些許清冷的微光，沿著峽谷綿延的陌生礦山村卻完全籠罩在複寫紙般濃郁的黑暗之中。視野中的萬物，全部覆蓋著煤炭粉末的光澤。站內儲煤場裡聚積的煤堆、混雜著煤炭粉末與融化後的殘雪的黑泥地、高大貧瘠的山麓上如瘡疤般緊緊相連的破舊小屋，全部淹沒在像被黑色蠟筆塗抹過似的暗黑光澤之中。與之不協調的是，在這黑暗的底部，茶房、酒館、旅館的燈光與霓虹燈爭相顯耀著華麗炫目的姿態。

信惠倚靠在從車站一路沿斜坡而下鏽跡斑斑的鐵欄杆上，久久注視著眼前的所有風景。和她一起下車的人們步履匆匆，在黑暗中散去。然而，信惠沒有勇氣緊隨其後。她從首爾清涼裡站啟程，坐了近四個小時的火車。一路上不斷折磨著她的不安與懷疑，此刻緊緊地困住了她。我為什麼要來這裡，我在這裡能做什麼，會不會犯下難以挽回的過錯……

這時，信惠身後突然傳來嘈雜的鳴笛聲，一輛卡車以可怕的速度從車站方向奔馳而來。她剛轉頭看過去的那一瞬間，一團冰冷的東西啪地飛到了臉上。伴隨著年輕男人們的笑聲與高喊聲，貨車飛馳而去。

「喂，今天晚上去找你，洗乾淨小穴等著我啊！」

信惠打開包，取出在火車上從流動小販那裡買來的便攜裝衛生紙，在臉上擦了又擦。說來也怪，她在那一瞬間陷入了一種異常的戰慄，心裡並非只有不悅。陌生男子的黏稠唾液吐在臉上，她突然感覺自己成了這片陌生土地上的一員。好吧，拚一回。她顫抖著身體告訴自己。不要就此退縮。這片陌生險惡的土地正以它最本色的方式迎接我呢。

「需要多久呢？」

信惠問抓著方向盤的南刑警。離開邑內道路之後就是土路，未融化的積雪凍住了，道路很滑，碎石遍布。

「只有二十公里左右，不過路不好走，需要三十分鐘吧。」

「我是說，調查需要多久呢？我來到這裡，真的沒有做過任何一件有問題的事，所以很快就會放了我吧？」

南刑警沒有回答。信惠看了看手錶。然而，手錶已經停擺了。可能是電池沒電了，信惠搖晃了幾下手錶，指針還是一動不動。

「我來這裡，真的是為了掙錢。大學生來到這種地方做茶房服務生，你可能覺得很奇怪吧，可我沒有其他目的。我只是需要錢，又找不到其他工作。」

南刑警依然沒有回應。天還沒有亮。破舊的吉普車如馬車般顛簸在穿破黑暗的雪白道路上。籠罩在黑暗之中的蜿蜒道路、低處的水窪、凍住的路面，在汽車前燈的照耀下折射出陰森的亮光，山麓上的樹木在燈光中顫抖著顯現，然後又重新拉長身影，被掩埋在黑暗之中。這副光景就像是老舊銀幕上瞬間閃現的黑白電影畫面一般，令人感覺很不真實。

「喜歡音樂嗎？」

南刑警播放起卡帶裡的音樂，是一首優美的流行歌。梅蘭妮．薩夫卡（Melanie Safka）演唱的〈世上最悲傷的事〉（The Saddest Thing），這是信惠在讀女子高中時十分喜歡的歌曲。然而，她是否曾經料到自己會戴著手銬聆聽這首歌呢？男人的嘴唇微微動著，像是在配合著歌曲的節拍。他是一個什麼樣的人呢？信惠在心裡琢磨著。這個人可能與到訪茶房的那些開著黃色玩笑，只要一有機會就會抓起自己手腕的男人，沒有什麼不同吧。信惠想到這裡，莫名感到一絲安心。

「可以問一個問題嗎？」

南刑警依然用嘴唇打著節拍，瞥了信惠一眼。他的嘴唇又紅又亮，略顯怪異。

「你們是怎麼知道我的情況的？」

「為什麼問這個？」

「是有人向警察舉報我了嗎？是誰？」

南刑警沒有回答。也是，信惠覺得這個問題本身就很愚蠢。就算他知道，也不會告訴自己。信惠突然想起了一起在龍宮茶房工作的小雪的圓臉。她今天晚上也外宿了嗎？她知道我被警察抓走了嗎？

小雪已經在茶房工作三年多了，年齡卻比信惠小三歲，才二十歲出頭。不過，論起她的人生歷程，簡直就是信惠的老前輩。她的老家在全羅南道順天，本名為金福順，自己取了個新名字「雪英兒」。「我姓雪，雪花的雪。」她咯咯地笑著說道。

「姐姐是怎麼來到這裡的？再怎麼看，姐姐也不像是來這種地方的人呀。」

某天夜裡，小雪如此問信惠。她們結束茶房的工作，一起擠在與廚房相連的狹窄內屋裡睡覺，小雪經常會向信惠講述自己的整個人生歷程。

「有什麼人是該來這種地方的嗎？」

「有啊。話雖這麼說，不過我看人很準。在我看來，姐姐肯定是那種很有學問的人。你一開口，我就知道了。」

信惠心裡一緊，像被戳中了痛處。之前和她一起生活過的工人們也是這樣說的。無論信惠多麼努力趨同，卻終究未能得到他們的認可。和他們住在同樣的租屋處，穿著同樣的衣服，一起煮泡麵吃，他們卻始終認為信惠與自己不是同一類人。

「所以啊，姐姐是那個什麼，運動圈大學生對吧？」

信惠大致講了一下自己的過去，小雪立刻滿臉的仰慕與憧憬。

「我就知道。我從剛開始就覺得姐姐你哪裡有點特別。」

「我不是運動圈，什麼也不是。你毫無隱瞞地對我說了你的一切，我覺得自己閉口不談非常抱歉，所以給你講了講自己的故事而已。不過，我不是你想的那種人。」

「我知道你是什麼意思，姐姐。別擔心，我不會對任何人講的。我也懂得這一點，現在這世道多可怕呀，亂說話可是要出大事的。」

信惠終究無法相信會是小雪向支署舉報了自己。信惠在心裡懷疑，如果真有人告發了自己，那說不定就是龍宮茶房的老闆娘。再過四天，是她和老闆娘簽約滿一個月的日子，她可以領取四十萬韓元的月薪。如果她被警察抓走，老闆娘就不用付這個錢了。信惠對自己的懷疑感到自責，卻又無法打消這個念頭。

老闆娘總是穿著一身優雅華麗的韓服，守著茶房入口旁的收銀台。她厚實圓潤的嘴唇上塗著深紅色的唇膏，為來到茶房的每一個男人投去性感的微笑與嬌滴滴的鼻音。男人們很難抵擋她的這種眉目傳情與嗲聲嗲氣。因此，信惠經常會由此聯想到吸引無數沾滿花粉的雄蜂的女王蜂。實際上，老闆娘是一個強勢的女人，對金錢和男人有著一種病態的執著。根據小雪的說法，老闆娘本來是某個有錢礦主的情婦，作為回報得到了如今的這間茶房。現在凡是鎮上有權有勢的男人，沒有哪個和老闆娘沒有點關係。

昨天晚上支署來電話時，已經將近十二點了。營業時間已過，茶房裡一個客人也沒有，信惠和小雪正在打掃室內衛生。另外兩個服務生都出去送咖啡了，還沒有回來。

接電話的是老闆娘。如果有外賣電話打進來，通常沒必要囉唆立即會掛斷，那通電話卻意外地長。電話那頭說了很久，老闆娘只是回答「是是」、「知道了」之類。

「小韓，你現在得出去送個咖啡。支署說今天晚上加夜班，點了三杯咖啡。」

老闆娘放下聽筒，對信惠說道。信惠和在這裡工作的其他女孩一樣，使用了化名。

「現在已經十二點了啊！您不是說過了夜裡十一點，就不接單了嗎？」

「你這孩子，那你說怎麼辦呢？我要想繼續把這門生意做下去，可不能倒了那夥人的胃口啊！」

「姐姐，我去吧。」

小雪正在拖地，不知道為什麼，她不安地看著信惠。

「不行，不要你，只要小韓。」

「我？為什麼偏偏要我去呢？」

「我怎麼知道？看來是有人喜歡你吧。」

信惠當時第一次感覺到有些異常。她在支署不認識任何人。支署位於街道另一頭的三岔路口拐角，如果沒有什麼特別的事情，支署的人很少來茶房。支署距離茶房很近，步行只需要五分鐘不到，沿途卻有十多間茶房。

「你就穿這個去嗎？」

信惠把保溫瓶用包袱包好，走出茶房時，老闆娘雙臂交叉看著她問道。信惠當時穿著一條牛仔褲配白色薄毛衣。外出有點冷，再套一件又嫌麻煩，出去送外賣時基本就是茶房裡的裝束。

「這件衣服怎麼了？我總是這身打扮啊。」

「唉，沒什麼，算了。就這麼去吧。」

不知道為什麼，老闆娘的臉色略顯慌張。不過，信惠沒起什麼疑心，單手提著包袱，推門走出了茶房。

已是深夜，支署裡包括支署長在內的三位警官仍在堅守崗位。信惠為他們倒了咖啡之後，站在那裡等他們喝咖啡，卻莫名感覺他們的態度有些怪異。他們沒有端起咖啡杯，只是僵坐在那裡，偶爾還會瞟信惠幾眼。

「請趁熱喝吧。」

「催什麼？」

一位肩上兩片葉子的警官說道。

「我得趕快回去，茶房要關門了。」

「你今天可以不用回去。」

「天吶，為什麼啊？」

「和我們聊一聊。」

「聊什麼？」

「我們對你很感興趣。」

「天吶，真嚇人。警察先生說對我感興趣，我又沒犯罪，為啥這樣無緣無故地嚇我呀！」

信惠對答如流，只把他們的一番話當作送外賣時經常會聽到的男人們的花言巧語，卻又無法掩飾嗓音的顫抖。

「沒犯罪？喂，你裝糊塗也沒用。我們都已經知道了。」

「都知道……什麼了？」

「鄭信惠，別再演戲了。」

之前一直沉默不語的支署長第一次開口說道。

「裝什麼大驚小怪？你打算抵賴你不是鄭信惠嗎？」

信惠不知不覺地用雙手捧住火熱的臉頰，極力表現得鎮定自若。

「是的，我的本名是叫鄭信惠。不過，我做錯什麼了嗎？到茶房工作，隱瞞自己的真實姓名也是犯罪嗎？」

「你打算一直演到底嗎？鄭信惠，你在大學煽動示威被開除的事，以為我們不知道嗎？你來這裡幹什麼？是受誰的指使，來礦山村耍什麼花樣？」

信惠無言以對。奇怪的是，她當時陷入了一種絕望與乏力，彷彿早已料到了這一刻，「該來的終於來了」。

車突然停了下來。「我出去辦點事。」南刑警下了車。過了一會兒，他重新上車，頭髮和肩膀濕漉漉的。不知道從什麼時候開始下雪了。

南刑警上車之後，沒有繼續開車，而是抽起了菸。他沒抽幾口，咳嗽了幾聲，摁滅了菸頭。「操，這該死的感冒，連根菸都沒法抽！」卡帶裡的帶子轉完了，車內短暫縈繞著一陣微妙的寂靜。

「為什麼不走了？」

「休息一下再走。下雪了……氣氛也挺好，不是嗎？」

信惠不知道該如何作答。南刑警突然壓低聲音。

「我很喜歡下雪。每次下雪，我都會想起在首爾讀大學時的初戀。」

「您在首爾上的大學嗎？」

信惠之所以這麼問，是因為覺得他好像希望自己這麼問。

「我讀的工科，大二去了軍隊，回來休假時才發現被那女的甩了。她已經和富豪家的獨生子結婚了。我退伍之後，退了學，立刻著手準備公務員考試，落榜七次，才當上警察。」

南刑警壓低嗓音，斷斷續續地說著。信惠想不通他為什麼要對自己談起這種事。南刑警停頓了一會兒，轉過身來，輕輕地抓住信惠的手。

「你幹什麼？」

信惠嚇得打了一個冷顫，南刑警笑著說道：

「別害怕。我給你解開手銬。我不是說了嗎，你老實點，我就給你解開。」

南刑警為信惠解開手銬，脫掉了夾克。

「來，穿上這個。」

「不用了。」

「穿上吧，瞧你凍得發抖。這可是鴨絨的，穿上很快就會暖和過來了。」

南刑警親自把夾克披在了信惠的肩上。信惠不知道應該如何解讀他的這番好意，卻也因為夾克的溫暖，凍僵的身體逐漸緩了過來。

「奇怪。」

「什麼？」

「再怎麼看，你也不像運動圈的學生。」

「怎麼，難道你以為運動圈的人頭上長著角嗎？」

「那倒不是。就那種嘛，像男人一樣莽撞自大、令人很倒胃口的那種女孩。」

「不是的。她們和其他女生一樣柔弱而善良，而且我也算不上運動圈。真正的運動圈，不會做我這種事。」

南刑警沒有說話。看他那副表情，說不定根本沒有在聽信惠說話。信惠感覺南刑警看著自己的眼神中蒸騰著一股奇怪的熱氣。他的視線久久沒有移開信惠的臉頰。

「你有過很多男人，對吧？」

他的嗓音很低，而且很柔和。

「我……不是很明白……」

雪花撞到車窗上，四散開來。雨刷不停地左右搖擺，推開雪花。然而，雪花被推開之後，立刻又被推了回來。南刑警突然伸手撫摸信惠的臉。

「在我看來，你性慾很旺盛吧……你欺騙不了我的雙眼。」

「你幹什麼？快走吧！」

信惠甩開他的手。

「你在茶房工作的這段時間，應該和男人睡過很多次吧？雖然我現在得調查你為什麼來到這種地方隱姓埋名……接下來你可能會吃點苦頭，不過，我可以照顧你。我也不是那種沒有人情味的人。如果我們在其他地方相遇，說不定可以稍微美好一點，是吧？你明白我的話什麼意思吧？我喜歡你才這麼說的。」

信惠明白了他此刻想要什麼，後腰掠過一陣冰冷的戰慄。信惠脫掉了身上披著的南刑警的夾克。

「你看錯人了。我沒有犯過什麼錯，要調查什麼，隨你的便。趕快帶我去警察署吧。」

南刑警的表情瞬間僵住了，像是受了什麼侮辱。

「你討厭我嗎？」

「談不上什麼討厭喜歡。我根本不認識你……」

南刑警一言不發地盯著信惠的臉看了一會兒。這時，前方響起了鳴笛聲。一輛卡車迎著大雪奔馳而來。

「你挺能耐啊，嗯？現在看來，你這娘們挺能耐的。」

信惠的脊梁骨一陣發冷。南刑警瞪著信惠，眼神中瞬間迸發出可怕的怒火。他突然重新發動了汽車。

2

我大學剛入學時，加入了文學社團，後來又轉到讀書社團。您問是不是地下社團？雖然不是在地下室，卻也沒有在學校登記。我們每週在前輩位於藥水洞的那間租屋處裡辦一次活動。那位前輩叫車光姬，老家在光州，比我們大四歲，中途退學，在家休息。我沒有撒謊。關於那位前輩，我可以毫不隱瞞地交代一切。

我們當時讀的書是《西洋經濟史》、《分斷時代的歷史認識》、《羅莎・盧森堡》、《被壓迫者教育學》之類。都不是些什麼了不起的意識啟蒙類書，只是一些基礎讀物而已。我卻像是被人當頭澆了一盆冷水一般為之一振。這種感覺，就好像我突然發現至今為止總是蒙著一片灰色霧氣的混沌生活中，有了一種井然的秩序。

光姬兄——我們稱這位前輩為「光姬兄」——的租屋處裡真的籠罩著一種獨特的氛圍。說不定，我正是被房間裡的那種氛圍所吸引。我從小和母親同住在單間租屋處，所以從來沒有過自己的房間。光姬兄的房間裡，不但有黑色的厚窗簾、乾花束和河回面具，書桌邊還用圖釘固定著兩張照片。一張是一個非洲小孩，肋骨清晰可見，肚子卻鼓了出來；還有一張是德蕾莎修女。怎麼說呢，這個房間可以說是美好與醜惡、安寧與痛苦兩個極端的交匯。光姬兄的書桌邊貼著一句話：「飛吧，放棄一切，奮力高飛。」我曾經問過她這句話是什麼意思。

「嗯，就是字面意思。我想成為一隻鳥。」

光姬兄帶著隱約的笑意答道。總之，我喜歡光姬兄。我沉迷於她細長的手指夾著菸的樣子，感覺自己也想抽菸了。

一到雨天，光姬兄就會腰痛得厲害。有一次，甚至嚴重到站不起身。我們之間流傳著一個出處不明的故事，光姬兄曾在八〇年事件中遭到了戒嚴部隊的拷問。而且，她所愛的男人於一九八〇年五月身亡。不過，光姬兄從來沒有開口談起過那個人。只有一次，她無意中流露出了那種眼神。

她的書桌一角有一個倒扣的相框。有一次，我偶然翻開那個相框，發現是一個年輕男人的照片。我問她為什麼要把照片倒扣，她回答說：「因為看到那張臉會十分痛苦。」她雖然面帶笑意，眼眶裡卻很快噙滿了淚水。我猜，那個男人可能是她的愛人。

光姬兄絕對不是鬥士，反倒是一個心腸比任何人都柔軟的浪漫女人。她有時會給我們朗誦金洙暎或者申東曄的詩，有時會在讀書討論時突然激動地大喊：

「鳥要掙脫出殼。蛋就是世界。人要誕生於世上，就得摧毀這世界。鳥飛向神。神的名字叫阿布拉克薩斯。」

我也很喜歡這一段文字。這是赫爾曼．黑塞的《德米安》中的著名段落。不過，當時有一位名叫秀任的朋友嚴肅地說：「光姬兄，你依然沉浸在那種幼稚感性的世界觀裡嗎？」

光姬兄像是被擊中了弱點，慌張地紅了臉，傻呵呵地笑著反問道：「是吧？我依然很感性吧？」

秀任面不改色地繼續說道：「我們需要飛向的地方不是阿布拉克薩斯，而是民眾身旁。」

我當時真的非常討厭秀任。

您問我光姬兄現在在哪裡？第二年秋天，她自殺了。我也不知道她為什麼自殺。認識光姬兄的人當中，沒有人知道她自殺的確切原因。總之，光姬兄沒有變成飛翔的鳥，也沒有去過阿布拉克薩斯，當然也沒有去民眾身旁，就已經墜落了。

與郡政府周邊的寒酸街景相比，警察署的混凝土建築高大又方正，顯得有模有樣。南刑警下了吉普車，抓起信惠的胳膊直接去了二層。台階盡頭，便是掛著「情報科」黑色牌子的房間。

一大清早，火爐旁就已經聚攏了四五個人。信惠跟著南刑警走進房間，他們滿臉好奇地走過來，左右打量著信惠。

「正納悶這娘們長什麼樣，終於來了啊。」

「如此一看，還真長得挺不錯啊！」

「來這種地方勾搭礦工，臉蛋當然得俊俏點啊。」

信惠提醒自己，一定要鼓起勇氣。她緊閉雙唇，瞪大雙眼，在他們的注視中毫不退縮。可能是用力過猛，她的雙眼火辣辣的，似乎快要流淚了。

「喂，你以為這是什麼地方，肆無忌憚地就這麼潛伏進來了？」

坐在房間正中央桌旁的男人瞪著信惠，大聲呵斥道。他身穿正裝，戴著一副斯文的眼鏡，看起來五十多歲。南刑警剛進房間即向他敬了個禮，由此可見他可能在這個房間裡級別最高。

「我只是來掙錢的。這裡也是韓國的地界，我有居住遷移的自由。」

信惠直視著男人，反駁道。因為她覺得，不能剛開始就像犯了罪一樣怯懦畏縮，而是應該理直氣壯地有什麼說什麼。不過，她完全失算了。

「你過來。」

倚靠在桌邊的一個男人動了動手指，示意信惠上前。不過，他的視線很微妙。他顯然是在對信惠說話，視線卻看向了其他地方。信惠猶豫著走到他的面前，他突然搧了信惠一個耳光。

「以後不能這樣回答問題，明白了嗎？」

男人的語氣低沉而單調，似乎什麼事也沒有發生過。信惠雖然臉上火辣辣地痛，卻因為事發突然，沒能叫出聲。

「你是共產主義者，還是社會主義者？」

男人又問道。他看似盯著距離信惠的臉頰五吋左右的某個地方，信惠卻明白他其實正在看著自己。

「什……什麼意思？」

「賤娘們，回答問題！你是共產主義者，還是社會主義者？」

信惠的臉依然火辣辣的，男人斜視的目光令她思緒混亂。

「我們都知道了才問的。如實回答。」

坐在桌邊的那個穿西裝的男人說道。他嗓音沉穩，像是一種勸解，和剛才那個男人截然不同。「如果已經都知道了，為什麼還要問呢？」信惠把這句反問嚥了回去。她害怕他們不知何時又會揮起拳頭，同時認為說不定他們真的知道些什麼。信惠這才明白，自己連共產主義和社會主義的準確區別都不知道。然而，她也因此產生了一個荒唐的疑慮：說不定自己會成為其中之一。

「我既不是社會主義者，也不是共產主義者。」

過了片刻，信惠如此答道，嗓音中卻沒有半點自信。

「哼，你當然會那麼說啦。我還從來沒有見過哪個赤色分子承認自己就是赤色分子呢。」

斜眼男人冷笑道。

「不過，現在很快會讓你說實話的。做好心理準備。」

信惠的身體發冷一般開始劇烈顫抖。她無奈地意識到，自己是一個多麼弱小的存在。她明白自己應該沉著，身體卻難以掩飾恐懼。她多麼希望可以停止顫抖，可以鼓起勇氣戰勝這種恐懼。

「我們如何對待你，取決於你所表現出來的態度。所以，乖乖配合，明白了嗎？」

坐在桌邊的西裝男斯文地說道。

「金刑警先負責調查一下。如果不聽話，就教訓一下她。」

一個看起來三十五六歲的高個子男人站了起來，說：「跟我來。」他長得不怎麼兇狠，信惠稍微放下心來。

金刑警帶信惠去了隔壁房間。那個房間不大，只有兩三坪，放著四五張鐵桌和一個生了鏽的爐子，看不到其他的物品或者裝飾。牆上貼著「左傾容共連根拔起　守護民主秩序」的標語，一盞日光燈孤零零地亮著。金刑警拿起一把鐵椅放在桌前，讓信惠坐下，自己也拉了一把椅子坐好，又拉開抽屜，拿出一盒未拆封的松樹牌香菸。他拆開菸盒，叼起一根菸，又突然遞給信惠一根。

「我不會抽菸。」

「別裝了，讓你抽你就抽，沒事。」

「我真的不會抽。」

「不是說最近的首爾女大學生沒有不會抽菸的嗎？而且你既然下定決心來這裡偽裝成茶房服務生，應該學過抽菸吧？」

「女大學生並不是人人抽菸。還有，我不是偽裝成茶房服務生，我真是服務生。」

「真是服務生？」

金刑警冷笑著反問道。他拉開抽屜，取出紙和圓珠筆，推到信惠面前。

「先在這裡詳細寫下個人資料，不要有所隱瞞。」

「我昨天晚上已經在支署寫過了。」

「話真多，讓你寫你就寫。」

信惠從姓名開始，依次寫下了家庭狀況、學歷、職業、朋友關係、動產、不動產、月收入、興趣、特長等。她猶豫著要不要在職業欄裡寫「學生」，最終寫下了「茶房服務生」。刑警接過信惠寫好的資料，仔細地查看著，開始提問。

「為什麼沒有不動產？」

「因為我沒有房子。」

「傳貰保證金總該有吧？」

「沒有，我住月租房。」

「沒有父親，母親從商，做什麼生意？」

「賣魚。沒有店面，借用別人店門口的空地，是那種凌晨去水產市場取貨賣的小攤販。」

「喂，你媽媽這麼辛苦供你上大學，你不好好學習，卻做這種事？」

信惠無言以對。只要提起母親，不論如何指責，她也無從辯解。

「你已經被通緝了，該不會扯謊吧？等會兒讓首爾那邊用電腦查一下就知道了，你瞞著也沒用。」

「沒有。就是寫的那些，我在學校受過處分，除此之外一乾二淨。」

「在學校因為什麼受的處分？」

「……組織非法集會。」

「煽動學生們搞遊行是吧？具體是什麼時候？」

「前年秋天，也就是一九八四年一〇月。我們並不是搞遊行，只是聚集同學們一起針對校內問題，開了一個討論會而已。」

那年秋天，校園裡忙著準備一年一度的秋季慶典。金黃色的銀杏樹之間掛滿了橫幅和海報，同學們在地鐵入口接受戰警的開包檢查，卻還要像溫馴的小學生一樣老老實實地去上課，或者忙於尋找一起參加慶典的搭檔。表面看來，一切沒有任何異常。慶典結束後就是期末考試，考試完畢，提交論文，信惠就畢業了。幾個月之後，信惠即將年滿二十三歲，會被任命為一名小學教師。

當然，比任何人都盼著信惠畢業的人是她的母親。母親的一舉一動，彷彿女兒已經成為半個老師。她相信自己現在已經不是在露天市場賣魚的小攤販，而是正兒八經的小學教師的母親。母親的這種態度並不過分。一輩子只把希望寄託在女兒一個人身上，歷盡千辛萬苦、翹首企盼的事情如今終於近在眼前。

然而，信惠不知道怎麼了，並不願意接受這一切。她陷入一種莫名的焦躁，像是正在被推向一個她不願意去的地方。不，說不定她在心裡像母親一樣，甚至比母親更加強烈地想要這個結果。可她未曾想到，當這一切近在眼前，即將實現的時候，自己內心反而感到不安，並且想要逃離。

「這樣結束大學生活也太乏味了吧？大家現在似乎都已經忘記了如何憤怒。以這種狀態結束校園生活，接受分配去一線做個老師，這怎麼行？只會成為專制教育的忠實奴僕罷了。」

秀任率先說道。在讀書社團裡一起學習的朋友們都在場。

「沒錯，不能這樣繼續下去。為了在同學們冷漠的心裡埋下微小的火種，必須有人挺身而出。如果沒有人站出來，那就由我們出面。」

「信惠為什麼突然如此亢奮？」

朋友們聽了秀任的話，都笑了起來。其實，信惠即便在朋友們面前也總是對每件事心存質疑，態度消極。有人小心翼翼地提出疑問：

「但是，我們到底有什麼能做的呢？」

「怎麼沒有？可以集會要求校內民主化啊！」

「不過，只是搞個校內民主化集會，對於現在這種情況有什麼意義嗎？」

「現在就算扔塊小石子也很重要。不過，現在給大家講反抗法西斯體制或者民眾的生存權之類，他們也聽不進去。首先要從最皮毛的開始，重要的是在大家的可行範圍內開拓空間。我們學校的學生們現在最不滿的是什麼？校長的非民主化管理，對吧？我們都是大學生了，卻被當作高中生對待。因此，將這種不滿凝聚為校內民主化的要求，是最有效的方法。」

所有人都對秀任的話表示贊同。在當時的氛圍之下，校內組織集會，要求民主化，是一種難以想像的冒險。不過，想到自己現在要去做一件尚無人做成的事情，信惠興奮得全身顫抖，感覺像是在謀劃一場革命。此後過了很長時間，她依然無法理解當時自己心中湧起的那股莫名的感動，那種幾乎是自我破壞的衝動與興奮。

他們立刻就地開始討論開展集會的方法。首先，得到校方許可是一個重要問題。如果未經允許舉行集會，很顯然在開始之前就會泡湯。獲得許可的事情由信惠負責。學生科科長宋教授是一位重要詩人，他平時對在校報上發表過幾首詩歌的信惠尤為關注和青睞。

信惠去找宋教授，申請集會許可。她謊稱有必要針對秋季慶典收集學生們的意見。

「非得集會討論嗎？」

總是斜戴著一頂扁圓貝雷帽、嘴裡叼著菸斗的風度翩翩的詩人，滿眼疑惑地盯著信惠。

「因為同學們的意見很雜亂。我們只討論一個小時，老師。」

信惠臉上掛著微笑，儼然一個熱愛詩歌、尊敬詩人的文學少女，心裡卻有一種愧疚感。

「好，就一個小時啊。絕對不能談論其他話題，明白了嗎？」

集會暫且成功舉行。三百多個學生聚集在學生會館食堂，展開了激烈的討論。校內的非民主性問題、校長的獨斷獨行、畢業分配問題等，累積至今的不滿與聲討如開閘的洪水般傾瀉而出，宋教授臉色蒼白地跑向正在主持集會的信惠。

「哎，你怎麼能這樣欺騙我？我居然相信了你……」

然而，他很快在學生們的嘲諷中漲紅了臉，無奈地退了回去。宋教授在學生們的身後惴惴不安地踱來踱去，在集會時間接近三小時，學生們提出驅逐校長的主張時，他終於哭喪著臉跑上了講台。

「信惠，求求你考慮一下我的立場吧！你一定要看到我提交辭職信才滿意嗎？」

宋教授的手哆哆嗦嗦地扶著眼鏡。這是信惠第一次看到有人如此恐懼。由於五十多歲的詩人兼教授的這種過於赤裸裸的恐懼，信惠的內心動搖了，整理了幾個要求事項之後，匆匆結束了討論。然而，集會結束之後，她不得不接受秀任的嚴厲指責。

「你為什麼那麼死腦筋？考慮教授的立場，所以搞砸這次得之不易的機會嗎？在戰鬥中，同情敵人是大忌！」

「宋教授並不是我們的敵人啊。」

「你至今仍然分不清敵我啊！他們都是一路貨色，綁在同一根法西斯體制繩子上的傀儡。如果抱有憐憫之心，從人性的角度理解他們，必將一事無成。」

集會雖然結束了，學校卻對討論會上的要求事項沒有任何反應，只對主導集會的五個學生下了無限期休學的處分。其中一人透過寫檢討得以倖免，拒絕寫檢討的其餘四人必須全部受罰。其中當然包括信惠和秀任。

「如果主導了示威，就應該處理得乾淨點，為什麼偏偏是無限期休學呢？」

金刑警銜著信惠的臉吐了一口煙。

「實際上無限期休學也是不合理的。我們又沒有呼喊政治口號，而且事先得到了允許，只是討論校內問題而已。」

「被學校開除兩年了，這期間都做什麼了？」

「就是……在家自學。」

「一直在家？」

金刑警的目光變得兇狠，步步緊迫。信惠遲疑了。如果說錯一句話，說不定什麼時候就會落入圈套。不過，又不能一味地隱瞞、矢口否認。

「離家工作了一年左右。」

「在哪裡，做了什麼工作？在工廠偽裝就業？」

「沒就業……去夜校了。幾個月，確切來講，六個月左右。」

「在哪兒？」

「剛開始在九老工業園區，監管太嚴重了，後來去了城南。」

金刑警突然站了起來。門開了，有兩個人走進房間。其中一人是信惠早晨在隔壁見過的五十歲左右的男子，另一個男人身穿米黃色工作服，體型纖瘦，斑白的頭髮梳得紋絲不亂。金刑警慌忙向著身穿工作服的男人敬了個禮。

「是叫鄭信惠嗎？」

那個男人問信惠。男人隔著眼鏡眨巴著一對小眼睛，莫名給人一種壓迫感，信惠怯生生地做出了回答。男人沒再問信惠任何問題，轉向身邊穿西裝的男人：「給她吃飯了沒有？就算是做調查，也得先吃飯啊！」男人說完，離開了房間。

「怎麼樣，撈出點什麼沒？」

西裝男跟著穿工作服的男人出去之後，很快又返了回來，對金刑警說道。

「好像不會輕易開口。這娘們不怎麼聽話。」

「是不是因為你太斯文了？總之，先給她吃飯，帶出來。」

信惠試著站立，身子搖晃了幾下。幾個小時一動不動地坐著，膝蓋關節像石頭一樣僵硬。總之，上午的審問算是比想像中結束得輕鬆。信惠不知不覺地舒了一口氣。然而，她無法確定往後的調查是否也將以這種形式進行。而且，很難預測到底還要接受多少調查，是否能夠被平安釋放。

「我不想吃。」

「別廢話，吃吧。給你叫一碗牛骨湯呢，還是大醬湯？」

信惠選了牛骨湯。她呆呆地站在原地，有人啪地拍了一下她的肩膀。是把她從支署帶到這裡來的南刑警。

「喝一口，寬寬心。」

南刑警遞過去一個盛著咖啡的紙杯。

「南刑警果然對女人很親切啊！」

金刑警看著這邊說道。信惠坐在辦公室一角的椅子上喝著咖啡，手抖個不停，似乎連一個紙杯的重量也無法承受。她知道，南刑警的視線從剛才開始一直在盯著自己。她轉過頭去一看，南刑警露出牙齒無聲地笑著。信惠的手抖動著，準備送到嘴裡的咖啡猛地灑了一身。

3

「你這敗家娘們！」

我被學校趕出來時，母親對我如此吼道。面對母親絕望的表情，我怎會不明白自己給母親帶來了多麼致命的打擊。

我無法說服母親理解我的所作所為。不，說老實話，我自己也無法理解自己的行為。我是否真的有那種打頭陣的信念？就算是有，我是否值得為此殘忍擊碎母親終生的希望與夢想？

奇怪的是，我對自己的所作所為沒有絲毫自豪感，也感覺不到任何悔意。是啊，就算後悔也無濟於事。因為這是已經潑出去的水。

母親卻認為，即便是潑出去的水，也要收回來。總有一天我會復學，總有一天我會順利從學校畢業，成為一名體面的小學教師——就算天塌下來，母親也絕對無法放棄這個夢想。

有一天，母親硬拽著我的手去了學校。母親說，如果我去學校向教授認錯，就會得到原諒。我說這是沒有用的，母親卻十分固執。

我被學校趕出來幾個月之後，在母親的拉扯之下第一次回到學校，您可以想像一下我的那副狼狽之相。我擔心被同學們認出來，只能低著頭跟在母親後頭，任由拖拽。母親似乎擔心我會跑掉，緊緊拽著我的手，帶我去了學生科科長宋教授的研究室。

「進去。進去親口說你錯了，你犯了死罪，祈求原諒。」

母親壓低了嗓音，那副表情令我不忍拒絕。

「媽，求你了……」

「趕快敲門。我幫你敲？」

我終於敲門進入了研究室。宋教授依然戴著貝雷帽，手裡的菸斗冒出淡淡的紫煙。

「我不想再見到你……」

宋教授沒有招呼我坐下。

「那件事之後，我患上了失眠。夜裡只要想起那件事，我就睡不著。作為詩人，作為教育者，我覺得自己算是白活了。」

我無言以對。

「我活了五十年，始終懷有一個珍貴的信念。在這個世界上，最重要的就是對人的信任，這是萬萬不可丟掉的。可是，那件事之後，這個信念坍塌了。」

「老師，對不起。請原諒我。」

「你真的想復學嗎？」

「是的。」

「有兩個條件。如果你可以接受這兩個條件，學校可以重新接受你。」

「什麼條件？」

「一個是運動圈的朋友們，在我們學校都有誰，在做什麼事，你把這些全部告訴我們。沒有別的意思，只是提前預防同樣的不幸。還有一個是……」

我默默地看著教授的臉。

「你清清楚楚地寫下已經轉向的事實，並把文章發表在學報上。你的寫作本來就不錯嘛。我覺得，以給校長寫信的形式更有說服力，學生和老師們也會受感動。」

他又補充道：

「學校以這種條件為前提允許你復學，其實也是看在你母親的面子上。除了我，你母親甚至還去了校長家裡為女兒苦苦求情，多虧了你的母親。你真的不能忘記母親的恩惠。」

我走出教授的研究室，躲在走廊角落的母親立刻跑上前來抓住我的手。

「怎麼樣？教授原諒你了嗎？下學期可以復學了嗎？」

我對母親說，我得先去趟廁所。廁所的窗外可以看到盛開的深黃色迎春花。一種無以形容的憤怒與悲傷湧上心頭。我看到了茫然站在不遠處拐角等我出來的母親。那一瞬間，我下定決心要迅速逃離這裡，要離開母親的身邊。我立即從另一扇門逃離廁所，獨自離開了學校。那是我有生以來第一次離開母親身邊，離家出走。

您問我離家出走去了哪裡？我到了街上之後，沒有任何地方可去。毫無準備地逃離，口袋裡一分錢也沒有。我想來想去，去找了秀任。秀任已經去一線工作了。我想和秀任一起下工廠，卻因為當局對偽裝就業者的監視愈發嚴苛而難以成行。秀任勸我說，如果不是非要去一線工作，可以去夜校。

剛開始，我去了九老工業園區的某所夜校，後來夜校由於警察的盤查而倒閉，我便轉移到城南近郊的某個教會地下室，在一所為工廠勞動者開辦的夜校裡授課。

秀任告訴我說，一定要努力像他們一樣去思考，像他們一樣去感受。不是我們教他們，而是我們應該向他們學習。不是學習模仿，而是與他們合體重生。

我打算按照秀任所說的去做。

問題是，我過著那樣的生活，內心卻不斷產生懷疑與矛盾。我竭力對他們的痛苦、他們的想法與憤怒感同身受。然而，不論我再怎麼努力，我依舊是我，終究無法變成他們。不，我越是努力變得與他們相像，越是感覺自己不夠誠實，變得不像自己，感覺自己就像是話劇中的小丑一樣做著拙劣的表演。我無法成為他們，這不是我本該有的樣子，不論我多麼想要否認，也無法否認這一點。因此，我無法擺脫負罪感。

其實，論起成長環境，我當然絲毫不輸給他們。過去是，現在也是。如果談到其他方面，我只是比他們多上過幾天學，而我這雙只握過圓珠筆的手也只不過比他們白嫩柔弱一些而已。可我為什麼無法成為他們，無法像他們一樣思考和感受呢？是因為我的腦子已經變得自私、完全被腐朽的小資產階級意識和感受污染了嗎？已經無可救藥了嗎？

我真的很羨慕秀任這樣的朋友，可以融入他們當中，沒有任何矛盾，信念堅定，工作出色。我很清楚，支撐她的絕對不是偽善或者英雄心理。不過，如果說他們的信念是真實的，那麼我的懷疑與矛盾也同樣是不可否認的，這一事實不斷地折磨著我。

我渴望按照以往的生活方式，按照自己的意願生活。偶爾看看電影，聽聽音樂，吃一次美食。可是如果和他們在一起，我就不能這樣做。我想做的事情永遠是不道德的，會埋下負罪感的種子。

我努力相信自己的所作所為是正確的。我所做的事情是對所有人有益的，如果我做的這種事可以讓這片土地上的民眾生活稍微有所改善，這就足夠了。

然而，只靠這種信念來堅持，我的精神和意志還是太薄弱了。不，我的心裡住著另一個自己，根本無法堅持，一直想要逃跑。

我離家六個月左右的某一天，秀任意外地來到了我的租屋處。她在工廠主導了罷工，正在被警察通緝，尋找藏身之處期間暫時寄住在我這裡。

湊巧的是，那天夜校的幾個學生來玩。秀任和學生們又展開了一場關於勞動現實的討論。可是，不知道為什麼，我無法融入討論。組織、勞動者階級、階級矛盾、勞動解放……他們所說的話我當然偶爾也會說，不知道為什麼，那天卻感覺那些話像外語一樣生疏。我想，說不定此刻我不該在這裡，我是不是待錯了地方。

我像是一個和他們毫無關係的局外人，獨自坐在他們身後，突然很想吃披薩。我自己也覺得很荒唐。他們正在談論惡劣的非人化勞動現實的血淚故事，我居然想起了披薩？可是，一旦想起了披薩，我就再也無法忍受了。現在想來，當時我的腦子，不對，我的腸胃，到底出了什麼問題？

我背著他們，悄悄出了房間。我來到大路，開始尋找披薩店。然而，可能因為那裡是工業園區周邊，我找來找去也沒有看到任何一家披薩店。時間越久，我越是想吃披薩，這種饑渴難耐簡直令我快要窒息了。熱氣騰騰的烙餅上覆蓋的披薩乳酪，灑在上面的洋蔥與火腿粒等清晰可見，似乎就在眼前。

我走來走去，依然找不到披薩店，最終坐上了開往首爾的巴士。偏巧那天道路格外擁堵，幾乎過了一個小時之後，我才終於來到位於鐘路的某家披薩店。當我獨自點了一盤披薩吃完，走出店門的那一刻，是一種什麼感受呢？沒有大快朵頤的飽腹感，而是對自己感到絕望的一種侮辱感與負罪感。

那種懲罰來得太快了。我回到租屋處時，立刻明白發生了什麼事。房間裡亂糟糟的，室友順玉獨自失魂落魄地坐在那裡。

「秀任姐被抓走了。三十分鐘之前，警察突然闖了進來……根本無處可逃。」

順玉全身哆哆嗦嗦地說道。我像遭到雷擊一般，久久站在原地一動不動。我正在吃披薩時，發生了那種事，除此之外，我沒有任何其他想法。順玉問我：

「姐姐你到底去哪兒了？」

我無法回答。我索性說我去殺了個人，或者去向警察舉報了秀任，說不定會減少一點罪惡感，回答起來也更容易。「我自己偷偷吃披薩去了」，就算撕爛我的嘴，我也說不出口呀！

第二天，我給母親打了一個電話。母親來到夜校，把我領回了家。

每次房門被推開，信惠都會回頭看一眼。真是一件怪事，從剛才開始，她便感覺很快會有一個認識自己的人進來帶自己離開這裡。她明知道這種想法愚蠢而荒誕，視線卻不知為什麼無法離開那扇門。

信惠勉強湊合了一頓午飯，餐館送來的一碗牛骨湯剩了大半。此後，不知出於什麼原因，調查並未立刻開始。金刑警很快離開了座位，信惠只能在辦公室一角獨自等待著。

「唉，這破差事太噁心了，真幹不下去了！」

下午晚些時間，金刑警終於出現了。不知道為什麼，他憤怒地漲紅了臉。他把厚厚的黑色封皮文件夾丟在桌子上，瞪著信惠。

「你和誰一起來這裡的？」

「什麼和誰來的？」

「喂，你這娘們再怎麼膽大包天，也不會自己來江原道礦山村吧？快說，和你一起來的同黨都有誰？」

「不是，你真的看錯人了。我和其他女人一樣，只是來掙錢的。」

「來掙錢？你這娘們看我好欺負是吧？」

金刑警拿起文件夾砸向信惠的頭，菸灰缸裡的菸灰和菸頭四散。信惠趕快重新盛起，似乎這一切都是自己的錯。

「真的。我需要一大筆錢，我要準備下個學期的學費。」

「學費？已經被學校無限期休學了，準備哪門子學費？」

「雖然被休學了，但是必須繼續繳學費。按照校規，如果不繳學費，就會自動註銷學籍。」

休學之後，信惠沒有停止繳學費。或許這是一種很愚蠢的做法。一起被休學的朋友中，秀任立刻放棄繳學費，自主選擇了註銷學籍；其他的朋友剛開始還存有一線復學的希望，繳了一兩個學期的學費之後，最終都放棄了。

「無限期休學其實和註銷學籍是一樣的。所以，認為他們會允許你復學，這種想法很愚蠢。只要這法西斯政權沒有全面投降，或者我們沒有跪在他們面前發誓成為他們的走狗，復學就是不可能的。憑什麼要不停地把血汗錢繳給他們呢？」

「可是，如果放棄繳學費，就會自動註銷學籍，這正是校方的圖謀。如果不想主動跳進他們挖好的陷阱，就算是為了主張我們受到了不正當的處分，也要把學費繳下去不是嗎？」

「那只是一種語言遊戲罷了。我們的正當性與他們是否讓我們復學無關。」

信惠當然明白，秀任說得沒錯。然而，她不能放棄繳學費。不是她不想放棄這毫無意義的復學希望，而是因為母親。母親從未放棄希望，堅信她總有一天會復學。她沒有權利打碎為自己付出一輩子的母親的夢想。

「就按你說的，你需要學費，那麼你為什麼偏偏來礦山村做一個茶房服務生呢？」

「那個……因為我聽說一個月就可以輕鬆掙一筆大錢。而且……」

「而且什麼？」

「我其實對礦山村有點興趣。不過，只是一種好奇心罷了。」

「什麼？好奇心？因為好奇心來到這裡？你在搞笑嗎？」

金刑警兇狠地瞪著信惠，似乎立刻就會揮起拳頭。信惠看著他輕微充血的雙眼，意識到自己可能短暫陷入了一種錯覺：就算是負責這種工作的刑警，也只是一個會聆聽和理解他人故事的普通人。

「看什麼看，臭娘們，別囂張。小心挖掉你的眼珠子！」

金刑警彎起手指，做成鉤子的形狀，逼近信惠的眼睛。

「對不起，不過我來這裡的目的真的很單純。」

信惠說完之後，這句話在她自己想來也有點好笑。

「單純？你這娘們真是搞笑得很。那麼按照你說的，單純的娘們怎麼會找不到工作，來礦山村賣屄呢？」

「我剛才不是說過了嗎？我來賺學費的。而且，我沒有做你所說的那種事。你去問一下龍宮茶房裡的其他姐姐就知道了。」

「你當我是草包啊？像你這種被徹底意識化的運動圈，會來這種地方做茶房服務生賺學費？我會信你這種鬼話？」

「其實我也曾經極度懷疑過自己，除此之外，真的沒有其他辦法了嗎？你說我是徹底的運動圈，恰恰相反，我可能正是因為不夠徹底，才會是這副樣子。」

金刑警表情茫然地看著信惠，似乎不明白她在說些什麼，突然神經質地摁滅了菸頭。

「現在看來，你還真是不一般吶。繞來繞去，想要矇混過關是吧？你看不起我這個鄉村刑警是吧？不行，得收拾收拾你才能清醒。站起來！」

金刑警從座位上起身，走近信惠。信惠不知不覺地雙腿開始顫抖。

「我不明白警察們為什麼要這樣對我。我真的什麼也沒做……」

金刑警不知什麼時候拿起了一根已經用得發黑的棍子。他要用那個打我嗎？信惠一臉哀求地看著他。

「哎，金刑警，住手。」

這時，早晨見過的那個穿西裝的男人走進房間。

「送去對共科，從現在開始由那邊負責。」

信惠在心裡緩了一口氣。首先，可以逃過眼前的這根棍子，算是萬幸。同時，她又在揣測著為什麼要把自己帶去對共科。

「他媽的，要幹點什麼總是被打斷。從大清早開始就在白費工夫！」

金刑警一直絮叨著，帶信惠出了門。對共科在三層。他們進門時，不算寬敞的辦公室裡，一個男人坐在正中央的桌邊，身旁站著一個吊兒郎當、身穿黑色皮夾克的壯漢打量著他們。信惠的心臟又開始砰砰跳動起來。每次在這裡見到新面孔，她就會感覺到新的不安與恐懼。

「坐下。」

坐在桌邊的刑警指著自己身旁的椅子。信惠感覺他對自己的態度比想像中的和藹。信惠看到桌上擺著一個鑲了螺鈿的碩大名牌：對共科長申某某。

「很辛苦吧？」

「沒有。」

信惠低下頭。是因為他的嗓音很柔和嗎？信惠的嗓子眼裡一陣溫暖，眼淚差點奔湧而出。

「你可能認為來到這裡也可以一直挺下去，那種想法是錯誤的。拖延時間，吃虧的只能是你自己。」

信惠重新抬起頭。然而，科長依然態度平和地繼續往下說。

「近來，運動圈的孩子們為了給煤礦的勞動者進行意識化滲透，潛入了本地區。我們收到情報，一直在暗中調查。我們一直以為只有男人，沒想到會有像你這樣以茶房服務生身分混進來的女孩。總之，現在既然露出了馬腳，就全招了吧，對你也有好處。」

信惠不知道他的話哪些是謊話，哪些是真話。她無法分辨科長所說的一切是真有其事，還是只是誘供。

「就算那是事實，我也不是。我真的什麼也不知道。」

科長的臉上突然閃過一絲厭煩。他沉默地盯著信惠的臉看了一會兒，那副表情像是在猶豫是否要發怒。然而，他很快又恢復了寬宏大度的表情，指了指站在身旁的壯漢。

「從現在開始，由他來調查你。他哪裡都好，就是性子有點急。所以，你要好好配合調查，明白了嗎？」

信惠下意識地回答了一句「好的」。科長像學校老師一樣摸了摸信惠的頭，從座位上起身。

「千刑警，這娘們比外表惡毒多了，先收拾一下她再審問比較好。可不是一般的倔啊！」

金刑警離開房間之前，留下了這麼一句話。不過，千刑警沒有任何回應。房間裡只剩下他們兩個人，千刑警先叼起一根菸。

現在幾點了呢？信惠習慣性地看了一眼手錶。手錶的指針停在了某天的某個時間點。她看到對面牆上掛著的黑框圓形掛鐘，五點半。來到警察署已經快十個小時了。

信惠的眼前突然浮現出母親的面容。如果母親知道我來到了江原道的陌生礦山村，而且現在被警察抓了，會是怎樣一種心情呢？想到這裡，信惠的心裡如刀割般刺痛。

裡。

信惠在夜校工作了一段時間，和母親一起回家之後，幾個月以來一直被關在城北洞坡頂的小屋子裡。

被關在家裡的那幾個月，真的很難熬。黏糊糊的濕氣沿著單間租屋處的牆壁滲出，濃烈的煤煙味總是引發頭疼，平鋪在窗外的低矮房屋多到令人窒息，周圍總是盤旋著眾多雜音，有時還會瞬間一齊湧來。信惠身處其中，什麼也做不了，消磨了一天又一天。在這段徹底無所事事的時間裡，她的思考能力彷彿已經停滯，一頁書也讀不進去。一整天下來，她能做的最有價值的事情可能就是每天加兩次煤。

信惠經常整天一言不發。她沒有人可以交談，也變得害怕說話。她有時還會擔心自己是不是真的患上了失語症，於是發出聲音自問自答。

「鄭信惠，你現在在做什麼？我現在什麼也沒做。那以後你打算做什麼呢？我也不知道。我能做什麼呢？」

信惠回家之後，母親擔心她再次逃跑，總是觀察她的臉色，她卻連這也難以忍受。不知道從什麼時候開始，她漸漸考慮再次離家出走。延續那種生活狀態實在令人窒息，面對母親的那張臉也成為巨大的痛苦。母親做完生意，每天晚上累到快要暈倒才會回家，信惠看到母親，內心愧疚不已。

母親每天晚上因為膝蓋和肩膀的關節神經痛而呻吟不已，到了凌晨卻又要毫不猶豫地起身去水產市場取貨。信惠目睹著這種沒有盡頭的疲憊人生，卻只想著離家。她也會自責，難道自己是一個喪失了最起碼的良心與同情心的惡毒女人？然而，她越是體會著母親的痛苦，越能感受到自己實際幫不上一點忙的無力感，以及難以忍受的煎熬。

信惠下定決心，任何事情都要去嘗試一下。就算再次背叛母親，也必須這樣做。如果非要找一個說辭，她有一個現實的理由，那就是必須離家掙錢。兩個月以後，就要繳學費。她的藉口是，母親這一次說不定也會像之前那樣，寧可借款也要為自己籌錢，可她不願再給母親增加負擔。聖誕節前的某一天，她終於去了市區，偶然看到了鐘路某條街上掛著的職業介紹所的招牌，便走了進去。在那裡，信惠遇見了來招女服務生的龍宮茶房老闆娘。

「到這邊來。」

過了片刻，千刑警開口說道。信惠遵從指示，坐到了他的桌前。

對面粉刷過的牆壁上並排掛著兩個玻璃相框，分別是太極旗和總統的肖像。信惠還看到了「實現正義社會」、「建設先進祖國」、「創造民主福祉社會」等標語。在信惠眼裡，這些都像是矛盾而殘忍的笑話。

「喂，我性子急，你別惹我。就因為你，我都下不了班。」

千刑警面部皮膚暗黑粗糙，嘴唇很厚，兩隻眼睛略微向前凸出。簡言之，他的面相樸實而粗野，如果在其他地方看到，只會覺得是一個固執的農民。千刑警拉開書桌的抽屜，拿出調查材料。

「從現在開始，講一下你所屬的組織。」

「什麼組織？沒有啊。我什麼組織也不知道，而且從來沒有聽說過。」

「那你是接受誰的指示來到這裡的？」

「沒有接受過任何指示。哪有人給我下什麼指示？」

「是嗎？」

千刑警的臉上突然掠過一絲令人難以捉摸的笑意。他的表情十分放鬆，似乎他已經知曉一切，所以並不著急。

「那應該有一起討論的人吧？礦山村的生活怎麼樣，和朋友們像這樣一起聊過吧？」

「我是來這裡掙錢的。為了掙錢做茶房服務生已經夠丟臉了，還會跟人聊嗎？」

「我可提前警告你，好好說話的時候你聽點人話。你剛才聽見科長怎麼說的了吧？我性子相當急躁。」

千刑警繃起臉，兩隻眼睛略微向外凸出。為了脅迫信惠，他的眼睛瞪得更大，凸出得更加厲害了。信惠突然想起一個非常適合這張臉的外號，還在嘴裡念了出來。非常短暫地，信惠嘗到了向千刑警報仇的快感。

「怎麼，我說錯了嗎？」

金魚眼更加用力地瞪起了眼睛。信惠突然覺得這一切只是一場惡作劇。刑警也好，信惠也罷，似乎所做的這些都與自身完全無關，毫無任何意義。然而，千刑警做出一副彷彿要吃人似的憤怒得幾近恐怖的表情，不斷督促著，信惠莫名感覺他的這副模樣十分可笑。

「你這娘們，耍我？」

說不定信惠的臉上真的閃過了一絲笑意。千刑警把眼睛瞪得更大，站起身來。他的寬臉劇烈顫抖著，像是受到了嚴重的侮辱。碩大的手掌朝著信惠的臉部飛了過來，緊接著，他開始不斷地把信惠的腦袋往鐵桌上按。信惠感覺腦袋似乎旋轉了起來，眼前不斷冒火星。她雖然想要求饒，卻根本沒有機會。

千刑警再次提起信惠的腦袋，準確無誤地搧中了她的臉。

「啊，媽呀！」

信惠倒在地上，喊了起來。她的耳朵裡嗡嗡亂響，被拉起身的時候聲音振幅更高，甚至聽不到自己的抽泣聲。千刑警這次把手掌像刀子一般豎起，砸向信惠的後脖頸。信惠耳朵裡的聲音逐漸變大，她感覺自己的耳朵變成了一口會響的鐘。她的全身像蟲子一樣癱軟，只能任由對方拖來拽去。每挨一次打，對下一次被打的恐懼就會蓋過當下被打的痛苦。信惠每次都會拚命呼喊。鐘聲越來越大，這一次，她的整顆腦袋成了一口大鐘，像是有人在不斷地任意敲打。每次鐘聲響起，信惠的身體就會遭到推搡，引發一陣劇烈的震動。

突然間，安靜了下來。像是鐘的繩子斷了，所有的騷亂結束了。信惠不知不覺慢吞吞地拖動著膝蓋爬到了桌子底下，蜷縮起來。她像是一隻受驚的動物，兩條腿貼在肚子上，雙手抱頭，全身肌肉緊縮。

鐘聲拖著長長的尾音，在耳朵裡盤旋。信惠依然沒有回過神來。她看起來很可憐，表情悽慘地抽泣著，令人十分同情。

「出來。」

千刑警彎下腰，向她比畫著。信惠再次服從命令，從桌子底下爬了出來。千刑警的聲音平靜了許多，指示信惠再次坐回桌邊。信惠的雙腿抖個不停，太陽穴像被擊打般瘋狂地跳動。

千刑警慢慢點上菸，吐出煙霧，再次開口問道：

「你認識金光培吧？」

4

小學五年級，我的胸部已經開始隆起。可能我比其他孩子發育更早吧。不過，我當時卻把胸部的異常當作一種極大的罪過。體育課上，運動襯衫外面顯露出胸部隆起的痕跡，這讓我覺得非常丟臉，有體育課的日子就不想去上學，還會裝病獨自留在教室。

我如此害怕自己的身體變化，是受到了已經停經的母親影響。母親堅信，女人的胸部過大，男人就會認為這是一個下賤的偷情女。因此，母親堅決不允許我穿會凸顯胸部的汗衫，我在夏天也要穿那種鈕扣扣到脖子的衣服，而且只能是暗色。漂亮得引人注目，和男孩子一起玩耍，打扮得像個女人樣，這些全部會被當作一種罪惡。如果我坐姿稍微不端正，露出膝蓋以上的大腿，母親就會滿臉憎惡與恐懼地大喊：

「你這個敗家娘們！」

只要惹怒了母親，她便會以這句口頭禪對我破口大罵。母親年輕時做過酒館的陪酒女，獨自生下並撫養了我這個沒有父親的私生女。母親擔心我走上她那條別無選擇的老路，對此有種病態的恐慌。

我來到這個礦山村做茶房服務生，偶爾會想起母親的那句話。我會自問，我是否主動走上了母親擔心的那條路，那條被詛咒的命運之路。

我第一次決定來這裡時，曾認為茶房服務生就是一種向客人適當賣笑撒嬌的職業，這種想法太單純了。我來到這裡之後才發現，礦山村的茶房服務生，擔當的角色是酒館陪酒女兼妓女。

這裡的人們常說，維護治安，一個女人頂十個警察。因為女人是礦工們排解勞苦與性壓抑的唯一出口。整個邑總共有二十家茶房，如果一家茶房雇五個女人，光是茶房女人就有一百個。酒館或者旅館這樣的地方也有一百來個女人，總共有兩百多個女人用於解決本地男人慾求不滿的問題。包括我在內，我們龍宮茶房的五個女服務生全部都是來這裡做那種事的。

您聽過「票」這個說法嗎？比起在茶房裡為客人端咖啡，這裡送外賣居多。辦公室當然要送，餐館或者酒館，甚至旅館客房，只要有電話訂單，我們就要外出。我們不僅送咖啡，還要陪在客人身邊，這種情況通常稱為「購票」。「票」上標有「三十分鐘五千韓元」的定價。也就是說，人們買「票」，買的不僅是咖啡，還包括茶房女人的時間。在提供服務的這段時間內，我們在男人身旁聽一些低級玩笑，有時還要在酒桌旁配合筷子的節拍，為他們唱歌。

然而，「票」售賣的只是時間，並不是身體。營業結束之後，身體單獨售賣。客人白天買了「票」，我們出去送外賣，討價還價，到了晚上就會往約定的旅館。龍宮茶房的其他服務生們幾乎每天都會外宿。她們來這裡的目的只有掙錢，算是徹底為此付出勞動，同時忠實於礦山村賦予自身的角色。如果在她們面前提起「賣春是一種將身體商品化的行為，是資本主義最墮落的形態」或者什麼的，她們可能會嗤之以鼻，「所以想要怎麼樣呢？」

然而，我無法像她們那樣外宿。白天出去送外賣，當然有很多男人對我提出那種要求。有的男人隱晦地誘惑，有的男人像買東西一樣露骨地討價還價，我使出渾身解數守護自己。我這樣做的理由是什麼呢？對我而言，貞潔如此重要嗎？還是說，我對金錢的需求沒有到賣身的地步呢？

我曾經問過小雪和男人睡過之後是什麼心情。

「心情？哪有什麼心情。」

她略帶自嘲地反問道，表情木訥地想了片刻。「剛開始為此哭過，感嘆這種苦命生活的漫無盡頭，現在可能是已經習慣了，沒有任何感覺。」她又補充了一句：

「有時偶爾遇見不錯的男人，心情真的很好，十分享受。由此看來，我可能真是命該如此。」

小雪的話對我衝擊很大。我一直以為賣身的女人都是迫於無奈。我完全沒有想到，女人廉價出賣自己肉體的同時，還能樂在其中。

「姐姐沒有過嗎？」小雪問我。我告訴她，我從來沒有和男人睡過。小雪一副難以置信的表情，開口問我：

「你那麼大了，還是個處女嗎？」

我還是處女，單憑這一個事實，她貌似已把我看作不同物種。

然而，在她面前，我是處女這個事實，毫無驕傲可言。我在肉體上沒有男人經驗，來到這裡也固執地守護著這一點，反而感到十分難為情。其他服務生看我不順眼，有時會故意當面挖苦我。

「這礦山村還有金貴女人？出來走兩步，我們也見識一下。」

她們的意思是，大家都是來賣身掙錢的，你有什麼了不起的，憑什麼不外宿？你有什麼權利守護你的貞潔？

我無話可說。就像過去在夜校工作時一樣，我在這裡依然和她們有所區別。貞潔是什麼呢？看不見，摸不著，卻把我和她們區分得一清二楚。守護這種東西，堅信必須守護這種東西，說不定只是我虛妄的自尊心罷了。就像無法放棄繳學費一樣，這是否又是束縛我的另一個枷鎖呢？我逐漸陷入懷疑。

信惠的視線落在了對面牆上掛著的彩色人物肖像上。相框裡的那張臉冷冰冰地盯著她，令人不寒而慄。他頭髮已經掉光，嘴角略微下垂，永遠面露不悅，信惠看著那張臉，想起了人們常暗指其外貌特徵而稱呼的某個外號。那個外號包含著某種輕蔑與詼諧之意。不過，她現在注視著的相框中的那張臉，一點不好笑，也不滑稽。那副面孔象徵著如槍口般冰冷的無上權威。信惠這才切實地感覺到他有多麼可怕。

「金光……什麼？」

信惠並非聽不懂千刑警的話，恰恰相反，她希望千刑警沒有看出自己的驚慌。

「金光培。認識，還是不認識？」

「認識。」

「你和金光培是什麼關係？」

「哪有什麼關係？他只是我們茶房的客人。」

「你這娘們，還不清醒嗎？回答的態度不端正啊。還想挨揍？」

千刑警瘋一般地昂頭咆哮著。信惠看著他瞪圓的兩隻眼睛，只能儘快屈服。

「對不起，我錯了。」

「好，那你知道金光培是個什麼人吧？從現在開始，把你知道的全部交代出來。」

信惠再次感覺到心臟開始劇烈跳動。她懷疑，千刑警突然提起金光培，一定隱藏著某種意圖。

「在古巷邑的某個小煤礦裡做礦工。」

「還有呢？」

千刑警依然盯著信惠的臉，督促著她。

「還有……我聽說，他是八〇年礦山暴動事件的主導者之一。」

「你聽誰說的？」

「這件事每個人都知道啊。確切記不起來是聽誰說的了。」

信惠第一次見到金光培，是她在茶房大約工作了一個星期之後。那天黃昏時分，有人推門進入茶房，信惠習慣性地說了一句「歡迎光臨」，卻嚇出一個冷顫。一個從頭到腳黑黢黢的人突然走了進來。信惠回過神來，仔細一看，才發現這是一個渾身沾滿煤炭粉末的礦工。出入茶房的年輕男人大多是礦工，他們進行地下作業時都是這副樣子，信惠卻是第一次親眼看見。他那副可怕的樣子與茶房內的華麗燈光十分不協調，就像剛從地獄來到地面一樣。

「這是幹什麼？怎麼這副模樣就進來了？」

「怎麼，有什麼不對嗎？我路過這裡，進來找我的兄弟們，想和煤礦的兄弟們喝一杯。」

他衝著擋在面前的老闆娘咧嘴笑著。他全身黑黢黢地沾滿了煤炭粉末，只有兩隻眼睛怪異地閃爍著，而且喝得爛醉，搖搖晃晃地站不穩。

「要喝咖啡，你倒是先換身衣服再來，這算什麼樣子？」

「這個？這是喪服啊，喪服。今天，我們又有一個礦工兄弟去了另一個世界，我怎麼能不穿喪服？對我們礦工來說，這就是喪服。」

信惠這才想起白天聽說過某煤礦的事故消息。聽茶房的客人們說，礦井塌方了，一人當場身亡，另兩人被送到了醫院。然而，出了這種事故，一切並無任何改變。礦工們結束作業，和平時一樣，想著酒館或者來到茶房看看連續劇，和女服務生們開著無聊的玩笑，咯咯地笑著。

「喂，兄弟們！在這裡幹什麼？今天這樣的日子，還能坐在這裡喝咖啡嗎？要喝慶祝酒啊！我們的礦工兄弟得到了上帝的恩寵，從地獄去了天堂，怎麼能不喝杯慶祝酒呢？我請客。喂，老闆娘，給這裡的兄弟們每人來一杯威士忌！」

「你挺喜歡稱兄道弟啊。」

有人衝著因醉酒而舌頭打結的金光培隨口說了一句。電視機前圍著一群年輕礦工，那人是其中之一。

「喂，金光培！別說胡話了，你喝多了就該趕緊回去睡覺！」

金光培的黑臉扭曲著僵在那裡。那副表情比起憤怒，更像是被人觸碰到了傷痛。信惠認為，金光培很快會和那群年輕的礦工們打一架。奇怪的是，下一刻他便露出一口白牙，咧嘴笑了起來。「別，我們一起喝杯酒吧。我來請……」他說著走向人群。然而，他很快被那些年輕男人推了回來。

「以為我們想喝酒想瘋了嗎？不用你操這份心，你快滾吧！」

金光培被推到了茶房的門旁，依然咧嘴笑著。他任由一個比自己年輕的男人推搡著，依然哀求般地大喊：「喂，兄弟們，我們一起喝杯酒啊，好不好？我金光培請客啊，你們怎麼這樣啊……」信惠無法理解他為什麼如此卑微。他的這副樣子就像一個愚蠢的小丑，明知道自己被他人瞧不起，卻在繼續搞笑。

「那個人偶爾會那副樣子，是個怪人。」

金光培終於被趕出了茶房，小雪對信惠如此說道。她極力壓低聲音，像是怕被其他人聽到。

「姐姐，幾年前這裡發生過一次礦工暴動你知道嗎？我也是來了這裡才聽說的，據說非常了不起。」

信惠也知道本地區八〇年春天發生的那場大規模礦工暴動事件。她曾看過報紙的報導，勞動者的女性家屬們也一起合力，衝破御用勞組委員長的家，對其夫人施加了集體暴力，又和警察展開投擲石頭大戰，整個邑陷入了無政府狀態。這場暴動以強烈的爆發力與暴力過激而震驚世人，卻在三天之後遭到鎮壓，以多名勞動者被捕而告終。

「不過，據說金光培就是這場事件的主導者之一。」

「不會吧？」

「真的。在這一帶，無人不知。」

信惠聽小雪講完，依然無法解除懷疑。首先，這麼大事件的主導者，現在依然在這裡做礦工，這個事實令人難以置信。而且，他剛才的異常舉動，再怎麼看也不像是會做出那種事的人。再者，其他礦工所表現出來的露骨輕蔑與他的卑微，是因為什麼呢？

總之，那件事之後，信惠對金光培產生了興趣。想多瞭解一下他，可以的話，還想和他聊一聊。

「所以，你瞭解金光培的經歷之後，故意接近了他對吧？」千刑警說道。

「說不上接近，只是對那個人產生了好奇心而已。」

信惠還沒有說完，嘴裡便發出了一聲哀號。千刑警抓住了她的頭髮。頭髮像被連根拔起，信惠痛苦地齜牙咧嘴。

「你這臭娘們，你在耍我嗎？我說過很多遍了吧？說好話的時候速戰速決，別撕破臉。想要把你當人，就要好好聽人話不是嗎？我再說一遍，我問一句，你要回答兩句，表現得誠實點，明白了嗎？以為是個女的就會照顧你，吃虧的只能是你自己。」

千刑警意味深長地又補充了一句。

「我對女人更殘忍。」

「你是希望我怎麼回答，回答什麼呢？」

「我是說，你要老實回答我的提問，不要激怒我。你特意接近金光培，如果不是因為他是八〇年事件的主導者，你就不會對他有任何興趣了吧？」

「是的。」

「所以，你知道金光培是那種人，故意接近他的對吧？」

信惠感覺到，一個無形的圈套正在慢慢地靠近。然而，不幸的是，她不知道該如何避開這個圈套。她明白自己必須保持清醒，頭腦卻越來越混沌。是因為挨了千刑警暴打，身體已經徹底疲乏了嗎？她居然睏了。

「我說的不對嗎？」

「……對。」

「你說話為什麼總是繞來繞去，惹一個斯文的人發怒呢？好，從現在開始，給我講講你是如何接近金光培的，不能有絲毫隱瞞。」

幾天之後，金光培再次來到了茶房。一個男人進入茶房之後，小雪戳了戳信惠，對她說：「那個男人，上次鬧事那個。」

然而，信惠沒能認出他。上次渾身沾滿黑黢黢的煤炭粉末，此刻乾淨俐落，看起來完全像是變了一個人。他獨自坐在角落，茫然地看著對面牆上掛著的大幅照片。照片中是一個外國金髮女郎，半裸著坐在海灘上。那個女人一直坐在那裡，瞇著眼睛，雙唇微啟，半伸著舌頭，帶著肉慾的微笑，向來到茶房的年輕礦工們免費展示著灑滿金黃色陽光的妖嬈身姿。信惠端來一杯咖啡，坐在金光培的面前。

「外面很冷吧？」

「蛋蛋都凍住了。」

這是他們的第一次對話。金光培的視線略微上揚，盯著信惠。

「第一次見你呢。」

「我上次見過您了，您穿著喪服來的那天。」

「喪服？」金光培皺起眉頭，啞然失笑。不對，那種微妙的表情與其說是一種自我嘲笑，不如說是嘴唇的短暫痙攣。

「我可以請您喝一杯咖啡嗎？」

信惠說完，金光培一臉茫然。

「請我喝咖啡？真是太陽打西邊出來了。至今為止，讓我請喝咖啡的人不少，女人主動請我喝咖啡，這輩子還是頭一遭。你對我有意思嗎？想談戀愛？」

「談唄，有什麼不可以的？」

信惠突然想起，「戀愛」這個說法對茶房服務生有著特殊含義。茶房服務生們在夜裡去旅館和男人外宿，通常稱為「談戀愛」。當然了，以那種「戀愛」為代價，她們可以賺不少錢。不過就算錢再多，也無法與不喜歡的男人談戀愛。根據小雪的說法，這是女人活在這個世上最起碼的自尊心與節操。

「什麼時候？今天嗎？」

「不是那種戀愛，是真正的戀愛。」

「真正的戀愛？」

金光培看著信惠，像是不明白她的意思，突然紅了臉。金光培尷尬地紅著臉，盯著信惠看了片刻。他的眼神中夾雜著某種疑問與不安的期待，像是在考慮眼前的這個女人是不是在玩弄自己。

「你該不會是間諜吧？」

信惠噗哧笑了出來。

「喂，睜開眼！」

信惠在千刑警的命令中睜開了眼睛。在不過四五秒的短暫時間裡，她似乎是打了個瞌睡。信惠甚至不知道自己已經講到了哪裡。除了凌晨在支署的沙發上小睡了約莫一個小時，至今再也沒有睡過。在這種情況下居然能睡著，信惠自己也難以相信。

「原來你勾搭金光培和你談戀愛了。所以，他上鉤了嗎？」

金光培上鉤了嗎？千刑警的這個提問像是寫在黑板上的文字一樣浮現在信惠的腦海中。然而，她未能立刻領會這句話的意思。他為什麼這樣問我呢？一陣睡意襲來，如影子般無聲地越過信惠的肩膀。

「我不明白你是什麼意思。」

「你勾引金光培和你談戀愛，他的反應怎麼樣？」

清醒一點，信惠的大腦某處依稀傳來一句警告。她盡力睜大眼睛。

「我沒有勾引過他。」

「你這娘們，還是不清醒。你剛才不是親口說，你提出和他談戀愛嗎？」

「那不是勾引，我只是表達了自己對他的心意而已。」

「那就是那個意思啊，你這娘們。你要是敢說一句謊話，我饒不了你。只要問一下金光培，就全部知道了。」

信惠突然想到，難道他們已經把金光培抓來了嗎？然而，根據千刑警說話的語氣，似乎又不像，至少到目前為止是這樣。信惠這樣想著，睡意再次襲來。眼皮重得難以忍受。她極力睜開眼睛。千刑警低頭在調查材料上認真寫著什麼，信惠突然看到了他腦門上泛紅的小疙瘩。他一定很心煩，很難受吧？信惠感到震驚，自己在這種情況下居然還會對那些東西感興趣，同時也得到一絲安慰。

「想睡覺嗎？」

千刑警略帶調侃地笑著，看向信惠。信惠不知不覺地點了點頭。

「乖乖回答我的問題，就讓你睡。那天以後，你經常見金光培那小子嗎？見面都談些什麼？」

「倒是經常見，因為他經常來我們茶房玩。不過……」

第二天，金光培又在茶房出現了。他穿著西裝，打著領帶，似乎剛理過髮。信惠坐在了他的面前。

「怎麼回事？上次穿著喪服，今天好像穿了結婚禮服呢。」

金光培臉紅起來。他看起來十分拘束而且緊張，坐在那裡半天沒有說話。他的視線沒有看向信惠，而是看著她身後掛畫裡的外國女郎。

「你叫什麼名字？」

「我在這裡叫小韓，本名叫鄭信惠。」

金光培停頓了一下，再次開口問道：「你怎麼不問問我的名字？」

「我已經知道你的名字了。其實，我聽說過你的很多事。」

「什麼事？」

「各種事啊，還聽說過八〇年受苦的那件事……」

信惠說完之前，已經意識到自己談到這個話題是一個失誤。金光培的表情突然僵住了。他以嘶啞的聲音問道：「你到底想從我這裡得到什麼？」

「沒有什麼想得到的。我只是想瞭解你，想和你聊聊天而已。」

信惠極力擠出笑容。然而，她越是這樣，金光培的臉就越是緊繃得厲害。金光培突然從座位上起身。

「雖然不知道你想聽什麼，不過我沒什麼可說的。所以，你還是去其他地方打聽吧。」

信惠突然嚇了一跳，清醒過來。千刑警微突的雙眼直直地盯著她。

「對不起，我沒有聽到你剛才說了什麼。」

「我問你有沒有向金光培賣身。」

「沒有。」

「真的嗎？我之後會向金光培確認，如果有一句謊話，你可要做好心理準備。」

「我沒有撒謊。」

千刑警認真地在紙上寫著什麼。他就像一個練習寫字的孩子，偶爾歪起頭看看自己寫的字，似乎不滿意，於是揉皺了重寫。信惠不知道他整理出了一份怎樣的調查記錄。我到底說了什麼？有沒有說什麼不該說的話呢？她焦急地轉動腦子，卻什麼也想不起來。不過，好在可以趁著千刑警握著圓珠筆認真書寫的空檔暫時打一個瞌睡。睡意再次無聲地襲來。信惠陷入睡意的誘惑，感覺到一種接近完美的幸福感。她無比珍惜這份短暫的沉默所賦予的安逸，在心裡祈求著，拜託就讓我這樣安穩地睡去吧。如果以這種狀態維持片刻，似乎就會入睡。她太想不被打擾地好好睡一覺，只要以這種狀態睡去，就算被誣陷為間諜罪，判了終身監禁，她似乎也不會有任何異議。

「來，讀一下。這是你目前為止的陳述內容。」

信惠聽到千刑警的聲音，睜開眼睛。眼前有幾張紙推了過來。

「讀一下，按個手印。然後你就可以下樓睡覺了。」

千刑警的字跡很潦草，難以辨認。不過，也並不僅僅因為字跡。信惠半睡半醒，以這種狀態很難看明白寫了滿滿兩三頁的調查資料確切是什麼內容。不，她也懶得仔細計較。她只想隨便找個地方睡覺而已。她在大拇指上蘸上紅色印泥，在千刑警指定的位置按下手印。

「雖然可以整夜不讓你睡，不過我特別照顧你一下，審問到此為止，明白了嗎？」

千刑警從座位上起身，張嘴打了一個哈欠。那一瞬間，他只是一個疲勞善良的普通人，與之前截然不同。不過，當他打完哈欠，閉上嘴，很快又恢復了之前生硬麻木的表情。對面牆上的掛鐘不知何時已經過了午夜十二點。

「跟我來。」

信惠站起來，身體短暫搖晃了一下。挨過打的肩膀與腿部如針扎般痠麻。千刑警帶信惠去了一層的刑事科辦公室。刑事科比其他房間寬敞不少，人多嘈雜，角落裡有一個帶鐵門的關押室。關押室分為男女兩間。經過男關押室時，隨意蜷坐著的人們抬起頭上下打量著信惠。他們全都像是幾天沒有洗漱，臉上沾滿了眼屎與白色污垢，只有兩隻眼睛熠熠發光。千刑警打開女關押室的鐵門，把信惠推了進去。

一個頭髮亂蓬蓬三十歲左右的女人，像是剛從睡夢中醒來，慢慢挪動著身體，抬起頭看到了信惠。

「姑娘，這是哪裡啊？」

女人的嘴裡散發出濃烈的酒氣。她眼皮耷拉著，雙眼朦朦朧朧地不聚焦，似乎還沒有醒酒。

「這裡是警察署。」

「警察署？我怎麼到警察署來了？」

信惠沒有回答。無論如何，她只想閉上眼睛，不被打擾地好好睡一覺。

「原來那群畜生把我抓進來了。混帳東西，孬種！我不會饒過他們！」

女人不斷地叫罵著。地上很涼，信惠的身體不斷顫抖著。如果把身子泡進溫水裡洗個澡該有多好，信惠萌生了一個十分奢侈的慾望。

「你是怎麼進來的？」

女人問道。信惠很討厭這個女人，卻依然勉強做出回答。

「我也不知道我為什麼來了這裡。」

「不知道？又來了一個和我一樣的人呢！」

女人咯咯笑起來。

「你在哪裡工作？酒館，還是茶房？」

「我看起來像酒館或者茶房裡的女人嗎？」

「那當然，我在這地界摸爬滾打好幾年了，一看就知道。」

信惠看到一塊髒乎乎的毛毯，用它裹住了身體。毯子上發出嚴重的惡臭，卻也好過身體瑟瑟發抖，信惠決定忍受一下。奇怪的是，接受調查時睏得難受，真正躺了下來卻又很難入睡。信惠聽到了身邊的女人絮叨的聲音。她想起看到自己之後立刻一口斷定自己是茶房服務生的那個女人。不過，自己現在正被懷疑是假茶房服務生，是偽裝的運動圈。我的真正面目是什麼呢？下一個瞬間，信惠感覺到冰冷的戰慄包裹了整個身體。因為她想起自己向千刑警講了金光培的事，還按了手印。為什麼沒有確定詳細內容就按了手印呢？我這個人到底怎麼回事啊？至今連自己都弄不清自己是誰，現在卻為何任由他們編排，按下了手印？信惠雙眼緊閉，腦袋貼在地板上呻吟著。難以忍受的羞恥折磨著她。

5

我對來茶房的礦工們感覺不到絲毫善意。我對在社會最底層工作的人們，也沒有最基本的關注和憐憫。如果是秀任那群朋友，可能會有所不同吧。他們是如何從潛在的勢力中獲得參與歷史的可能性的呢？他們的集體喜悅與悲傷、憤怒與抵抗，是如何形成的，又要如何推動呢？如果是秀任，說不定會為這個問題而煩惱，我卻無論如何也無法成為那種人。他們只是我做這份工作期間必須面對的男人而已。身為茶房服務生，遇到的那些人全部大同小異。他們淺薄、庸俗、卑鄙，乃至無恥。這群人來茶房開玩笑，琢磨著晚上如何把我們叫到旅館。

每次面對他們，我都會下意識地想起剛來這裡時飛到我臉上的那口痰。當時那種可怕的冰冷與不悅，並未隨著時間的推移而被抹去。我所面對的茶房客人，只不過是當時衝我吐痰的那個人，或是可能做出那種行為的不特定多數人而已。然而，他們當中突然有一個男人，那個叫金光培的男人出現了，來到我的面前。

金光培此後幾乎每天都來茶房。如果是白天工作的甲班，就會在晚上出現；如果是夜裡工作的乙班或者丙班，就會白天過來，一整天無所事事地窩在茶房裡坐著。只不過，他每次在茶房出現，都會儘量假裝不認識我。就算我走過去和他說話，他也會一臉冷淡地避開。

經常招待他的人反倒是小雪。他像是故意做給我看，更加溫柔地對待小雪，經常請她喝咖啡，一起咯咯地笑著。不過，就算他那樣做，我也知道他隨時注意著我。他極力做出不在意我的樣子，卻又在我裝作不認識他時，臉上表現出不安與慍色。他的這種孩子般的幼稚態度很彆扭，我卻又莫名覺得有趣。總之，我和他說不定都在暗自享受著這種微妙的較量。

問題是小雪。不知道從什麼時候開始，她逐漸對金光培動心了。

「他是個不錯的男人，比想像中的要好。溫柔，體貼……人不能只看外表。」

我感覺到，小雪已經開始對他產生了好感以上的感情。小雪從小四處奔波，孤身闖蕩，歷盡各種艱難，卻也只是一個孤獨疲憊的無知小丫頭而已，身不由己地輕易淪陷在一點關注與情愛之中。我想勸她對那個人小心點，提醒她那個人表面的溫柔與親切並非真心，卻又不忍心那麼做。

某一天，我去對面「萬戶莊」旅館送咖啡，進入點咖啡的房間，驚訝地發現金光培獨自坐在裡面。我努力掩飾著驚訝，像對待其他客人一樣，泡好咖啡放在他的面前。然而，他沒有端咖啡杯，卻緊緊抓住了我的手腕。

「你今天和我談戀愛吧。」

他的嗓音顫抖得厲害，像是一聲尖叫，聽不清楚。「你幹什麼，放開。」我下意識地叫喊，抽出了手腕。

「你之前不是說想和我談戀愛嗎？」

「我說的不是那個意思。」

「那是什麼意思？你要我嗎？我只懂這種戀愛。我買票了，只要再補貼一點就行了是吧？」

「你看錯人了。我也看錯你了。我走了。」

我迅速起身。我很擔心他會強行抓住我，意外的是，直到我走出旅館房間，他都只是低著頭，一動不動地坐著。我回到茶房，自我苛責起來。一切都是我的錯。為什麼從一開始要對他表現出那種態度呢？因為他曾經主導過工人運動並且失敗了？那和我到底有什麼關係呢？

「姐姐，你知道我昨天晚上出去和誰外宿了嗎？」

第二天凌晨，小雪外宿回來之後，對我如此說道。

「金光培。」

「是嗎？」

為了不讓小雪看到我不知不覺泛紅的臉頰，我繼續翻看著雜誌，沒有移開視線。我儘可能以毫不關心的語調回答，嗓音卻已開始微微顫抖。我真的搞不明白，那件事為什麼會使我臉頰泛紅，聲音顫抖。

「可是，你知道那個男人對我說什麼了嗎？他問我想不想和他過日子。居然有如此無聊的男人。」

「所以你說什麼了？」

「我讓他別瞧不起人。」

不可理解。小雪興奮地嘰嘰喳喳，每一句話都十分刺耳，像是扎著我的胸口。我至今也不明白，那是對金光培的背叛或者嫉妒，還是源自對一無所知的小雪的惋惜呢？

那天之後，小雪外宿的次數多了起來，對方一直都是金光培。起初是去旅館，之後貌似直接去了金光培的家裡。時間越久，小雪似乎對那個男人陷得越深。她有時臉上會毫無緣由地布滿愁容或者顯得焦躁，有時又會心情很好，歡欣雀躍。我很擔心這樣的小雪。我相信，她擁有的只是很快就會破碎的幻想，只會留下失望與痛苦的假象而已。我的這種想法沒有錯。幾天前，也就是我被警察逮捕的前一天傍晚。那天，我再次見到了金光培。不是他來茶房，而是我出去送外賣時見到了他。我接了電話出去送外賣的地方是某家餐館。到了餐館，裡面傳來混雜著筷子打節奏的聲響和女人的歌聲。我進入餐館後方的角落，看到一個男人和陪酒女坐在狹窄的暗間裡。我正準備進入房間，停下了腳步。那個人正是金光培。

房間裡瀰漫著烤肉和香菸的氣味，一個身穿韓服的酒館陪酒女模樣的女人緊挨著他坐著。陪酒女雖然化了很濃的妝，但厚厚的妝容並不令她顯得年輕，她看起來至少三十多了。

「哦，你來了。來，快進來。」

金光培已經醉意朦朧，臉頰泛紅，目光渙散。我知道，他是故意叫我過來。他買了兩張票，我只能進入房間，坐在他們的對面，打開包著保溫瓶的包袱，開始為他們泡咖啡。我泡咖啡時，兩人不斷緊緊相擁，開著玩笑。金光培的手伸進女人的胸脯裡，他的手每動一下，女人就會扭動著身軀，哈哈笑起來。我極力不去看那幅畫面，卻擋不住他們的聲音。

「喂，你也到我身邊來。我可以招呼你們兩個。」

金光培抬起瞳孔渙散的雙眼，對我說道。他抬起女人的臉龐，用嘴唇揉搓著，像是故意做給我看。

女人哈哈笑著。我默默地重新開始繫包袱，站起身來，對他說：

「金光培，你比想像中卑鄙愚蠢得多。我警告你，別再碰小雪。你沒有那個資格。」

我跑出了那個房間。然而，事情並未就此結束。過了一會兒，他喝得爛醉，再次出現在茶房。

「喂，你對我說什麼來的？說我卑鄙愚蠢？」

就像第一次出現在我面前的那天那樣，他喝得醉醺醺的，搖搖晃晃地大聲叫喊。

「是，我卑鄙，我愚蠢。我是一個垃圾，還不如一條蟲子。聽說你是首爾的大學生，是運動圈？那你對我這種人有什麼企圖，跟我賣弄什麼風騷呢？什麼，談戀愛？談真正的戀愛？你要誰呢？在你眼裡，我金光培看起來像個玩物嗎？你又有多了不起呢？」

我無言以對。所有人都盯著我，我在眾人的視線中不知如何是好。我在其中也發現了在驚訝與絕望中表情僵硬的小雪。小雪和我視線相視，突然推開茶房的門跑了出去。我很想追出去，卻不知道為什麼，身體像化石一樣站在原地一動不動。

「昨天晚上睡得好嗎？」

千刑警坐在書桌前，不斷地寫著什麼，抬起頭來對信惠說道。

「是的。」

「關押室不舒服吧？」

「還行。」

「你先坐在那裡等一下。」

千刑警的語氣很隨意，好像信惠是來找人的。信惠坐在椅子上，茫然地仰望著蒙著一層灰塵的玻璃窗。遮陽板垂到玻璃窗的一半高度，上面也落滿了灰塵。看不清楚外面，只能時不時聽到車聲和各種雜訊而已。就算只隔著一道玻璃窗，也感覺外面的世界距離這裡十分遙遠。

「我又讀了一遍你昨天晚上陳述的調查材料。」

終於，千刑警轉身面向信惠。信惠明白，他手裡拿著的是自己昨天晚上按過紅手印的調查資料。

「只有這個還不夠。資料裡說，你接近金光培那小子，是為了以此為據點給礦工們洗腦，但缺了具體的內容。」

「那裡是這麼寫的嗎？」

信惠問道。千刑警的臉上閃過一絲驚訝。

「這是你昨天晚上親口陳述並簽字畫押的啊。」

「我根本沒有說過那種話。我也沒有為了給礦工們洗腦而接近金光培。我從來沒有想過去做那種事。可能我昨天晚上太睏了，沒有確認內容就簽了名。」

信惠說著，心跳逐漸加速。千刑警一言不發地盯著信惠的臉。他剛開始顯得有點無奈，但臉色逐漸變得蒼白，像是受了什麼侮辱。

「現在看來，你這個娘們還真是不一般啊。」

千刑警突然粗暴地撕了陳述資料，在信惠眼前抖動著。

「這種把戲我見多了。對付你這種臭娘們，就得先改改你的臭毛病。」

信惠看到他那令人感到驚悚的目光，渾身起了雞皮疙瘩。

「跟我來。」

千刑警簡單說了一句，站起身來。信惠跟著他去了隔壁房間。那個房間很小，只有一個小窗戶，房間裡只有幾把鐵椅，除此之外空空如也。門開了，另一位刑警走了進來。

「喂，臭娘們，金光培已經全招了。你還要獨自硬撐嗎？」

新來的刑警操著一口粗魯的慶尚道口音。

「那就讓我見見金光培。和他對質一下，不就知道了嗎？」

「這娘們依然勁頭挺足啊。你今天想變成死屍被抬出去嗎？」

信惠明白，他們的邪惡與殘暴，並非為了嚇唬自己而故意假裝出來的。從他們的眼神和嗓音中可以清清楚楚地感覺得到，他們是真的厭惡自己，真的想殺了自己。然而，信惠卻又不理解這些人為什麼如此憎惡自己。信惠沒有什麼地方得罪過他們。

信惠正準備服從千刑警的命令坐在椅子上，慶尚道口音的刑警突然用拳頭砸向信惠的頭。

「誰讓你坐在那的？跪下！」

信惠從椅子上起身，跪在了地上。她的雙腿顫抖著。

「你這種娘們，我見多了。」

千刑警穿著皮鞋的腳在信惠的眼前晃動著。

「一群毛還沒長齊的傢伙，自我感覺良好，以為看懂了全世界。都是全憑一張嘴胡說八道的赤色分子。你知道赤色分子為什麼叫赤色分子嗎？就是像你這樣，只靠一張嘴，滿口都是赤色的謊話，所以才叫赤色分子！」

「我不是赤色分子。」

「好，按你說的，說不定你不是赤色分子。不過……」

男人彎下腰，一隻手托起信惠的下巴。

「你知道你從這裡出去之後會變成什麼嗎？會成為真正的赤色分子。錯不了。可以賭一下。」

信惠認為，說不定他說的是事實。信惠認識的人當中，就有那種人。她見過很多被捕後釋放的人，他們的思想武裝從此變得如鋼鐵般堅定。不過，正如秀任所說，像我這種無可救藥的懷疑主義者，也會成為那樣的人嗎？

「好，現在是最後一次機會。你是乖乖地全部交代呢，還是怎樣？」

「總是讓我全部交代，交代什麼啊……我真的很不理解。」

「你要硬撐到底是吧？行。」

他們讓信惠起身，再次坐到了椅子上。他們把信惠的兩隻胳膊繞到身後，戴上手銬，又命令她脖子向後仰。慶尚道男人走到信惠身後，用手把信惠的腦袋向後按。破舊的日光燈的昏暗光芒照進眼睛，很快又被遮住了，有人往信惠的臉上蓋了一塊手帕。直到那時，信惠還不知道他們要對自己做什麼。蓋在臉上的雖然只是一塊薄布片，卻似乎已把她與整個世界隔離開來。信惠感覺自己好像變成了一具屍體，恐懼襲來。

「我忍受著這種恐懼與痛苦，是在守護什麼呢？」信惠自問道。然而，不幸的是，她沒有什麼可以守護的東西，只是陷入了一個莫名其妙的陷阱而已。信惠想，如果自己真如他們所懷疑的那樣，帶著什麼目的來到這裡，而且做出了那種事，說不定反倒更容易承受。唉，如果我也有那種能夠用自己的性命守護的東西就好了。

突然間，一股冰冷的液體潑到了臉上。當信惠意識到他們在做什麼的瞬間，窒息般的痛苦已經襲來。他們一隻手拽著信惠的頭髮，另一隻手抓著信惠的下巴左右搖晃。每到這時，信惠的鼻孔就會進水。她無法呼吸，隱約聽到千刑警的聲音。

「你知道這是哪裡吧？緊靠著停戰線。你這種娘們死在這裡，只要拖到停戰線邊上埋了就行。」

「去什麼停戰線。這裡那麼多廢棄的礦井，扔進去填上就是。就算掘地三尺，也不會有人找得到你。」

慶尚道男人插話道。水再次灌進鼻孔。像波濤洶湧那般，一波未平，一波又起。

「媽呀！」

信惠感覺自己的整個身體似乎在不斷墜落，卻一直墜不到谷底。她感到一陣暈車般的強烈眩暈。直到下半身突然變濕，昏昏沉沉的意識才逐漸清醒過來。慶尚道男人的響亮嗓音震動著耳膜。

「這是什麼？這臭娘們尿了？」

信惠的身子跌落在地，臉部貼到了冰冷的水泥地上。她的下半身濕透了。儘管如此，她卻並未感到丟臉或者羞恥。只要中斷拷問，已經謝天謝地。

這時，門開了，有人走了進來。穿著皮鞋的雙腳踏著地板，來到信惠眼前。

「你們怎麼辦事的？」

來者是信惠第一次來對共科時見到的那位科長。科長似乎很生氣，開始責備兩個刑警。

「你們幹什麼呢？給她換身衣服。打算就這麼放著不管嗎？」

慶尚道男人似乎心存不滿，嘀嘀咕咕地出了房間。信惠癱坐在地上，動彈不得。她沒有起身的力氣，而且衣服濕漉漉的，起不了身。就連喘口氣也很痛苦。過了一會兒，慶尚道男人拿來一條肥大的男式褲子，還有一件似乎剛從外面商店裡買回來的內衣，包裝都沒有打開。不知道是誰的褲子，上面還繫著腰帶，似乎是剛脫下來的，信惠卻也顧不上計較這麼多了。科長為信惠打開隔壁空房間的房門，讓她進去換衣服。信惠搖搖晃晃地站起身，接過衣服。現在居然還能獨立行走，信惠覺得很神奇。褲子不合身，繫了腰帶，依然像穿了一個面粉袋，看起來十分可笑。信惠換好衣服出來，科長坐在自己的書桌邊等待。兩位刑警已經不見了蹤影。

「我也有個女兒，和你差不多大，正在春川讀大學。父母的心情都是一樣的。你現在受這種苦，如果你媽媽知道了，該有多心疼啊！」

科長的嗓音聽起來非常通情達理。信惠心想，說不定這只是一種聰明的審問手段，不過不管怎樣都無所謂。就算這只是一種偽善，是一種交換的策略，只要對方把自己當一個人來對待，已經感激不盡。信惠鼻子一酸，眼淚奔湧而出。眼淚一旦湧出，便再也控制不住，信惠的內心變得脆弱，委屈湧上心頭，抽泣不已。

「沒事，哭吧。」

科長說。

「哭個痛快。這樣你心裡也能痛快點。」

信惠哭了一會兒，科長扯了一點捲紙遞給她。信惠用捲紙擦了眼淚，擤了鼻子。

「你受罪，我們也受罪。你以為誰願意幹這差事啊？所以說啊……」

科長拿出一張紙，推到信惠面前。

「我們現在不要再彼此折磨了，好嗎？挺簡單的事情，不要搞得這麼複雜，速戰速決，好吧？」

信惠逐行閱讀科長推過來的影印材料，依然像個孩子一樣抽泣著。然而，她才讀了沒幾行，突然感到一陣眩暈。先是幾個影印的字開始變得模糊，緊接著它們又像小蟲子一般蠕動著跳起舞來，轉來轉去。本人在首爾某大學四年級在讀期間因主導非法集會無限期休學……為了打倒現政權，與勞動者聯合……以為礦山勞動者洗腦為目的……接近礦工金光培……

「在上面寫下你的名字，按個手印，一切就結束了。你就可以立刻離開這裡。很簡單的。」

「我根本沒有做過這些事，怎麼承認呢？」

「已經報告給上面了，你不能就這麼走了。我們也是要面子的。所以啊，你只要承認這些，我們訓誡一下，就可以結案了。你明白我的意思吧？」

「可是，這並不是事實啊。」

「我說，你還沒有聽懂我的話啊。如果開始計較事實與否，又要從頭再來一遍。這對你沒有什麼好處，我們也辛苦。」

「對不起，我做不到。」

「這不算什麼。只是走個程序，還不是為了釋放你，你怎麼就不聽話呢？」

信惠不再開口，科長的表情瞬間變得兇狠起來。不過，他極力控制住感情，說：

「我聽說，你不是一般的固執。不過，現在不想立刻決定也可以。我給你最後一次機會，你先去關押室，好好考慮一下，明白了嗎？」

信惠回到了關押室。關押室冰冷骯髒的地板已經不像上次那般舒適。她立刻癱倒在地。

信惠躺在地上，卻怎麼也睡不著。悔恨不斷襲來，全身痠痛，感覺處處患上了火辣辣的炎症。她陷入了一種痛苦的執念：必須忘掉一切，趕快睡覺。她短暫地進入了淺睡狀態，夢裡也在不斷地念叨著「必須趕快睡著」。意識模糊的鏡子前浮現出她所認識的幾副面孔，他們正盯著她的臉看，或是和她搭話，不知是夢境還是現實。

「信惠，不能向他們屈服。我們現在只是身處歷史的隧道之中。」

信惠還看到了秀任的臉。可隧道那頭到底有什麼呢？信惠如此反問道。我們又何曾脫離過歷史的隧道呢？我的人生也總在黑暗痛苦的隧道之中。遠遠望著模糊的光走啊走，隧道如此漫長，沒有盡頭。那束光是否真的存在？說不定只是我的幻想罷了。除此之外，信惠還看到了母親和城南夜校工友們的臉、許多朋友的臉，以及已經忘得一乾二淨的那些人的臉。就這樣，信惠逐漸睡著了。

6

「飛吧，放棄一切，奮力高飛。」

我至今依然記得位於藥水洞坡頂的光姬兄租屋處牆上貼著的字句。光姬兄死了，過了很久之後，我才明白那句話是什麼意思。

她的死，對我們所有人都是一個很大的打擊。和我們一起學習、對我們影響至深的前輩，以那種形式虛妄地結束了生命，我們必然會感覺到深深的背叛。最重要的是，大家一直以來學習和相信的世界秩序突然坍塌，令我們感到措手不及，人生陷入未知的混亂。正因為如此，秀任說她無法原諒光姬兄。

光姬兄為什麼自殺，這雖然給我留下了一個永遠的謎團，不過她留下的那句話，時間越久，越是深深地銘刻在我的心裡。光姬兄真正想要的，會不會是自由呢？她說想成為一隻鳥，那就意味著想要甩開束縛自己的一切，獲得真正的自由吧。不過，人可以真正自由嗎？擺脫現實的所有枷鎖，變得自由，到底有什麼意義呢？

說不定我也像光姬兄那樣，長久以來夢想著自由。因為有太多的枷鎖，束縛著我柔弱的腳踝。然而，我沒有能力踹開束縛我的那些枷鎖。不能繼續上學，又不能放棄，只能淪為母親的累贅；無法積極投身於歷史發展的信念之中，只有連續不斷的矛盾與懷疑，最終走投無路。面對這種處境，我已無能為力。就算我有能力克服這一切，問題也依然存在。

我到底想要什麼？哪裡存在沒有慾望的自由呢？不幸的是，我並不知道自己真正想要的是什麼。

連自己想要什麼都不知道，卻又無限渴望自由，我陷入了這種可笑的自相矛盾之中。我想成為什麼？不，現在的我是什麼，我是誰？

所有人強迫我成為「我」之外的另一個「我」。母親如此，秀任那群朋友們如此，學校的教授們也是如此。然而，我無法接受他們強迫我成為的那個「我」。說不定我來到陌生的礦山村，就是為了逃離那一切。然而，現在你們又要強迫我成為不是我的另一個「我」。你們現在想要把我變成我在現實中從未成為過的鬥士。這是多麼可笑啊！

「鄭信惠，你睡著了嗎？」

信惠極力睜開眼睛。一個背對著燈光的男人的臉部輪廓隱約映入眼簾。信惠意識到他是南刑警之後，依然稍微過了片刻才緩過神來。

「很抱歉叫醒你，你起來，跟我過來。」

信惠抬頭看了看掛鐘，剛過凌晨兩點。南刑警走在前面。他們上了台階，經過冷清的走廊之後，又回到了貼著「對共科」門牌的那個房間。

科長獨自坐在書桌邊吃泡麵。信惠站在旁邊等他吃完。可笑的是，肚子居然咕嚕嚕地叫了起來。南刑警默默地坐在火爐邊，喘著大氣，可能是喝醉了酒。

「鄭信惠，你考慮過了嗎？」

科長擦著油亮的嘴唇，問道。

「就因為你，我們連家也不能回。如果你稍微配合一下，我們都會方便得多。你怎麼那麼固執呢？」

科長擦一下臉上的油膩，又擤了鼻子，把衛生紙扔到了泡麵碗裡，這才一臉滿足地看著信惠。

「行，你那麼固執，也保全了臉面。到此為止吧。只有你受罪嗎？我們也一樣受罪啊。彼此明明非常瞭解，卻還要浪費時間，這有什麼好處呢？在這簽個名。」

科長再次把剛才那份陳述資料推到信惠面前。

「對不起，我不能承認自己根本沒有做過的事情。」

科長默默地盯著信惠看了許久，突然罵了一句「賤娘們」。

「還真拿你這娘們沒辦法。像你這種死心眼的惡種，我還是頭回見。我警告過你了吧？以後可別後悔！喂，南刑警，帶這娘們出去。今天晚上一決勝負。哪裡好呢？三〇五號房間夠安靜吧？」

信惠雙腿哆哆嗦嗦，緩緩起身。恐懼似乎已經成為一種慣性。她跟著南刑警又上了一層樓。他們經過一條沒有窗戶、昏暗狹窄的走廊，南刑警在最角落的一個房間門前停下了腳步。可能因為是凌晨，三層闃無人跡，周圍安靜得有些冷清。

「你和我以這種方式相遇，是一個不幸的悲劇。第一次見面我就告訴過你了吧？如果我們在其他地方相遇，可能會更美好一些。」

進入房間，南刑警面露淡淡的笑意，看著信惠。他的嘴裡散發出依稀的酒氣。然而，臉卻看起來愈發蒼白。

「我和其他人不同。今天晚上，你和我在這裡來個了結，明白了吧？」

南刑警自己取了一把椅子坐下，任由信惠站在那裡。

「你知道我為什麼來這山溝裡嗎？」

南刑警的視線始終未曾從信惠的臉上移開，自問自答道：

「我在首爾審問犯人，把他弄死了。倒霉啊！」

信惠認為南刑警現在是在說謊，卻又覺得說不定不是說謊。

「我……雖然不願意對你講這種話，不過就算你死了，我大不了也就是脫了這身警服。」

「你想殺死我嗎？」

「怎麼，你想死啊？」

「不，我想活下去。」

南刑警微微一笑。

「哪有人想殺人呢？不過，工作中也會有意外事故啊。人與人的緣分有好有壞。我覺得我和你如此相遇也算是一種緣分，我不想把它搞壞。好，我再說一遍。雖然我已經說得很清楚了，這是最後一次啊。陳述資料上的這個簽名，你簽還是不簽？」

「對不起，我不能承認自己根本沒有做過的事情。」

「是嗎？」

南刑警的眼睛閃著微妙的光。

「好，雖然不知道你這娘們有多厲害，不過我這關不是那麼好過。」

南刑警站起身，突然開始解信惠的皮帶。這條褲子是臨時借來的，本來就不合身，皮帶被解開之後，似乎會立刻滑落下來。信惠非常慌張，不知道南刑警要做什麼。那一瞬間，她以為南刑警要扯下皮帶抽打自己。然而，南刑警拿著皮帶掛到了牆上的釘子上。

「你知道我為什麼把它掛在這裡嗎？」

南刑警站在原地，直直地盯著信惠。

「你過一會兒說不定會需要這個東西，所以我把它掛起來了。等一下如果你實在堅持不住了，可能會想拿這個上吊。」

果不其然，垂掛在那裡的那根皮帶讓人聯想到在電影中看到過的絞刑架上的繩索。就算信惠相信這只是南刑警的一種恐嚇手段而已，她依然感到一陣可怕的戰慄迅速遍布全身。

「你來到這裡賣了幾次身？」

南刑警把椅子拉到信惠面前，重新坐了下來。

「我沒有賣過身。」

「真的嗎？」

「真的。」

「那你應該有過免費陪睡的經歷吧？想要勾搭礦工，給他們洗腦，就要奉獻肉體吧？」

「沒有。」

「你和金光培也從來沒有睡過嗎？」

「迄今為止，我從來沒有和任何一個人睡過。」

「你是說，你是黃花大閨女？真的嗎？」

信惠咬著嘴唇，沒有繼續作答。

「好，那我得確認一下。把上衣掀起來。」

信惠未能立刻聽明白他的話是什麼意思，南刑警提高了嗓音。

「賤娘們，沒聽見我的話嗎？我讓你把上衣掀起來！」

信惠很想說點什麼表示抗議，奇怪的是，根本開不了口。由於恐懼，她的身體像化石般僵在原地。

這是一種新的恐懼，與此前經歷過的完全不同。

「你如果不聽話，就讓你見識一下真正的恐怖。現在已經凌晨兩點多了，沒有人會來這個房間。不論我在這裡做什麼壞事，也不會有人在乎。你聽明白我的話了吧？所以，如果不想體驗什麼叫恐怖，就按照我說的做，好好聽話。」

信惠像是被一種難以抗拒的力量所驅使，用顫抖的手掀起襯衫，又掀起內衣，露出身體。同時，由於皮帶被抽出，她擔心鬆垮掛在腰上的褲子會滑落，一隻手還要提著褲腰。南刑警站起來繞到信惠身後，一隻手劃過她後背的瞬間，胸罩立刻鬆開，掉落腳下。

「一動別動，好好掀著。」

南刑警坐在椅子上，注視著信惠的身體。他的眼神肆無忌憚，就像一個外科醫生。過了最初的那一瞬間，信惠的羞恥心似乎莫名地消失了。她能夠感覺到的，只有無盡的恐怖。

「你有一邊乳房內陷得挺厲害啊。」

南刑警嘆息道。他那如桃核般的喉結快速地上下活動著，可以聽到嚥口水的聲音。他走向牆邊的鐵質櫥櫃。櫥櫃上有一個小型的半導體收音機，南刑警把收音機的旋鈕轉來轉去。過了片刻，收音機裡傳出一曲似乎來自另一個世界的甜美柔和的流行歌曲。

「你啊，和我過去的初戀太像了。初次見你的那個瞬間，我嚇了一跳。」

信惠掀起襯衫的手一直顫抖不已。南刑警的兩隻眼睛冒著慾火，嘴唇隨著收音機裡播放的音樂一張一合，打著節拍。

「你為什麼要這樣？」

南刑警的手突然觸到了信惠的胸部。然而，信惠只是嘴上勉強發出哀求而已，她的身體已經如麻痺般動彈不得。南刑警的手緩緩移動著，眼神變得更加迷離，像是陷入了什麼幻想。

「因為有回憶，過去的日子才會如寶石般美麗。為了今夜的記憶，為您送上一曲回憶之歌——〈人鬼情未了〉……」

「別這樣，求求你……」

「安靜點。」

南刑警湊在信惠的耳朵邊，用嘶啞的聲音說道。他現在已經如禽獸般喘著大氣。

「你明明心情很好，卻故意這樣，對吧？」

信惠覺得，說不定這一切都不是現實。就像小時候做的噩夢一樣。這是一場夢，這是一場夢，只要她懇切地反覆念叨著，就會從夢中醒來，母親那熟悉的體味就會溫暖地包裹著自己。她太想相信這只是一場噩夢，甚至擔心自己是不是已經瘋了。

「你說你還是處女，撒謊吧？」

南刑警把臉緊湊過來，對信惠耳語。

「看你的胸就知道了。關於女人，我可是行家。你有過很多男人，對吧？」

信惠努力在心裡喚起對南刑警的憎惡。因為她認為，說不定這對戰勝此刻的痛苦有一絲幫助。然而，南刑警太可怕了，憎惡不起來。這種恐怖令人幾近窒息，根本不允許憎惡的存在。南刑警的眼睛布滿了血絲，逐漸接近信惠的下頷。

「脫褲子。」

南刑警以低沉粗礪的嗓音命令道。

「你喊也沒用。在經歷更可怕的之前，按照我說的做，對你有好處。」

信惠心想，說不定他正在自虐。他或許清楚地意識到自己正在犯下一種不可饒恕之罪。不，他會不會正是因為心懷負罪感，才變得更加殘忍呢？

「我幫你脫？」

南刑警的手抓住了信惠的褲腰。信惠癱坐在地，下一個瞬間卻被拽著頭髮站了起來。

「我幫你脫，還是你自己脫？」

信惠自己褪下了褲子。然而，褲子滑落之後，南刑警一言不發地晃動著手指，示意信惠把內褲也脫掉。收音機中依然播放著某個年輕男子的柔美嗓音。「當我第一次看到你的臉龐，我以為太陽就是從你的瞳孔中升起。月亮和星星都是你贈予我的禮物。各位聽眾也體驗過這種感情嗎？電影《迷霧追魂》告訴我們，愛情雖然是偉大的，卻也比世界上的任何東西都要沉重。下面為您播放這部電影的主題曲〈The First Time Ever I Saw Your Face〉。」

信惠光溜溜的身體被冷氣包裹，渾身起滿了雞皮疙瘩。不論南刑警要求什麼，信惠只想避免最可怕的事情。她甚至不知道自己最恐懼的是什麼，不過她能祈求的卻只有這一點。

「上去。」

南刑警指著書桌。奇怪的是，信惠脫了衣服，便再也無法做出任何反抗。她像一頭服從命令的牲口一般爬上了桌子。她的雙腿顫抖不止。她站在了桌子上，一個紅色的十字架進入眼簾。窗外是灰濛濛的黑暗，黑暗中有一個浮雕版畫般的十字架，亮著紅燈十分顯眼。

那個十字架突然出現在眼前的緣由是什麼呢？此時此刻，那個十字架到底有什麼意義呢？可以為我減少哪怕萬分之一的痛苦嗎？那只是一塊亮著燈的木頭或者金屬造型而已，哪裡能有什麼救贖，有什麼法則可言呢？

信惠這樣想著，心驚膽戰顫抖起來。自己在這一瞬間依然想不起任何一句祈禱，只有冰冷的自我懷疑，她對這樣的自己感覺到無比的恐懼與絕望。

這無可救藥的自我意識過剩，像沉重的盔甲般層層圍繞著我——信惠心想，如果神靈此刻正在懲罰我，說不定正是因為這一點。不相信任何東西，無法真心愛他人，也不會因為渴望什麼而心急如焚……

主啊，請饒恕我。信惠看著那個十字架，在心裡祈禱著。如果這一切都是因為我至今犯下的罪，請務必饒恕我。請結束這場磨難吧。

「坐下。」

南刑警坐在椅子上，仰望著信惠，下達命令。信惠按照指示，蜷縮著坐下，用兩隻手儘可能地遮住裸露的身體。然而，南刑警連這個動作也不允許。

「把雙手舉到頭頂。」

南刑警打量著信惠身體的各個角落，他的兩隻眼睛裡冒著熱氣。信惠想，我絕對不會忘記那張臉，不會忘記那副表情的每一個細微的動作。在這令人窒息的羞恥與殘酷面前，她能做的卻只有閉上眼睛。

「張開腿。」

南刑警以依然粗糙單調的嗓音命令道。

「張大一點。」

主啊，請饒恕我吧。請饒恕我吧。信惠不斷地重複這句簡短的祈禱，彷彿這句話是能引發某種奇蹟的咒語，可以使她脫離這所有的痛苦。

「你覺得我是個變態對吧？你說，是吧？」

「不是……」

「沒事，可以說實話。我真的是個變態。」

南刑警的手伸入信惠的下半身，信惠蜷縮著身子喊叫起來。「不許喊！」南刑警以粗澀的嗓音命令道。

「你要敢喊，我就把手伸進你的陰道，扯掉你的子宮。那你以後就不能嫁人了，連孩子也生不了。」

信惠認為南刑警的那句話並不只是單純的脅迫。此刻在她的眼中，南刑警似乎什麼事都能做得出來。真正恐怖的是，她不知道南刑警之後還會做出什麼事。信惠咬著嘴唇，把叫喊吞了下去。南刑警的手觸摸著信惠起了雞皮疙瘩的腿部，又從小腹向上一點一點地移動。信惠多麼希望自己全身所有細胞的觸覺都已經麻痺了。

「你真的是處女嗎？」

南刑警顫動的嘴唇湊近了。由於他嘴裡散發的惡臭，信惠感覺到一種難以忍受的噁心。某個瞬間，南刑警的手突然伸到信惠的雙腿之間。信惠不由自主地喊叫著，彎下腰來。

「別動，我要檢查一下你是不是處女。」

南刑警的手指在信惠雙腿之間遊走，信惠閉上了眼睛。她的嘴唇之間發出一種完全不是自己的，而是什麼動物的呻吟聲。上帝，請饒恕我。請饒恕我……信惠只在心裡不斷地重複著這句話，似乎這句話是一個奇蹟，可以將她從這所有的痛苦中解救出來。

「喂，我給你看樣好東西怎麼樣？」

南刑警的眼睛奇怪地閃著光，站起身來開始解腰帶。信惠極力轉過頭去。

「瞧瞧這個。」

南刑警嗓音嘶啞，像是來自一個幽深的洞窟。信惠轉過頭去，緊緊閉著兩隻眼睛，南刑警用手抓住信惠的下巴，轉向自己。

「睜開眼，睜不睜？」

南刑警有力的手指嵌入信惠的下頷，一陣疼痛襲來，脖頸都快斷了，信惠不由得睜開了眼睛。

「怎麼樣？」

信惠看到了南刑警放光的雙眼與煞白的牙齒。毫無疑問，那是一副禽獸的面孔。南刑警按下信惠的腦袋，讓她的眼睛朝向自己的褲子前方。信惠拚命不去看，那個部位卻已進入了視野。信惠閉上了眼睛。然而，剛才所看到的東西已像無法治癒的刀疤一樣生動地刻在了視網膜上，可能至死都無法忘記了。

「心情如何？第一次見吧？來，好好看看。」

南刑警的手指依然按壓著信惠的下頷。很顯然，他現在很享受這一切。他一隻手抓住信惠的下巴，另一隻手按著信惠的腦袋。凸出在解開的褲腰之外的那個東西幾乎已經接近眼前。一股牲口般的難聞氣味灌進鼻孔，信惠終於開始犯噁心，發出嘔吐的聲音。

「你這個倒霉娘們！」

南刑警把信惠的腦袋向後推去，破口大罵。然而，脫離了南刑警的掌心之後，信惠的嗓子眼裡依然忍不住不斷乾嘔。

「我全按你說的做。我會寫陳述資料，求求你住手吧……」

「早就該這樣。不過，現在已經晚了。」

「求你了，請聽我說。我不是那種人。我不是警察們想像中的那種人。可能是哪裡搞錯了，錯得太離譜了。我不是鬥士，也真的不是運動圈。如果我真的有那種信念和意志該有多好。可我無法成為像他們那麼強大的人。我反而很軟弱、膽小、多疑……」

信惠開始精神恍惚地絮叨起來。她只想著要逃離這令人窒息的痛苦與恐怖，也不知道自己現在正在說些什麼，只是亂說一氣而已。

「我這個人沒什麼文化，不知道你現在正在說些什麼。」

南刑警目光灼灼，十分驚悚。他的那張臉，彷彿從內心正爆發出某種不知緣由的憎惡。

「臭娘們，你到底為什麼那麼固執？什麼事都要想得這麼麻煩，搞得這麼複雜嗎？我真的很討厭你們這種混帳東西。成天皺著眉頭，一副好像自己承受了全世界所有苦惱的樣子，把簡單的事情搞複雜，不僅讓自己不自在，把老實人也搞得不自在……只有把你們這種貨色統統清理掉，世界才能安寧，生活才會舒適。明白嗎？今天我就給你上一課，告訴你什麼是生活，什麼是人生。」

南刑警粗暴地把信惠的身體按倒在桌子上。信惠躺在那裡，看到南刑警脫掉了褲子。恐怖與憤怒湧來，此刻已經沒有了求饒的可能。她雖然想說點什麼，嗓子眼卻像是被什麼東西堵住了，發不出任何聲音。南刑警沉重的身軀壓在了信惠的身上。信惠拚命地反抗，卻漸漸明白，這幾乎是不可能的。「你這倒霉娘們。」信惠的眼前浮現出母親的面容。她努力想像著自己所認識的所有面孔，在心裡拚命地呼喚著他們的名字。然而，她已經遠離了他們，遠離了這個世界的一切。

信惠的手觸摸到了什麼。那是一個大號的玻璃菸灰缸。信惠一隻手拿起菸灰缸，使出渾身的力氣，砸向南刑警的腦袋。

「啊！」

伴隨著一聲慘叫，南刑警抱住腦袋，突然起身。信惠再一次砸向他的腦袋，然後迅速起身，跳下桌子，跑向門口。南刑警的額頭已經出血，卻依然叫罵著試圖抓住信惠。不過，他要先提起褲子，稍微耗費了一點時間。信惠趁此工夫，使勁轉動把手，打開了門。眼前是空無一人的走廊，日光燈更顯冷清。信惠向著那冰冷寂寥的空間高喊「救命」，她嘴裡實際發出的呼喊卻只像是某種動物的哀鳴，根本聽不清。她開始在走廊上拚命奔跑。南刑警在身後追趕。信惠連滾帶爬下了台階，在走廊拐彎處仰翻在了冰冷的水泥地上。她和一個人撞了個滿懷。一個穿著藍色制服的年輕警官臉色驚訝地俯視著信惠。信惠失去了意識。

7

我說我沒有任何罪行，是在說謊。我現在才知道自己犯了什麼罪。現在，我要坦白自己所犯下的罪。

首先，我認為自己沒有犯罪，這種想法就是錯誤的。我甚至沒有意識到自己從哪裡開始出現了問題，這種愚蠢就是一種錯誤。問題在我自身。

我至今從未放棄過自己。就算是為勞動者辦夜校，我對這片土地上的民眾、被拋棄的窮人們、我的鄰居和兄弟們，其實從來沒有過真正的痛惜和愛意。我無法對他們的痛苦與憤怒感同身受。我雖然知道這個社會的矛盾與邪惡，卻無法與之對抗，乃至獻身。對於任何事情，我都感覺不到奉獻自我的熱情。

我甚至從未真正愛過母親。我要成為母親的乖女兒，努力學習，報答母親的痛苦與犧牲，這種想法從小支配著我。同時，我又不斷地想要逃離母親。我對渺小的東西，就連路邊一朵盛開的花也很吝嗇，無法敞開自己的心扉。

我永遠都以第一人稱單數存在，思考，感知。那是一座孤島、監獄，遠離了我的朋友、鄰居、社會，甚至獨一無二的母親。我向著外面不斷呼喊著「救救我」，卻從未想過主動游出去。

我現在才意識到自己的錯誤，這種無可救藥的罪行——無法放棄自己，從未自發地努力尋找希望，既無法向他人伸出援手，也不想抓住他人的手，而且從來不曾為了自己之外的人流淚。

請饒恕我的罪過。

信惠走出警察署時，最先映入眼簾的是堆積的白雪。她與外界隔離的四天時間裡暴雪紛飛，全世界都裹上了白雪。很快，她幾乎睜不開眼睛。路對面的郵局和農協建築物的屋頂積滿了厚厚的雪，在冬季陽光下發出透明的光，不知道是誰在警察署院子的一角堆了一個表情搞笑的大雪人。這種冬季鄉村的人間煙火氣息，這種無精打采的安寧風景，在韓國的土地上隨處可見。

信惠開始在結冰的雪地上小心地行走。雙腳觸到地面的感覺十分陌生。她用力撐起似乎很快就會打彎的膝蓋，慢慢地邁出步子。

「希望你出去之後不要亂說話，萬分之一也不行。當然，你應該不是那種愚蠢的孩子。昨天晚上的事情你要把它忘得一乾二淨，明白了吧？什麼事也沒有發生過。」

釋放信惠之前，科長如此說道。什麼事也沒有發生過，信惠在心裡重複著這句話。如此一來，好像真的什麼事也沒有發生過。冬季天空晴朗得刺眼，孩子們尖叫著在積雪覆蓋的道路上打雪仗。坐在自行車後座的老婆子朝著某處咧嘴笑著。無論信惠之前經歷了什麼，外面的世界如謊言一般沒有發生任何變化，依舊歲月靜好。

「那人本來就對女人有點臭毛病。老婆不安分，跑了，他的性格從那以後就變得怪異。所以啊，你把這件事忘了吧！」

今天凌晨，信惠在某間辦公室角落的沙發上醒了過來。科長與一些陌生的臉正在盯著自己。她已經不是赤身裸體，衣服胡亂套在身上。

「總之，你受苦了。你要吸取這次的教訓。我們以後不要再因為這種事情見面了，好嗎？你要注意身體健康，如果下次再有機會，希望我們可以笑著見面。」

科長釋放信惠之前，最後說了這幾句話，同時伸出了手。他的手裡傳遞的溫暖體溫，似乎至今仍有殘留。信惠想不起任何要說的話，只感覺到一陣安慰，終於要被釋放了。

「自己可以走嗎？我們把你送回古巷？」

「不用，不需要。」

信惠至今依然無法理解，他們為什麼如此輕易地釋放了自己。今天凌晨之後，他們再也沒有強迫自己寫陳述資料。就像是話劇已經落幕，一切突然結束了。這個結局簡直難以置信，正如開場的荒誕離奇。他們關了自己三天三夜，各種暴力與脅迫盡施，最後卻一無所得。信惠相當於自始至終獨自抵抗了這一切。然而，這個事實沒有給她帶來絲毫的自豪感或者安慰。

信惠站在十字路口，不知道要去哪裡，暫時停下了腳步。人們絲毫沒有注意到她。信惠意識到，至少自己的外表與來往的路人並無任何差別。這使她安心，同時又感覺到一種難以忍受的難過與委屈。

信惠全身痠痛，卻又不知道具體痛在哪裡。不過，被摧毀的不僅是身體，更是精神。她很迷惑，為什麼自己現在如此平靜。她應該發瘋發狂或者失魂落魄地哭泣才對，然而，現在不僅什麼事也沒有，反而感覺到一種難以忍受的饑餓。如此想來，她已經一整天沒有吃過東西了。她認為自己已經一無所有——本該夢想的，本該守護的。剩下的只有一副皮囊，一具令人作嘔的身軀而已。不過，這具身體竟然感到非常饑餓，真是荒唐。她下意識地開始尋找路邊的餐館。

信惠坐在餐館椅子上，點了一碗牛骨湯。但是，一勺熱乎乎的湯水入口的瞬間，她突然開始嘔吐。她強忍著嘔吐，卻終究未能忍住。她感覺自己的整個人生都從嗓子眼裡湧了出來。直到再也沒有什麼可吐的了，這一次她開始大哭。信惠把臉趴在胳膊上，開始放聲大哭。一旦開始哭泣，就再也難以控制，她哭得停不下來。人們在她背後竊竊私語。

「天吶，食物全浪費了，真可惜……」

「不知道是個黃花閨女還是新媳婦，因為什麼事哭得這麼厲害啊？」

「身體哪裡不舒服嗎？還是……」

信惠突然轉向人群，開始對著他們大喊：

「你們到底算什麼？你們是幹什麼的？你們對我瞭解多少？明明對別人漠不關心，卻在這裡說長道短？你們為什麼要這樣？」

人們愣在原地，驚訝地看著發瘋一般大喊的信惠。信惠立刻離開了餐館。是因為剛才的放聲哭喊嗎？她突然感到一陣虛脫疲憊，內心如放空一般。

信惠登上了前往古巷邑的長途巴士。總之，要回到那個地方。巴士重新經過警察署門前時稍微停了一下，信惠透過車窗看著道路對面的警察署建築。一個略微蜷縮著肩膀的戰警在警察署建築旁站崗，旁邊有一個身穿灰色夾克的四十多歲的男人和一個農民打扮的老人正在談笑風生。信惠茫然地看著兩個人嘴裡冒出的白氣混入冰冷的空氣中。她突然認出了那個身穿灰色夾克的男人，全身頓時僵住了。那人是千刑警。信惠感到驚訝，不是因為再次想起了千刑警帶給自己的可怕痛苦，而是因為現在她眼前的這個男人看起來非常友好而淳樸。他撓著後腦勺，臉上布滿了深深的皺紋，笑意善良而純真。信惠終究無法相信並理解這一切。主啊！她的嘴裡不由自主地發出了一聲慘叫。

信惠到達古巷邑時，天色已經完全黑了下來。道路沒有任何改變，像魚內臟一樣狹窄、蜿蜒，依然散發著惡臭，又髒又亂，喧鬧嘈雜。信惠經過黑色河水靜靜流淌的小橋，迎著黃昏走進了像老妓女一樣開始濃妝豔抹的酒館茶房巷子。醉漢們光著膀子在打架，一隻渾身裹滿泥水的野狗在翻找垃圾桶，某個電台傳來尹秀一的歌曲〈公寓〉。龍宮茶房那塊裂了紋的丙烯牌匾、狹窄傾斜的木質台階，以及那股餿臭的味道，果然也沒有發生任何改變。信惠推開門進入茶房時，耳朵裡聽到的熟悉的嗲音也是一樣。

「歡迎光臨，天吶！」

老闆娘坐在收銀台，張著嘴巴愣在那裡。信惠儘可能不帶任何感情地說道：

「您好。」

「哦，怎麼回事？警察……把你放了？」

「什麼怎麼回事？姐姐你這話說的，好像盼望著我千萬別出來啊。」

「你這孩子，怎麼能這樣說話？我那麼擔心你……總之，安全出來了就好。來暖和的地方坐吧。」

信惠坐下，像客人一樣打量著茶房內部。沒看見小雪，只有另外兩位陌生的服務生站在那裡百無聊賴地看著電視。除此之外，沒有任何變化。對面牆上掛畫裡的裸露外國女郎依然半伸著舌頭，瞇著眼睛看著信惠。奇妙的是，信惠從那個女人身上感覺到了某種親密感。

「受了不少苦吧，小韓？不過能這樣出來，真是萬幸啊。」

老闆娘優雅地提著韓服的裙尾，坐在了前座。

「我不是小韓。我的名字是鄭信惠，您知道的。」

「我知道什麼啊。你是不是有什麼誤會，我可什麼都不知道。」

「怎樣都無所謂。我現在只是來拿錢的。請把我這段時間的薪水給我。」

「怎麼那麼急？別擔心錢的問題，先喝口熱乎的要緊。」

「不想喝。趕快把錢給我。我馬上要走了。」

「去哪兒？首爾？」

老闆娘沉默地盯著信惠看了一會兒，等待她的回答，繼而站起身來走向收銀台。過了片刻，她回來了，手裡拿著一個白色信封。

「你被警察抓了，所以一個月缺了四天，我給了你一個月的。」

老闆娘發善心一般地說道。信封裡放了四張十萬韓元面額的支票。正是這筆錢讓信惠來到這個陌生的礦山村，這是可以將開除學籍推遲一個學期的學費，是她經歷這一切的唯一補償。奇怪的是，她對此沒有任何感覺。沒有悔恨，也沒有委屈和消沉。她把信封對摺，放進褲袋，站起身來。

「行了，我要走了。」

「沒必要進房間了，你的包在這裡。」

老闆娘從收銀台下面拿出一個眼熟的咖色塑膠包。包裡凌亂不堪，看上去像是被人翻找過又隨意塞回去的樣子。說不定是警察翻找的。不過，現在這些都已經無所謂了。信惠打開包確認時，老闆娘雙臂交叉，面容恢復了極度的生硬冷淡。

「祝您生意興隆。」

信惠提著包，走向門口。

「姐姐，真的對不起。」

信惠走出茶房，意外地發現小雪站在門外等她。可能是因為寒冷，小雪的鼻尖已經凍紅了。

「一切都是因為我，姐姐。我覺得自己被金光培騙了……我恨過他，也恨過你。不過，我也不知道自己為什麼會做出那種事情。我真該死。」

「你向警察舉報的我，是這個意思吧？」

信惠無法相信小雪的話。小雪卻點了點頭，表情扭曲而僵硬。她的眼裡積滿了淚水，像燭淚一樣哭花了臉。

「姐姐，你絕對不會原諒我，對吧？」

「我現在準備去見金光培，可以嗎？」

小雪的兩隻眼睛裡帶著疑惑和恐懼，斜瞥著信惠。

「別擔心。我不會說其他的。你可以告訴我他家在哪裡嗎？」

「你自己不好找。我帶你去。」

小雪走在前面。兩人走在狹窄崎嶇的巷子裡，一路沉默不語。過了小河，小破房聚積的山腳出現了。看來那裡是礦工住宅區。黑暗中密密麻麻地布滿了外形統一的火柴盒式住房，信惠久久地仰望著這般光景。

「是那裡嗎？」

小雪點了點頭。

「看到那個路燈了吧？下一家就是，二〇九號。我回去了。」

小雪說完，卻站在原地沒動。信惠走上了通向住宅區的陡峭的斜坡路。她走了幾步回頭一看，小雪依然站在原地看著自己。小雪突然大喊：

「姐姐，我決定和他一起生活。今年春節，我會跟他回老家。」

信惠沒有說話，微笑著點了點頭。小雪似乎這才放下心來，像個孩子一樣笑了。

積雪凍住了，腳下很滑。信惠經過那些沒有大門也沒有院牆、清一色寒酸破舊的房屋，來到瞎了一個燈泡的路燈下。她看到了又髒又厚的膠合板拼接門上用黑漆寫下的數字「二一〇九」。

門縫裡透出一線燈光。信惠在門前站了許久。她自己也不知道怎麼會來到這裡。然而，一個顯而易見的事實是，她的體內存在著某種難以抑制的力量在催促著她。

終於，信惠搖了搖那扇破舊的膠合板門。沒有反應。她再次用力敲了敲門。一股莫名的激情湧上心頭，信惠興奮難抑，整個身子顫抖起來。我到底為什麼要來這裡，信惠自問。不管因為什麼原因，重要的是要見金光培一面。這個想法從她出了龍宮茶房，不，從警察署釋放的那一刻起一直牽引著她。她抓住了門把手。本以為門上了鎖，沒想到一推就開了，似乎要掉下來。

首先映入眼簾的是廚房。灶台上放著一個癟了的湯鍋，裡面盛著乾掉的泡麵；有一個塌掉一半的碗櫥，以及幾個落滿灰塵的菜碟。一扇房門緊挨著廚房，門上貼著的窗戶紙滿是破洞。「在家嗎？」信惠推開了房門。燈開著，房間裡卻空無一人。可能是玻璃破了，窗戶上遮著一條破舊褪色的軍毯，牆上堆掛著不少衣服，垂下來的樣子像是吊死鬼。

信惠茫然地僵站在原地，一時不知如何是好。一路牽引著她來到這裡的衝動有多強烈，此刻就有多空虛。信惠想，既然他開著燈出了門，應該不會離開太遠，卻又不知道他什麼時候才能回來。信惠突然看到了住宅區盡頭的黑暗中透出的紅色燈光。那是喪燈。看來有人去世了。因為是礦工住宅區的一戶人家，說不定是某位礦工同事死了。信惠這才想到，金光培肯定是去了那家。她向著燈光開始爬坡。終於有兩個弔喪客模樣的男人，緊緊蜷縮著身子從那戶人家走了出來。

「打攪一下……」

他們目光訝異地上下打量著信惠。

「你們是從辦喪事那家出來的對吧？」

「是啊……怎麼了？」

「金光培在裡面嗎？」

「你和金光培什麼關係？」

幸運的是，他們好像認識他。一個人咧嘴笑了。

「是他相好的？」

「抱歉，可以幫我叫他一下嗎？」

「等一下。」

那個人返回屋裡之後，過了片刻，金光培出現了。金光培露出一副難以置信的表情，慢慢地走了過來。

「你……怎麼到這來了？」

「我今天可以住在這裡嗎？」

他十分震驚，表情僵住了。他沉默地盯著信惠的臉，片刻之後開始挪動腳步。

「在礦山幹了一輩子的一個老礦工，昨天晚上死了。只留下三個孩子……老婆幾年前借了別人的債，做生意被騙之後跑了。他從此就做起單親爸爸，獨自撫養孩子。確診塵肺病之後，依然繼續井下作業，一直嚷嚷著自己絕對不能死。昨天晚上喝醉了，走在鐵路邊被火車撞死了。一分錢賠償金也沒拿到，真是死得不值。」

金光培走在前面，絮絮叨叨的聲音從他的背後傳來。夜晚冰冷的空氣刺入肌膚，深藍的天空中點點星光，夜風粗暴地撕扯著雲朵。

「你來這裡有什麼事嗎？」

房間內的燈光亮度很低，金光培的面容比之前見面時更加蒼老而疲憊。房間內散發著刺鼻的汗味與餿臭的男人氣味。信惠把腳伸進滿是污垢的被子裡，地板熱乎乎的。不管怎樣，至少這裡的煤炭資源豐富。

「我剛才已經說過了，今天晚上住在這裡。」

金光培倚靠著牆壁，眼裡滿是疑惑地看著信惠，目光相交時卻又垂下眼簾。他看起來很拘謹，像是到了別人家。

「我還以為再也見不到你了……」

他臉上浮現出扭曲的笑容，粗糙乾燥的嘴唇扯得生疼。

「你聽說我這幾天的遭遇了嗎？」

「知道，被警察抓了。」

信惠語塞了。金光培不斷地用手指扯著襪子的邊角。他的襪子邊角破了一個小洞，不過他並不是覺得丟臉，只像是無意識的習慣一般重複著這個動作。

「你也不問問我在警察署發生了什麼事？實在不行，還可以問問我受了多少苦不是嗎？我還擔心你會因為我一起被抓受罪。」

金光培這才抬起頭來。

「他們為什麼抓我？你好像還不知道吧，我無法成為那種偉人。我無法成為那種偉人，他們比任何人都瞭解這一點。」

他的臉上再次依稀浮現出扭曲的笑容。

「你從剛開始就誤會我了。你可能認為我是參與過工人運動而遭到鎮壓的犧牲者，或許現在依然在等待鬥爭重新開始，可我並不是那種人。事實恰恰相反。幾年前，這裡發生暴動時，我出賣了同黨。我被警察逮捕，按照他們的要求出賣了同黨，是一個無恥骯髒的人。從此以後，我一直是警察的間諜。」

金光培難受地嘆了一口氣。信惠看到，他抓著襪子的大拇指的指甲發黑，已經壞死了。

「其實，我也去了警察署。」

他再一次艱難地說了下去。

「昨天早晨，刑警們來找我了。我去了警察署，大致猜到了是什麼事。他們剛開始以為有什麼內幕，所以拷問了你，結果什麼也沒有，但那麼放了你又覺得可惜，打算強制編造點什麼。他們把我找來，想讓我寫一份你拉攏我的陳述資料。」

「所以呢？」

「我說我做不到。我雖然被人咒罵是警察的間諜，卻絕對不會做那種事。我告訴他們要殺就殺，隨他們的便。」

可能是因為身體突然變暖，信惠的體內奇怪地湧起一股難以忍受的悲傷，全身變得無力。金光培看著信惠，狡辯一般說道：

「我雖然名義上是間諜，卻從來沒有真正做過任何一件間諜的事，真的。」

「靠近一點。」

信惠說道。金光培面部扭曲，夾雜著疑惑與不安，片刻之後以非常拘謹的動作坐到了信惠身旁。他的手指小心翼翼地，像是觸摸今生第一次看到的物品的小孩子一樣，摸摸信惠的頭髮，又摸摸她的臉龐。金光培的手很粗糙，手指僵硬，此刻卻像融化了一般柔軟。

「這裡怎麼了？」

信惠觸摸著他指甲發黑壞死的大拇指，問道。

「沒什麼，就是……工作時被支架砸了。」

信惠默默地逐一親吻著他的手指，一種難以形容的痛苦湧上心頭。

「你為什麼不離開這裡？」

「我為什麼不離開這裡？」

金光培自言自語般反問道，沉默了片刻。

「是啊……因為什麼呢？我也不知道。說不定是因為自尊心吧。」

過了許久，他極其緩慢而艱難地繼續說下去：

「我這樣的人追求自尊心，很好笑吧。在這裡，人人都把我金光培看作一個傻蛋。同事們認為我是一個卑鄙骯髒的背叛者，利用我的警察或者雇主則認為我還不如一條狗。他們沒錯，大家怎麼想都可以。八〇年事件我被警察逮捕時，實在太害怕了。他們把我變得毫無價值，甚至不如一條蟲子，我曾經真的以為自己還不如一條蟲子，所以只能任憑他們擺布。」

金光培的嗓音逐漸顫抖起來。信惠的臉靠在他的肩膀上，他的顫抖傳遍了信惠全身，引發了信惠心中一種難以忍受的沉重疼痛。

「不過，不管人們向我吐多少口水，多麼瞧不起我，我都不會離開這裡。不，是我不能離開這裡。

我不能被貼上壞人的標籤離開這裡，除非有一天，我向他們證明我不是那種人。那是我金光培最後的自尊心和傲氣。你不理解我的話吧？」

「不，我可以理解。」

信惠慢慢起身，在金光培的眼前開始一個一個地解開上衣的扣子。金光培像塊石頭一樣僵在那裡，看著信惠的一舉一動。

「要我。」

信惠的嘴裡很乾，嗓音沙啞。

「快點，你不知道我的話什麼意思嗎？」

金光培面容扭曲僵硬，慢慢地走了過來，像是擔心信惠的身體會在自己眼前瞬間消失。信惠抱住了他的頭。他的頭上透著一股油腥味，灌進信惠的鼻子。難以忍受的痛苦與悲傷襲來，信惠緊緊地抱著他的脖子，以免被那可怕的痛苦吞沒。

過路火車的聲音傳來，撼動著黑暗。信惠在黑暗中睜著眼睛，聆聽著金光培不斷埋進自己胸部的聲音。過了多久呢？終於，她小心翼翼地站起身來。擋著毯子的窗戶縫隙裡透過一縷微光，金光培低聲打著鼾熟睡的樣子依稀顯現。信惠擔心吵醒他，在黑暗中無聲地摸索著衣服穿上，拿起包，出了門。她沿著坡路下山，一次也沒有回頭。

凌晨。黑暗終於逐層褪去，遠處天空一隅露出魚背色的微藍，逐漸變亮。信惠突然停下腳步，看到頭頂天空中有一顆閃耀的星星。等到天亮了，那顆星很快就會消失，它卻並不在乎，依然堅守著自己的位置，發出微弱的光。

是誰在那高處點亮了一盞不滅的燈呢？

信惠仰著頭，久久地看著那顆星。她從未像這樣近距離地感受星光。自己在警察署遭遇那般恐怖的事情時，和金光培在一起時，還有此刻這一瞬間，地球都在一成不變地沿著自己的軌道運轉，宇宙中的那顆星孤獨地守護著自己的位置，閃閃發光。

下一個瞬間，信惠感覺到一種冷水澆頭般的惡寒，體內有種東西突破混沌醒了過來。那顆星懸掛在空中，我站在這裡。任何人、任何東西都無法搶占那顆星的位置。我心裡也有一顆星，世界上的任何力量都無法將它奪走。「是的，這就是我的生活。」信惠的內心充滿了活下去的渴望。那顆星突然飛向她的眼前，支離破碎。不知不覺間，眼淚已經莫名地開始流淌。

喪家門口依然掛著喪燈，篝火正在燃燒。信惠不由得被那溫暖的火光吸引，向著那家走去。五六個人圍在篝火旁烤火，看到信惠走近，默默地為她騰出位置。信惠和他們一樣默默地站著，看著徐徐燃燒的篝火。篝火發出噼噼啪啪的聲音，他們的臉被映紅了。篝火為每個人的面容烤上了不同的表情與顏色。無數的火星飛向冬季天空，隨後消失不見。突然，信惠翻找著塑膠包，拿出了昨天晚上從老闆娘那裡收到的信封。她也完全沒有料想到自己會這樣做。

「大叔，請把這個轉交喪主。」

信惠把信封遞給其中一個看似年紀最大的男人。

「姑娘，這是什麼？」

「喪事禮金。」

男人接過信封，難以置信地前後查看一番，又看著信惠。

「連個名字也沒有。姑娘你是誰？你認識崔先生嗎？」

「我啊，有人讓我來的。再見……」

信惠還沒說完，已經迅速轉身離去。她似乎聽到身後有人呼喚著自己，卻沒有回頭。

黑暗中傳來火車嘶啞的汽笛聲。這是凌晨三點五分開往首爾的統一號列車，信惠覺得如果加快腳步，還能趕得上。她和第一次來到這裡時一樣，手裡只提著一個塑膠包，跑向車站。

後記

時隔許久，又完成了一本書。奇怪的是，我自己竟沒有什麼特別的感觸。

在此期間，我聽到過許多飽含擔憂的批評：「為什麼不出書？為什麼不認真寫作？」每次遇到這種提問，我也同樣很好奇答案，並且感到難堪。這次為了出書，我看了一遍這段時間的稿子，略微明白了其中緣由。我再次感覺到自己寫的東西不夠成熟，缺乏深度，不知道我的文字中究竟有多少價值，同時感到一種可悲的慚愧，說不定我的作品只是毫無進步的複製品。一句話，我絲毫不喜歡自己寫下的文字。說不定這是因為我天生就是一個十分自卑的人。

我現在想要重生。我感覺到了一種慾望，想要寫一些與之前不同的文字，想要過與以往不同的生活。就像脫掉舊衣服一樣，想要脫胎換骨。到目前為止，這種慾望每每以失敗告終，卻也成為支撐我至今的力量。

我希望這本書成為我重新出發的契機。不能放棄這種信念：會有陌生讀者在某處閱讀我的文字並為之觸動。無法對文學誠實，可能意味著對我的人生不誠實，我必須接受這個事實。

感謝長久等待並幫助我再次出書的文學與知性社的各位。

一九九二年十一月
李滄東

國家圖書館出版品預行編目（CIP）資料

鹿川有許多糞 / 李滄東作；春喜譯
--初版. -- 新北市：香港商亮光文化有限公司台灣分公司，2023.02
面；公分. --（小說）
譯自：녹천에는 똥이 많다
ISBN 978-626-96934-1-2 （平裝）

862.57 111021355

鹿川有許多糞 녹천에는 똥이 많다

作者 李滄東 이창동 Lee Chang-dong
譯者 春喜
出版 香港商亮光文化有限公司 台灣分公司
Enlighten & Fish Ltd (HK) Taiwan Branch
主編 林慶儀

設計/製作 亮光文創有限公司
地址 新北市新莊區中信街178號21樓之5
電話 （886）85228773
傳真 （886）85228771
電郵 info@enlightenfish.com.tw
網址 signer.com.hk
Facebook www.facebook.com/TWenlightenfish

出版日期 二〇二三年二月初版

ISBN 978-626-96934-1-2
定價 NTD$450 / HKD$150